산괴 3
산에 얽힌 기묘한 이야기

다나카 야스히로 지음 | 김수희 옮김

일러두기 _____

1. 일본 인명과 지명은 국립국어원 외래어 표기법에 따랐다.

2. 본문 중에서 '역주'로 표기된 것 외에는 모두 저자의 주석이다.
   * 역주 예 : 자시키와라시(도호쿠 지방에 전승되는 어린이 요괴로 집 안에 숨어서 가족들에게 장난을 치지
     만 이 요괴를 본 사람에게는 행운이 오고 집안에 부를 부른다는 전승이 있음-역주)

3. 서적 제목은 겹낫표(『 』)로 표기하였으며, 그 외 인용, 강조, 생각 등은 작은따옴표(' ')를 사
   용하였다.
   * 예 : 『산괴 2』, '마타기(전통 수렵 방식을 고수하는 산악 엽사)', '오하라이(액을 막고 잡것을 제거하기
     위한 일종의 살풀이)', '느끼는 사람', '보이는 사람'

산은 우리에게 많은 축복을 부여해준다.

무수한 봉우리에서 흘러내리는 물은 소중한 생명을 길러준다.

생활에 빠뜨릴 수 없는 땔감, 목재, 온갖 자원들,

생활의 기본이 될 소중한 것들을 산으로부터 선사받는다.

산만 있으면 우리는 살아갈 수 있다.

믿음도 위로도 기쁨도, 그리고 문화조차도

산이 없었다면 애당초 성립하지 못했을 인간의 삶.

산은 자원이며 근본이며 자양분이다.

그리고

산은 조금 무섭다.

아니, 아주 많이 무섭다.

목차

Ⅰ 당혹스러운 숲

III 영적 영역의 삶

들어가며 - 산과 인간과 무서운 '모노'[주1]

"무 뽑으러 산에 다녀올게."

도호쿠(東北, 아오모리현, 아키타현, 이와테현 등이 포함된 일본 혼슈 동북부 지역-역주) 지방의 어느 농가에서 할머니가 이런 말을 하고 현관문을 나섰다.

"산에서 무를?"

할머니가 향한 곳은 집 옆에 있는 채소밭이었다. 요컨대 집 밖으로 나가면 이미 산이라는 의미일 것이다.

지어진 지 200년 정도 되는 오래된 민가에 살고 계신 분을 방문했다. 여름이라 그 집의 모든 문이 모조리 열려 있었다. 안내받은 방에서는 뒷동산이 훤히 내다보였다. 도수관(물을 일정한 방향으로 끌어대기 위해 설치한 관-역주)에서 맑은 물이 콸콸 흘러내려 정원의 연못으로 모였고, 그 옆에는 이끼가 낀 돌로 된 자그마한 사당이 자리 잡고 있었다. 수신님(물의 신)이다. 벽이 거의 없는 대신 기둥들이 지탱해주는 오래된 일본식 가옥은 문만 열면 거의 외부나 다름없는 공간이

주1) 일본어 모노(モノ)는 요괴나 원령 등 신비한 영력을 가진 존재를 가리키는 말로 사용되는 경우가 있다. 아울러 미야자키 하야오(宮崎駿) 감독의 애니메이션《모노노케 히메》를 통해 한국에도 잘 알려진 모노노케(物の怪)는 일본의 고전이나 민간신앙에서 사람에게 씌어 고통을 주거나 죽음에 이르게 한다고 여겨지던 원령, 사령, 생령(이키료) 등을 가리킨다. 이 책에서는 『산괴 2』에서와 마찬가지로 저자가 선택한 용어인 '모노'가 '산괴'라는 테마와 밀접하게 관련된 키워드라고 판단하여 일본어 '모노'의 원음을 그대로 살려 번역했다.-역주

펼쳐진다. 그런 공간을 때로는 장수잠자리가 유유히 통과하기도 하고, 심지어 뱀까지도 쑤욱 얼굴을 들이민다. 캠핑장에서 타프(그늘막)를 펼쳐놓은 것이나 별반 다르지 않다는 느낌마저 든다.

집 밖은 산인데 집 안도 산과 크게 다르지 않은 분위기다. 물론 현대의 산촌 가옥은 밀폐성이 탁월해 창문을 닫고 에어컨을 켜면 도심 속 아파트와 다를 바가 없다. 그에 비해 먼 옛날 산에 살았던 사람들은 집 안에서도 산의 기미를 농후하게 느꼈을 것이다. 집 밖은 산, 집 안도 산….

산에서 삶을 영위하는 사람들에게 물어보았다. 산에서 가장 두려운 것은 무엇인가요? 그러자 도호쿠 지방의 '마타기(전통 수렵 방식을 고수하는 산악 엽사-역주)' 중에는 눈사태라고 답하는 사람이 압도적으로 많았다. 요컨대 '자연이 가장 무섭다'라고 생각하는 것이다. 이에 반해 눈이 드문 지역의 엽사에게서는 '자연이 가장 무섭다'라는 이야기를 거의 들어본 적이 없다. 총을 들고 있으면 짐승은 더 이상 무서운 존재가 아니다. 날씨가 너무 안 좋으면 애당초 산에 오르지 않기 때문에 위험할 일도 없다. 따라서 산속에서 자연은 딱히 무서운 존재라는 느낌이 들지 않을 것이다.

그래도 그들에게 무엇이 가장 무서운지 굳이 물어보면, 많은 사람들이 이렇게 대답하곤 한다.

"세상에서 가장 무서운 것은 역시 인간이지요."

무난하다고 하면 무난하고, 재미없다고 하면 너무 재미없는 답변이다. 단, 이것이 산속에 혼자 있는 여성이라고 한다면 이야기는 달라질 것이다. 나라현(奈良県)의 예(Ⅲ장 '깊은 산속의 여성')처럼 평범한 모습을 한 여성이 깊은 산속에 홀로 서 있으면 상당히 무서워지기 때문이다.

사람이 아니라 짐승, 특히 곰(반달가슴곰)이 무섭다는 사람이 많다. 얼마 전 아키타현(秋田県)에서 통칭 '슈퍼 K'라고 불렸던 '식인 곰'이 공포의 대상이 된 적이 있었다. 기존에도 곰에 의한 인적 피해가 없진 않았지만, 명백하게 인간을 노린 경우는 '홋카이도 불곰' 관련 사건이 대부분이었다. 일상적으로 산에 올라가는 사람들에게 이런 '슈퍼 K' 사건은 일찍이 존재하지 않았던 공포로 받아들여진 모양이다. 실제로 현지에서는 엉뚱한 곰이 사살되었을 뿐 진짜 범인은 아직 산속에 있을 거라고 철석같이 믿는 사람들이 대다수이다.

곰이나 눈사태는 구체적인 존재이기 때문에 두렵다. 그에 비해 '산괴'는 구체적이지 않을 뿐만 아니라 그 존재마저 확실하지 않다. 하지만 그렇기 때문에 더더욱 무섭다고도 말할 수 있다. 구체적인 것과 불확실한 것, 양쪽 모두를 무서워하는 사람이 있는가 하면 그 어느 쪽에든 태연한 사람도 있다.

물론 나는 전자에 속한다. 무서워서 어찌할 바를 모르겠다. 내가 산에서 삶을 영위하는 사람이 아니어서 솔직히 천만다행이라고, 언제나 가슴을 쓸어내리곤 한다.

Ⅰ 당혹스러운 숲

다정한 여우와 동백나무 환영

오구니정(小国町)은 자칭 '야마가타현(山形県)의 턱'이라고 한다. 지도를 보면 분명 그런 측면이 있다. 야마가타현은 언뜻 보기에 '왼쪽 방향을 보고 있는 사람의 얼굴'로 보인다. 얼굴로 치면 그야말로 턱 부근에 오구니정이 떡하니 자리 잡고 있는 셈이다. 오구니정 고미사와(五味沢) 마을의 베테랑 마타기인 사이토 시게미(斉藤重美) 씨에게서 이야기를 들어보았다.

"도깨비불(여우불) 이야기는 이 근처에서 들어본 적이 없네요. 여우가 자주 나타나는 장소는 있지만요. 단, 이 근처의 여우는 절대로 사람의 목숨을 노리진 않아요."

"사람을 속여 험한 일을 당하게 하지도 않나요?"

"그런 이야기는 들어본 적이 없는데요. 대체로 사흘 정도 지나면 여우가 무사히 원래대로 해주거든요."

*

사이토 씨 댁 근처에 사는 한 노인이 갑자기 사라진 적이 있다. 마을 사람 전체가 총출동해서 찾아 나섰지만, 도무지 발견되지 않았다. 하지만 아무도 당황해하는 기색을 보이지 않고….

"뭐, 좀 있다가 돌아오겠지."

그러고 나서 사흘 후, 노인이 발견되었다.

"산에 갔다고 하더라고요. 어디 다친 데도 없고 더러워지지도 않 았고요."

그가 도대체 어디에 있었는지까지는 결국 아무도 모르는 상태다. 이분은 이른바 인지장애가 없이, 정신이 온전한 사람이었다고 한 다.

*

사이토 씨의 동료 엽사인 세키 히데토시(関英俊) 씨는 이바라키현 (茨城県)에서 이주해 산과 관련된 일에 종사하고 있다. 젊은 시절부 터 산을 좋아했던 세키 씨는 여태껏 무섭다고 느낀 적은 단 한 번도 없다고 한다. 정확하게 표현하자면, '무섭다고 생각하지 않도록 한 다'라고 표현해야 할 것이다. 무섭다는 생각을 혹시라도 해버리면 별스럽지 않은 일에도 바들바들 떨게 되기 때문에 도저히 산에서 일을 할 수 없다.

"옛날에 닛코(日光) 지역에서 한밤중에 산속을 걸었던 적이 있었답 니다. 그런데 내 앞쪽으로 여우가 가고 있는 게 아니겠어요? 거리가 좀 가까워져도 도망가지 않았고, 이따금 뒤쪽을 한 번씩 돌아보면 서 걸어가더라고요. 저걸 따라갔다가는 조만간 영락없이 홀리고 말 겠구나 싶었지요."

한밤중에 홀로 깊은 산속을 걸을 수 있을 만큼 '간이 큰 사람'에게 는 여우도 차마 손을 대지 않을 것이다.

*

산에서 일하는 것을 생업으로 삼아온 사이토 씨는 산속 구석구석까지 속속들이 파악하고 있는 달인이기도 하다.

"베어버리기 싫은 나무가 있냐고요? 줄기가 세 갈래로 갈라진 나무지요. 그건 절대로 벨 수가 없어요. 신이 깃든 나무니까요."

사이토 씨는 오미야코야스료신사(大宮子易兩神社-오구니정에 있는 '안전한 출산'과 관련된 신사-역주)의 숲에서 벌채를 한 적이 있다. 당시에는 벌채에 사용할 도구는 모조리 신사에서 '오하라이(액을 막고 잡것을 제거하기 위한 일종의 살풀이-역주)'를 받았다. 물론 벌채 계획이 있는 나무들도 똑같이 오하라이를 받고 나서 작업을 개시했다.

"산에 오를 때는 반드시 산에 계시는 신에게 먼저 합장을 하지요. 사냥을 갈 때는 반드시 그렇게 해요. 올라가는 도중에 산의 신을 모신 사당이 있거든요. 그곳을 지나면 '산에서만 쓰는 말' 이외에는 사용할 수 없어요."

'산에서만 쓰는 말'이란 마타기들이 사냥하러 산에 오를 때만 입에 담는 특수한 말로, 마타기들끼리만 쓴다. 마타기가 산속에서 무심코 세속의 말을 입에 담았다가는 목욕재계를 해야만 했다. 요컨대 마타기들은 '인간이 지배하는 세계'와 '신이 깃든 산의 영역'을 확연히 구분하고 있었다.

"그 사당보다 위쪽에서 붉은 동백꽃을 보면 산에서 내려가야 했답니다. 직접 찾으러 돌아다녔던 적도 있어요. 그랬더니 진짜로 그곳에서부터 위쪽으로는 동백나무가 한 그루도 없더라고요."

"동백나무가 나지 않았는데도 동백꽃을 본다는 말씀이신가요?"

무슨 뜻인지 파악하기 어려워 좀 더 상세히 물어보자, 이런 이야기였다. 그 사당으로부터 위쪽에는 사실 동백나무가 없다. 그런데 산에 올라가서 나 있지도 않은 붉은 동백꽃을 본다면, 그것은 산에 오르지 말라는 신의 사인이라는 말이었다.

"있지도 않은 것이 보인다는 이야기는 결국 헛것이 보인다는 소리지요. 몸 상태가 나빠서 그런지는 모르겠지만요. 어쨌든 산에 올라가서는 안 돼요. 그래서 중간에 되돌아오는 사람도 있어요."

다른 지역에서도 산에서 평소와 다른 징조가 보이면 주저하지 않고 돌아온다고 이야기해준 사람들이 있었다.

그저 단순히 미신이나 미망에 불과하다고 다짜고짜 치부해버릴 수도 없다. 동물적인 제6감이 뭔가를 알려주는 경우도 있기 때문이다.

*

"꽤 한참 전의 일이었지요, 아마? 집 근처에서 까마귀들이 엄청나게 울어대지 않겠어요? 너무 시끄러워서 한번 확 갈겨주었어요."

까마귀 한 마리가 지면으로 떨어지기 시작했다. 땅에 떨어진 것을 확인하는 동시에, 집에 있는 전화기가 울리기 시작했다.

"전화가 왔어요. 할아버지가 방금 전에 죽었다고. 그다음부터 까

마귀는 쏘지 말아야겠다고 생각했지요. 우연에 불과할 거라는 생각
도 하긴 하지만요."

유체이탈

오구니정에 있는 오미야코야스료신사(大宮子易両神社)는 우젠(羽前, 현재의 야마가타현 부근을 지칭했던 옛 지명-역주)에서 최고로 손꼽히는 격이 높은 신사인데, 다소 특이한 점이 있다. 오미야신사(大宮神社)와 고야스신사(子易神社)가 같이 있을 뿐인데, 외관상으로는 하나의 신사처럼 보이기 때문이다. 창건 712년을 자랑하는 유서 깊은 신사에서 '네기(禰宜)'라는 직책을 맡고 있는 신관인 엔도 나루아키(遠藤成晃) 씨의 이야기다.

"어린 시절 '폴터가이스트(Poltergeist, 초자연적인 힘의 불가해한 소음들, 소란스러운 현상을 일으키는 정령-역주)'를 경험한 적 있습니다."

이 신사는 엔도 씨의 외가 쪽 신사인데 어린 시절엔 여기에서 다소 떨어진 집에서 살았다고 한다.

"아마 초등학교 저학년 시절의 일로 기억해요. 이유는 다 잊어버렸지만 어쨌든 식구들과 티격태격한 바람에 저녁밥을 먹다가 뾰로통해져서 거실에서 드러누워 있었지요."

거실은 위로 뻥 뚫린 구조였기 때문에 천장이 아주 높았다. 그런 천장을 올려다보고 있는데 뭔가가 위로 날아가고 있었다. 다트 게임에서 던지는 화살촉이었다.

"끝이 흡반 스타일로 착 달라붙을 수 있는 완구인데요. 그게 위에서 엄청난 속도와 각도로 날아오더라고요. 얼마나 놀랐는지 몰라요."

가족들은 식당에서 밥을 먹고 있었기 때문에 당연히 2층에는 아무도 없었다.

*

엔도 나루아키 씨가 고등학교에 다니던 무렵, 고타쓰(발열장치가 달린 낮은 탁자형 난방기구-역주)에서 꾸벅꾸벅 졸다가 가위에 눌린 적이 있다.

"어라? 도무지 움직일 수가 없네? 의아해하고 있는데 머리 방향으로 발소리가 들리기 시작했어요. 그게 점점 이쪽으로 다가오는 상황이라 난감해졌지요."

필사적으로 발버둥을 치며 있는 힘, 없는 힘을 쥐어짜내 가까스로 가위눌림에서 빠져나온 순간….

"웃음소리가 들리는 게 아니겠어요? 자그마한 여자아이였어요. 모습이 보이진 않았고요. 아이 세 명 정도가 웃으면서 옆을 스쳐 지나가는 것을 느끼겠더라고요. 이 이야기도 다트 이야기도 아무도 당최 믿어주질 않더군요. 그래서 다른 사람들에게 여간해서는 말을 꺼내지 않습니다."

*

엔도 나루아키 씨의 어머니가 고등학교에 다니던 시절이었다. 당시 신사 안에서 생활하던 공간은 노후화가 진행되면서 상태가 상당히 좋지 않았다. 그래서 일부를 재건축할 계획을 세우고 있었다. 그러던 어느 날 밤의 일이었다.

"어머니가 방에서 주무시다가 본인의 몸이 허공으로 떠오르는 것을 알아차리셨다고 해요."

놀라서 눈을 떠보니, 어두컴컴한 방 안을 매서운 바람이 맹렬한 기세로 위아래를 향해 소용돌이치고 있었고, 본인의 몸도 그런 소용돌이 속으로 빨려들어가고 있었다. 그런데 거센 돌풍 안에서 누군가의 목소리가 들려왔다.

"어머니의 이름을 부르더래요. 그러더니 계속해서 춥다고 말했다더군요."

다음 날 그 이야기를 아버지에게 하자,

"그랬구나. 역시 신전도 같이 다시 지어야 할 것 같구나."

이리하여 재건된 것이 현재의 신전이다.

*

엔도 나루아키 씨의 할머니 나오코(尙子) 씨는 원래 나라현 가스가타이샤(春日大社)의 미코(巫女)였다. 그런데 어떤 인연 덕분인지 결국 이 신사의 관계자가 되었고 그로부터 오랜 세월이 흘렀다. 그런 나오코 씨는 이전 대의 우두머리 신관이 입원했을 당시, 신기한 '모노'를 발견한 적이 있다. 위독한 상태였던 우두머리 신관의 곁에서 간

병을 하고 있는데, 신관의 뒤쪽에 뭔가가 떠올라 있었다.

"어머나? 저건 뭐지? 순간적으로 제 눈을 의심했어요. 빨간빛과 파란빛이 허공이 떠 있는 게 아니겠어요?"

의문의 빛이 출현하고 얼마 지나지 않아 우두머리 신관은 숨을 거두었다고 한다.

히토다마(人魂, 주로 야간에 공중에 떠다니는 일종의 도깨비불. 직역하면 '죽은 사람의 몸에서 떨어져 나온 영혼'이라는 의미-역주) 계열(도깨비불, 불구슬 등)에는 붉은 계열과 푸르스름한 계열이 있는 모양이다. 색깔의 차이는 무엇 때문일까? 계절이나 시각에 따라 다르게 보이는 것인지, 이유는 분명치 않다. 어떤 사람은 '죽은 사람은 푸르스름하고, 아직 온전히 죽지 않은 사람은 빨갛다'라고 해석해주었는데, 이 경우는 양쪽 모두였다.

*

우두머리 신관분은 돌아가시기 직전에 유체이탈을 했다고 한다.

"병원에서 잠깐 눈을 뜨신 것 같아서 살펴보니, 무슨 말씀을 하시더라고요. 그런데 그 말씀을 들어보니, 조금 전 신사에 다녀왔는데 집 옆에 빨간 동백꽃 한 송이가 피어 있는 것을 봤다고 하시더래요. 그래서 집에 가서 확인해봤더니, 실제로 한 송이의 동백꽃이 정말로 피어 있었답니다."

유체이탈이란 이른바 생령(이키료)을 가리킨다. 유체이탈이 가능한 상태였기 때문에 임종 직전에 붉은색과 푸른색을 띤 빛이 동시에 보였던 것일지도 모른다.

*

신사의 업무를 담당하는 공간에는 '조단노마(上段の間)'라는 부분이 있다. 바닥의 일부를 한 단 높여서 조성해놓은 방이다. 과거엔 요네자와번(米沢藩, 에도 시대에 일본의 북동부에 있는 데와노쿠니[出羽国]에 있었던 번-역주)의 우에스기(上杉, 요네자와번의 번주-역주) 가문과 관련된 지체 높으신 분들만 출입 가능한 특별한 장소였다. 지금은 간혹 방문하는 친척이 머무는데, 개중에는 그곳을 무척이나 두려워하는 사람이 있다고 한다.

'한밤중에 누군가 방 여기저기를 돌아다니는 소리가 나서 무서운 나머지 도저히 잠을 이룰 수 없다.'

마치 '여긴 애당초 너희들 따위가 머물 곳이 아니야!'라며 사람들을 내치고 있다는 생각마저 든다.

영혼과의 조우

오구니정의 오미야코야스료신사 바로 옆에서 고비나물을 말리고 있던 부인이 해준 이야기다.

"몇 년 전 일이긴 한데요, 숙모님이 돌아가셨을 때 애들이 숙모님을 봤던 모양이더라고요."

숙모님이 돌아가시고 며칠 후의 일이다. 집에서 살짝 떨어진 마을에 일이 있어서 누나와 남동생이 함께 집을 나섰다고 한다. 이야기를 나누며 길을 가던 남매는 어느 시점에서 더 이상 한 마디도 입을 열지 않게 되었다. 신기한 침묵은 그대로 이어졌는데, 일주일 정도 지난 어느 날….

"집에서 이야기를 나누다가, 숙모님을 봤다는 이야기를 딸아이가 불쑥 꺼내지 않았겠어요?"

심부름을 하러 누나와 남동생이 함께 집을 나선 바로 그날의 이야기였다. 딸은 길 건너편에서 숙모님이 걷고 있는 것을 봤다고 말했다. 물론 그분은 진즉에 돌아가셨고 딸도 그때 장례식에 참석했다.

"무슨 말도 안 되는 소리를 하고 있는 거니? 숙모님은 돌아가셨잖아? 꿈을 꾼 거겠지."

딸아이의 이야기는 이랬다.

'본인은 길 건너편에서 평소 입던 차림새로 걸어가고 있는 숙모님을 보고 놀라자빠질 정도로 깜짝 놀랐다. 하지만 옆에 있던 남동생이 놀랄까 봐 고함을 지르고 싶은 충동을 가까스로 참았다.'

그 이야기를 곁에서 듣고 있던 남동생이 입을 열었다.

"실은 나도 봤어. 숙모님이 걸어가고 있더라고. 행색도 누나 말대로 그런 차림새였어."

누나와 남동생은 돌아가신 숙모님의 모습을 동시에 본 것이다. 그러나 너무 놀란 나머지 두 사람 모두 차마 그 사실을 입에 담을 수 없었다. 그리고 바로 그런 이유 때문에 두 사람 모두 순간적으로 침묵에 빠져버렸던 것이다.

*

누나와 남동생이 동시에 같은 '모노'를 본 경우가 있는가 하면, 약간 다른 경우도 있다. 니가타현(新潟県) 무라카미시(村上市)에서 만난 할머니가 해준 이야기였다. 산나물 캐는 것을 무척이나 좋아하는 할머니였다.

"숙부님이 돌아가셨던 날, 저녁 무렵이었지요. 일을 마치고 집에 돌아온 아들이 차고 셔터를 내리고 있는데, 아래 부분에 생긴 빈틈으로 하얀 연기 같은 것이 살며시 들어왔어요."

커다랗고 새하얀 덩어리는 연기 같기도 하고 빛처럼 보이기도 했다. 그것이 자기 쪽을 향해 갑자기 엄청난 속도로 돌진해왔다.

"우아아아앗!"

그가 비명을 지르며 뒷걸음치자, 그 덩어리는 천장 쪽으로 빨려들어가는 것처럼 사라졌다.

"꺄아아아악!"

이번엔 2층에서 비명 소리가 났다. 차고 바로 위층은 빨래를 너는 장소였는데, 그곳에 있던 누나가 소리를 질렀던 것이다. 대체 무슨 일인가 싶어서 할머니가 나가보았더니, 누나가 탈진 상태로 주저앉아 있었다.

"세탁물을 거둬들이고 있는데 느닷없이 마루에서 검은 덩어리가 훅 하고 나왔다더군요. 몹시 무서워하고 있었어요. 역시 숙부님이 인사를 하러 오셨던 모양이에요."

상당히 난폭한 인사다. 그러나 각각 2층과 1층에 있었던 누나와 동생에게 어째서 각기 다른 모습으로 나타났는지, 참으로 희한한 노릇이다.

*

"우리 집 아빠(배우자)가 입원했을 당시 의사 선생님이 말씀해주셨지요. 상태가 좋지 않으니 각오하고 있으라고요. 그래서 일단 집으로 돌아가서 이런저런 준비를 해놓아야 했어요."

입원 기간이 얼마나 될지 도무지 알 수가 없었다. 갈아입을 옷을 어찌해야 할지, 파자마는 몇 벌이나 필요할지 이런저런 생각을 하고 있는데, 난데없이 현관문이 열리는 소리가 나서 고개를 들었다. 복도를 걸어오는 것은 병원에 있어야 할 할아버지였다.

"어머나? 왜 돌아온 거지? 하면서 봤더니 환자복이 아닌 작업복을 입고 있었어요."

　조금 전 봤던 병원에서의 행색이 아니라, 평소 일을 하러 갈 때의 복장이었다. 너무나 기묘한 나머지 할머니는 자기도 모르게 말을 걸지 않을 수 없었다.

　"여보, 왜 그런 차림을 하고 있어요?"

　그 순간 할아버지의 모습은 순식간에 사라졌다.

숲으로 사라진 비행사

니가타현 세키카와촌(関川村)의 촌장을 역임한 히라타 다이로쿠(平田大六) 씨는 산을 좋아하는 사람이라 등산을 함께 다니는 동료들도 많다. 그중 한 친구가 이데연봉(飯豊連峰) 북부에 위치한 오쿠타이나이(奥胎内)의 산속 오두막에서 신기한 체험을 했다.

1975년 여름, 니가타시(新潟市)에 사는 M 씨가 아이와 함께 다이나이(胎内) 오두막에서 묵다가 한밤중에 싸늘한 기운이 느껴져 자기도 모르게 눈을 떴다. 도대체 무슨 일이란 말인가? 주변을 둘러보자 머리맡에 마치 난쟁이 같은 불길한 그림자가 어른거렸다. 너무도 의아한 나머지 제대로 살펴보려고 몸을 일으키려는데, 전혀 옴짝달싹도 할 수 없었다. 그러더니 한기가 강해지면서 몸이 허공으로 붕 떠오르는 것 같았다. 지금까지 한 번도 경험해보지 못한 공포감에 사로잡혀 본인으로서는 어찌해볼 도리가 없었다. 하산하자마자 M 씨는 동료에게 물어보았다.

"이봐, 자네 혹시 알고 있는 것 없나? 다이나이 오두막에서 혹시 누가 죽은 적이라도 있었나?"

그런 사실은 없지만, 이 소리를 들은 친구 중 한 명에게는 내심 짐작이 가는 바가 있었다.

"아마도 비행사의 영혼일걸세."

이야기는 1941년 11월 14일로 거슬러 올라간다.

오쿠타이나이 산지에서 훈련 중이던 육군 전투기가 추락하는 사고가 발생했다. 조종사는 낙하산을 타고 가까스로 탈출했지만, 깊은 숲속에 떨어져 그대로 행방불명이 되었다. 다이로쿠 씨가 초등학생 시절의 일이었는데, 군용기 여러 대가 수색을 위해 사방으로 날아다니던 장면이 지금도 선명히 기억난다고 한다.

이때 수색에 동원된 한 현지인이 시신을 발견하고 바로 옆에 있던 커다란 너도밤나무에 손도끼로 글씨를 새겨두었다. 그런 일이 있고 나서 30여 년이 흐른 후, 바야흐로 사람들의 뇌리에서 희미해져버린 이 사건 현장을 다시 찾은 사람이 있었다. 당시 전투기가 추락한 장소의 너도밤나무에 글씨를 새겨둔 사람의 아들이었다. 글씨를 새겼던 당사자는 이후 전쟁에 출정해 두 번 다시 고향 땅을 밟지 못했다.

실은 이 다이나이 오두막 주변에서는 불가사의한 일들이 잇따라 관계자들이 고개를 갸우뚱거리고 있었다. 그런 와중에 M 씨 사건까지 터지는 바람에, 행방불명이 된 조종사를 공양해드려야 한다는 것에 생각이 미치게 되었다. 1975년 M 씨를 비롯해 히라타 다이로쿠 씨나 그와 가까운 많은 동료들이 모여 산속으로 사라져버린 비행사의 영혼에 제사를 지냈다.

*

1976년 여름, 곤들매기 낚시를 떠난 사람들이 행방불명이 되었다. 다음 날 이른 새벽, 다이로쿠 씨의 동료가 구조대를 이끌고 다이나이 오두막으로 수색에 나섰다. 수색을 시작하자마자 한 대원이 커다란 비명 소리를 들었다.

"이봐, 세 사람 찾았어!"

주위에 메아리가 울려 퍼질 정도로 커다란 고함 소리가 두 번이나 울렸다.

"찾았다고? 누구야, 지금 말한 사람은?"

같이 있던 대원들 쪽을 돌아보자 모두가 의아한 표정을 짓고 있다.

"찾았다고 지금 말했잖아? 어딘가에서. 세 사람을 찾은 모양이야."

"대체 무슨 소리야? 아무 소리도 들리지 않는다고."

그토록 커다란 고함 소리가 두 번이나 울려 퍼졌는데 다른 대원들은 아무도 그 소리를 듣지 못했다. 이후 얼마 지나지 않아 세 사람을 무사히 발견했다는 소식이 무전기를 통해 들어왔다.

의문의 목소리를 들었던 대원은 행방불명자를 무사히 구출한 후, 저녁 무렵 집에 도착했다. 현관문을 열자 집에 있던 아내가 불안한 표정으로 말했다.

"어제 한밤중에 전화가 왔어요. 누군지는 모르겠지만, 세 사람이 무사히 발견되었다고 말하던데요."

그 시각에는 다들 다이나이 오두막에서 쉬고 있었다. 전화를 걸 수 있는 형편도 아니었고, 애당초 그 시점에는 조난자의 생사조차 확실치 않았다.

신기한 목소리나 한밤중에 걸려온 전화는, 일 년 전 공양을 드렸던 바로 그 오카야마현(岡山県) 출신의 육군 소위와 관련이 있을지도 모른다. 훗날 이 대원은 이런 생각을 지울 수 없었다.

지렁이 소면과 소인(小人)

히라타 다이로쿠 씨의 큰아버지는 마을의 교육자로 견실한 인물이었다. 쇼와 시대 초기, 큰아버지께서 어느 결혼식에 초대되었다가 귀가하던 중에 문득 정신을 차리고 보니 난데없이 다리 밑에 우두커니 서 있었다.

"시치로(七郎)라는 분이었는데 손에 들고 있던 잔치 음식이 모조리 없어졌다고 해요. 수달 때문일지도 모르지요. 이 주변에선 줄무늬 문양의 기모노를 입은 여자는 수달이 변신한 거라는 말이 있지요. 수달이 잔치 음식을 감쪽같이 훔쳐갔을 거예요."

*

이번 이야기 역시 히라타 다이로쿠 씨의 친척분의 이야기다. 친척분께서는 산속에서 홀연히 자취를 감춘 적이 있다. 그가 스무 살되던 무렵, 동료들과 산에서 한참 일을 하던 와중에 발생한 사건이다. 조금 전까지 그곳에서 작업하던 사람이 돌연 행방불명이 되는 바람에 마을 전체가 술렁거렸다고 한다.

"소방단을 중심으로 수색에 임했지만 도무지 찾을 수가 없었지요. 그런데 3일째였는데 도저히 상상도 못 했던 깊은 산속에서 발견되었어요. 그 사람이 나중에 말하기를, 산속에 너무나 근사한 집이 있었고 아름다운 여인에게 소면 대접을 받았다더군요. 하지만 그게 실은 지렁이였대요."

나라현 가와카미촌(川上村)에서 행방불명이 된 여자아이가 발견되었을 때, 엄청난 양의 지렁이를 토해냈다는 이야기를 들은 적이 있다. 지렁이 소면은 산속에서 자주 볼 수 있는 성찬인 모양이다. 낯선 사람이 소면을 먹으라고 권하면 한 번쯤 고민해봐야 하겠다.

*

히라타 다이로쿠 씨의 부인은 무덤가에서 아주 왜소한 소인(小人)을 우연히 만났다. 친척 여성과 성묘를 갔을 때의 일이었다.

"이전에 성묘를 왔을 때 바쳤던 시든 꽃을 갖다버리는 장소가 있답니다. 시든 꽃을 버리려고 그곳에 갔더니, 키 작은 사람이 여기저기를 걸어다니더군요."

한밤중도 아닌 백주 대낮에 두 사람이 발견한 것은 여우나 너구리가 아닌 인간이었다. 단, 이상하리만치 체구가 작았을 뿐이었다. 앞서 언급했던 다이나이 오두막에서도 체구가 작은 사람이 모습을 드러냈던 것처럼, 이런 일은 산에서는 종종 있는 모양이다. 이전에도 효고현(兵庫県)의 여성 엽사가 산속에서 두 번이나 본 적이 있기 때문에, 어쩌면 일본 각지에 있을지도 모른다.

고개에 서 있는 사내

나의 뇌리에 '산괴'라는 발상이 스쳤던 것은 아니(阿仁) 마을 마타기와의 오랜 교분 덕분이다. 아니 마을은 아키타현 북부에 있으며, 마타기들은 모리요시산(森吉山) 주변을 자신들의 활동의 장으로 삼고 있다.

아키타현 남부에도 마타기들이 존재한다. 거슬러 올라가면 아니 마을에서 곰을 잡으러 이곳으로 왔던 사람들이 그대로 정착했다고 전해진다. 아키타현과의 경계에 위치한 히가시나루세촌(東成瀬村, 이와테현)이나 미야기현(宮城県)과의 경계에 있는 유자와시(湯沢市, 아키타현)의 미나세(皆瀬) 마을도 수렵이 성행했다. 산에서의 다양한 활동을 통해 삶을 영위해왔던 것이다. 겨울 시즌엔 산을 넘는 도로가 모조리 폐쇄되면서 광활한 지역이 마치 미로나 다름없는 상태가 된다.

*

미나세 마을에서 산에 관한 대부분의 일들을 도맡아 해주는 기타니혼삭도(北日本索道)라는 회사의 경영자 가네코 도미이치(兼子富市)씨로부터 이야기를 들어보았다. '삭도'란 와이어(강철선)에 매달아 목재를 산에서 내려주는 장치를 말한다. 오늘날엔 임도가 조성되어 통행로도 확보되었고 기계류 성능도 좋아졌기 때문에 삭도를 이용할 기회는 과거보다 줄었다고 하는데, 그럼에도 불구하고 깊은 계곡에서는 반드시 필요한 장치다.

"국도 398호를 자주 이용하곤 합니다. 미야기현 방면은 도로가 무척 좁지만 거리적으로 매우 가깝거든요. 물론 겨울에는 다닐 수 없고요."

아키타현에서는 도로의 폭도 넓고 쾌적하지만 고개를 넘어 미야기현으로 진입하면 상당히 난코스가 시작된다. 스쳐 지나가기도 힘들 정도로 꼬부랑 고갯길의 연속이었다. 가네코 씨가 이런 혹독한 코스를 통해 한밤중 미야기현 방향에서 미나세 마을로 향하고 있던 때의 일이었다.

"아마 가을이었을 거예요. 밤 12시가 넘은 한밤중에 구리코마산(栗駒山)을 넘고 있었지요. 비까지 추적거리던 밤이었어요."

비가 내리는 산속은 참으로 어둡다. 차량의 라이트가 어둠 속에 빨려들어가버리면, 간혹 이 길이 평소 다니던 그 길이 맞는지 갑자기 자신이 없어진다. 그런 가운데 몇 번이나 커브를 돌자, 끊임없이 내리는 빗속에 뭔가가 떠올랐다.

"세상에나, 사람이 보이더라고요. 끔찍한 얼굴을 한 채 빗속에서 양손을 흔들고 있었어요. 정말 등줄기가 오싹하더군요."

있을 수 없는 광경이었다. 한밤중 폭우가 내리는 상황에서 차를 노려보고 있던 한 사내는, 그야말로 필사적인 상황에 놓여 있을 것으로 보였다.

"산에서 길을 잃은 사람일지도 모른다는 생각이 퍼뜩 들긴 했지만, 행여나 그 사람이 칼이라도 들이대면 오히려 이쪽이 당할 판국

이니까요."

 가네코 씨는 조금도 주저하지 않고 있는 힘껏 가속 페달을 밟아 그 자리에서 벗어났다. 조금 지나 백미러로 확인해보니 마침 커브에 진입하고 있었기 때문에 사내의 모습은 더 이상 보이지 않았다.

 "누군가가 그렇게 서 있곤 해요. 그 고개에서는 종종 있는 일이지요."

 그런 누군가를 친절한 마음으로 태워주면 어느새 모습이 사라진다는 이야기가 전형적인 패턴이다. 실제로 겪어본 사람이 한두 사람이 아니었기 때문에, 그런 사실을 알고 있는 사람은 한밤중에 절대로 고개를 넘지 않는다. 가네코 씨의 경우, 그 누군가가 설령 인간이었어도 도저히 브레이크를 밟을 상황이 아니었던 것이다. 당시 실제로 조난한 사람에 대한 정보도 없었기 때문에, 역시 그 존재는 사람이 아니었을 것이다. 한밤중에 구리코마산을 넘을 때는 주의를 요한다.

죽음의 사인

가네코 씨는 젊은 시절 숲에 머물면서 함바집(현장 식당)을 경영한 적이 있었다. 전기도 들어오지 않는 산속에서 먹고 자면서 작업에 임하는 것은 산에서 삶을 영위하는 사람들에게 결코 드문 일이 아니었다. 그런데 의외로 이런 상황에서 겪었다는 신비한 체험 이야기는 거의 듣지 못한다. 어쩌면 경험자가 더 이상 존재하지 않게 되었다는, 오로지 그 이유 때문일지도 모른다.

"벌써 15년 정도 전의 이야기예요. 깊숙한 산속에서 벌채 작업을 하다가 죽은 사람이 있었어요. 참으로 묘한 일이었지요."

죽은 사람은 기타니혼삭도 회사에서도 베테랑에 속하는 작업원이었다. 어느 날 산에서 벌채 작업을 하고 있는데 아래로 떨어진 나뭇가지가 지면에서 튀어 올라 그 사람을 때렸다.

"딱히 큰 나뭇가지도 아니었어요. 살짝 위로 튀어 올라 그 사람의 머리에 콩, 하고 맞았거든요. 아니요, 머리에 직접 닿은 것도 아니었어요. 쓰고 있던 헬멧과 살짝 부딪쳤지요."

충격을 받을 정도도 아니었고, 크게 몸을 다칠 정도도 아니었다. 그런데도 그는 천천히 뒷걸음질 치다가 자리에 주저앉았다. 그러고는 그대로 전신에서 힘이 빠져나가면서 마치 잠에 빠진 사람처럼 쓰러졌다.

"도무지 영문을 알 수 없었어요. 그대로 목숨을 잃고 말았지요. 어디에 상처 하나도 나지 않았는데."

죽음의 원인이 명확지 않았다. 경찰이 와서 현장검증도 해봤지만, 사건도 사고도 아니라는 결론에 도달할 수밖에 없었다.

이후 장례식 과정에서 그가 생전에 어떤 기묘한 행동을 했는지가 밝혀졌다.

"돌아가시기 하루 전날, 친척과 온천에 갔다고 해요. 뜨거운 온천물에 몸을 담그고 '이렇게 자네와 온천을 즐기는 것도 마지막일세'라고 말한 모양이더군요. 그리고 나서 다음 날 아침, 작업장에 올라와 자기 짐이나 도구들을 말끔하게 정리하더래요. 평소엔 그런 행동을 전혀 보이지 않았던 사람이거든요. 그런 광경을 지켜보던 사람들은 도대체 왜 저러지 하고 생각했던 모양이더군요."

마지막 정리를 하고 나서 몇 시간 후 그는 갑자기 세상을 떠났다. 어쩌면 그는 사전에 자신의 죽음을 감지했을지도 모른다. 자신으로서는 달리 할 수 있는 일이 없었기 때문에, 그저 눈앞에 닥친 그 순간을 기다릴 수밖에 없었던 것이다. 헬멧에 닿았던 나뭇가지, 콩 하는 소리가 그 사인이었을지도 모른다.

들어가고 싶었던 온천

아키타현 남부에는 '비탕(秘湯, 오지에 있는 명천[名泉]-역주)'의 그윽한 분위기가 넘치는 온천이 산재한다. 계곡에서 가열된 수증기가 치솟는 오야스협곡(小安峽) 근처에서 성장한 사토 마사코(佐藤昌子) 씨가 해준 이야기다.

"아버지는 강 건너편 산속에서 불빛을 본 적이 있어요."

이야기를 들어보니 그야말로 '여우 시집가기'와 동일한 현상으로 여겨진다. 빛의 행렬이 산속에서 보이는 현상인데, 지금은 거의 보이지 않게 된 것도 전국적으로 엿볼 수 있는 경향이다.

"옛날엔 자주 보였는데 요즘은 통 볼 수가 없군요."

이것도 전국적으로 듣는 말이다. 전등이나 승용차의 라이트가 밝아서 보이지 않게 된 거라고 다들 이구동성으로 말한다. 물론 그런 탓도 있을 수 있겠지만, 가장 큰 원인은 인간이 산속의 어둠에 더 이상 눈길을 돌리지 않게 되었기 때문일지도 모른다.

"서른 살 정도 되었을 때 사촌이랑 둘이서 왕잎새버섯을 따러 간 적이 있었어요. 항상 오르던 산이었는데 이상하게 어디가 어디인지 모르겠더군요."

깊은 산속이긴 하지만 버섯을 따러 자주 오곤 했던 익숙한 곳이다. 딱히 악천후도 아니었고, 두 사람 모두 심신이 피곤한 상태도 아니었다.

"갑자기 어디가 어딘지 알 수 없어서 난감해졌지요. 그래서 '보타락'을 외쳤어요."

"보타락…이라고요? 그건 대체 뭐지요?"

'보타락'이란 현지에서는 찬불가를 말하는 모양이다. 그런 '보타락'을 혼신의 힘을 다해 읊고 있었더니 울창한 숲 안쪽에서 확연히 눈에 띄는 거대한 나무가 나타나기 시작했다.

"항상 표지로 삼곤 했던 나무였지요. 그런데 바로 그것이 눈앞에 떡하니 나타나더군요."

산속에서 돌연 앞뒤 전후를 파악할 수 없는 상태에 빠진다는 이야기는 종종 들어본 적이 있다. 그런 상황에 빠졌을 때 탈출하는 방법에 대해서도 들은 적 있다. 담배 한 개비를 피워 물었더니 눈앞에 길이 펼쳐졌다거나 반야심경을 낭송한 덕분에 위험천만한 순간에서 벗어났다는 이야기도 있다. 이 경우도 그와 유사한 부류일까? 패닉에 빠지면 눈앞에 있는 것조차 보이지 않게 된다. 따라서 평정심을 유지하는 것이 가장 중요하다는 이야기를 산에 사는 사람들로부터 많이 들었다.

*

사토 마사코 씨가 사는 마을로부터 산을 하나 넘어가면 나오는 온천 료칸의 젊은 여주인(오카미[女将]-역주)에게서 들은 이야기다.

"이곳은 삼백 년 이상 이어져온 탕치숙(湯治宿, 질병 치료를 목적으로 장기 체류하는 온천 요양 숙소-역주)입니다. 신기한 일요? 저는 신기한 경험은 별로 하지 못했네요."

오랜 역사를 지닌 숙소라면 이루 다 셀 수 없을 정도로 많은 사람들이 이곳에 머물렀을 것이다. 그런 사람들로부터 이야기를 들어본 적이 없느냐고 묻자….

"아, 그리고 보니 할아버지가 계시다는 이야기는 들어본 적이 있습니다."

며칠 동안 묵고 있는 탕치 손님이 젊은 여주인에게 살짝 머뭇거리다가 이렇게 말을 걸었다.

"할아버지가 복도를 걸어 다니고 계신데… 아, 저기 보세요, 저기요."

가리키는 쪽으로 고개를 돌렸지만 젊은 여주인의 눈에는 그저 어두컴컴한 복도가 이어지고 있을 뿐이다. 그 손님은 이른바 '뭔가가 보이는 체질'이었던 모양이다. 어떤 할아버지였는지 궁금해서 그 손님에게 물어보았다.

"그 할아버지는 여기에 자주 오시던 할아버지 같아요. 이미 타계하신 분이지만, 돌아가시기 전에 다시 한번 이 온천물에 몸을 담그고 싶다고 하셨던 모양이더군요."

이승을 떠났는데도 평소 다니던 온천을 찾고 싶었던 것일까? 과연 이름난 온천이라는 자부심이 강한 탕치숙(湯治宿)이다. 이처럼 불특정 다수가 묵는 숙박 시설에는 이런저런 존재들이 접근하는 모양이다.

발견해주세요 - 구리코마산

아키타, 미야기, 이와테 등 세 개의 현에 걸쳐 있는 구리코마산(栗駒山)은 활엽수 숲이 끝없이 펼쳐져 있어 기분이 좋아지는 산이다. 아키타현 쪽에는 오야스협곡(小安峽) 온천이 있다. 계곡에서 가열된 수증기가 솟아 오르는 것으로 유명한 곳이다. 미야기현 쪽에도 곳곳에 여러 온천들이 있다. 그중 '램프의 숙소'로 유명한 것이 유바마 온천(湯浜温泉)의 미우라료칸(三浦旅館)이다. 온천 주인인 미우라 오사무(三浦治) 씨에게서 이야기를 들어보았다.

"초등학교에 들어갈 때까지는 여기서 살았어요. 어린 시절에는 여자를 종종 봤습니다. 한밤중에 여기로 오곤 했지요."

마을에서 멀리 떨어진 산속에 덩그러니 지어진 곳이었기 때문에 종종 얼굴을 내미는 여성은 이 세상 사람이 아니었다. 이곳은 예로부터 산을 넘어 각지로 향하는 사람들이 거쳐 가는 장소이기도 했다. 자세한 내막까지는 알 수 없으나 숙소를 목전에 두고 쓰러진 사람도 적지 않아서, 그런 사람들이 얼굴을 내미는 것이라고 미우라 소년은 느꼈다고 한다.

"여기까지만 오면 목숨은 구할 수 있었을 텐데, 참으로 가엾지요."

현재 '램프의 숙소' 바로 앞은 구리코마산의 등산로 중 하나가 되었다.

*

미우라 씨는 아주 최근까지 마타기 활동을 하며 온갖 산들을 누비고 다녔다. 그야말로 뼛속까지 '산에서 삶을 영위하는 사람'이다. 아버지와 할아버지도 마타기였는데, 특히 할아버지는 주위의 마타기들을 통솔하는 위치에 있었다. 마타기 집안에서 나고 자란 미우라 씨는 언젠가 사냥 시즌에 신기한 체험을 했다.

"친구들과 같이 산에 올라갔답니다. 여섯 명 정도 같이 갔을까요? 같이 걷고 있는데 뭔가가 발 언저리로 데굴데굴 굴러 떨어졌어요."

미우리 씨가 발견한 것은 헬멧이었다. 작업원들이 쓰는 헬멧이었는데, 산에서 일을 하거나 버섯을 따러 오는 사람들도 자주 사용하던 것이었다. 어디서든 살 수 있는 값싼 물건이기도 했다. 미우라 씨는 발 언저리에서 헬멧을 집어 들어 여기저기 꼼꼼히 살펴보았다. 어디에도 이름 비슷한 것은 없었다. 굳이 챙겨갈 필요까지는 없을 거라고 생각해, 그 부근에 있던 고목의 나뭇가지에 걸어두었다.

"그런데 신기한 일이었어요. 다시 걷기 시작했더니 또다시 뭔가가 데굴데굴 발밑으로 굴러오더라고요. 깜짝 놀라서 살펴보니, 아까 그 헬멧이지 않겠어요?"

미우라 씨는 자기도 모르게 방금 전 헬멧을 걸어두었던 고목을 향해 고개를 돌려보았다. 그토록 단단히 걸어두었는데, 거기에는 아무것도 없었다.

"기가 막혔지요. 절대로 떨어질 리 없었으니까요. 그래서 뒤에 있던 동료에게 이상하지 않느냐고 물어보았어요."

다시 집어 올린 헬멧을 들고 있던 미우라 씨는 그 의미를 알아차렸다.

"같은 방향에서 굴러왔거든요. 이렇게 굴러가다 보면 그 끝에 '있다'고 생각했지요."

그래서 미우리 씨가 동료들에게 부탁해서 살펴봐달라고 했더니, 역시 그는 거기에 있었다. 이후에 경찰까지 출동해 산속이 한동안 시끌벅적해졌다. 시신을 검사해본 결과, 사후 3년 정도 경과한 상태였다고 한다.

*

이느 날 밤, 미우라 씨는 신경이 쓰이는 꿈을 꾸었다. 익히 알고 있는 임도 깊숙이에 뭔가가 있었다. 그것의 정체까지는 알 수 없었지만 몹시 불길한 느낌이 들었다. 도저히 그대로 둘 수는 없었다. 그렇게 느끼고 다음 날 아침 파출소로 전화를 걸어 대략적인 장소를 전해주었다. 조금 이상하니 꼭 보러 가달라는 부탁도 잊지 않았다.

잠시 뒤에 현지로 향했던 경찰관이 연탄불을 피워 목숨을 끊은 시신을 발견했다.

*

또 어느 밤에 일어난 일이다. 유바마고개(湯浜峠, 미야기현에 위치하며

구리코마산의 전망대가 있음-역주) 부근을 차로 달리는데 별안간 열기가 느껴졌다. 갑작스럽게 더위를 느낄 만한 장소도 기후도 아니었다. 심지어 너무나 불길한 느낌이 몸속 깊숙이까지 파고든다. 분명 뭔가가 있는 것이었다.

그래서 또다시 다음 날 아침 파출소에 전화를 걸어 유바마고개 부근에 뭔가 이상한 점이 있을 거라는 이야기를 전했다. 그곳으로 향한 경찰관이 주위를 둘러보자, 분신자살한 것으로 보이는 주검이 발견되었다.

미우라 씨는 이른바 뭔가를 '느끼는 사람', 뭔가가 '보이는 사람'일까. '그들'이 그 예민한 감각에 뭔가를 호소해 어떤 사인을 보냈을 것이다. 부디 꼭 자신을 발견해달라는 사인.

불길한 웃음소리

　산속에서는 종종 뭔가 불길한 느낌이 든다고 한다. 산에 사는 사람들로부터 자주 듣는 이야기다. 그럴 때는 반야심경이나 찬불가를 읊으면서 어떻게든 화를 면하려고 한다. 미우라 씨도 종종 기분 나쁜 느낌이 난데없이 엄습할 때가 있다고 한다.

　"뭔가 정체를 알 수 없는 존재가 나를 보고 있었을 거예요. 몹시 불길한 느낌이 들지요. 얼마 전 일인데, 계곡에서 낚시질을 하고 있는데 웃음소리가 계속 들리지 않겠어요? 심지어 여자 웃음소리더라고요."

　혼자 있던 세곡에서 갑자기 들려온 여성의 웃음소리! 주변을 살펴보았지만 짐작이 가는 사람은 어디에도 없었다. 물론 새나 짐승, 나무들이 바람에 스치는 소리와는 확연히 달랐다. 산에서 태어나고 자란 사람이 그 정도도 분간하지 못할 리 없다. 분명히 여성의 웃음소리였다. 이럴 때 미우라 씨는 낚시를 접고 곧장 귀가한다는 '자신만의 방침'에 따르고 있다.

　　*

　"제가 아버지에게 들은 바로는 일본겨울잠쥐였어요."

　"일본겨울잠쥐요? 겨울잠을 잘 때 몸을 동그랗게 말고 잔다는 그 쥐를 말씀하시는 건가요?

"그렇습니다. 일본겨울잠쥐가 눈밭에서 데굴거리며 굴러가면 흉조이기 때문에 사냥을 접는다고 하셨어요."

일본겨울잠쥐가 원래 겨울잠을 자는 장소가 아니라 눈 위에서 굴러다닌다는 것은 불길한 징조였다. 이것은 오구니정의 마타기가 실제로 존재하지 않는 동백꽃의 환상을 봤을 때와 동일한 의미가 있을 것이다. 동백나무가 없는데 동백꽃을 보았다면 좋은 징조일 리 없다.

일기예보의 정확도도 떨어지고 정보도 전무했던 시대, 마타기들은 경험적 법칙이나 감에 의지해 자신의 몸을 지킬 수밖에 없었다. 대부분은 현대인의 시각에서 봤을 때 터무니없다며 일소에 부칠지도 모른다. 그러나 도저히 설명이 불가능한 일이기 때문에, 완전히 허무맹랑하고 무의미하다고 여겨지지는 않는다.

*

뭔가를 '느끼는 체질'인 데다 산에서 하는 작업에 관한 한 베테랑 경력의 소유자이기까지 한 미우라 씨조차 종종 기묘한 상황에 말려든다.

"부름을 받은 적은 있답니다. 10년 정도 전, 산나물을 뜯으러 갔을 때였지요."

산에서 삶을 영위하는 사람들에게 산나물이나 버섯은 귀중한 식재료이자 수입원이었다. 특히 숙소를 운영하는 미우라 씨에게는 손님들에게 제공할 소중한 식재료이기도 했다. 평소처럼 바구니를 등에 지고 산나물을 캐면서 산속을 이동하고 있다가 한 낯선 여성을 만나게 되었다.

"그 여자분께서 좋은 산나물은 이쪽에 더 많다고 가르쳐주셨지요."

산나물이나 버섯이 있는 곳을 낯선 사람에게 적극적으로 가르쳐주는 경우는 거의 없다. 하지만 미우라 씨는 그 여성이 가르쳐준 대로 따라가버리고 말았다.

"가다 보니 어디가 어딘지 모르게 되었지요. 결국 15km나 떨어진 곳까지 가고 말았답니다. 그건 부름을 받은 상황이었을 거예요."

물론 여성의 모습 따윈 어디에도 없었다. 여성이 대략 언제쯤부터 사라져버렸는지조차 확실치 않았다.

빛을 발하는 존재는?

산에서 맞이하는 밤은 어둡다. 어두우면 어두울수록 희미한 불빛에도 자연스럽게 눈길이 향하기 마련이다. 그러나 만약, 있을 수 없을 정도의 밝기라면 과연 어떨까. 강렬한 공포심을 느끼며 혼비백산해서 도망쳐버리는 사람이 대부분일 것이다.

과거 아키타현에 존재했던 니시나루세촌(西成瀬村, 현재는 요코테시[横手市])에서 현재 펜션을 운영하고 있는 한다 가쓰지로(半田克二郎)씨는 구리코마 국정공원(国定公園, 국립공원에 준하는 경승지-역주)의 관리인이기도 하다. 산에 관한 온갖 지식을 갖춘 사람이라고 할 수 있다. 어떤 면에서는 현지인보다도 인근에 존재하는 산들을 더 잘 꿰뚫고 있는데, 태어난 곳은 규슈(九州)의 산간 마을이라고 한다.

"우리 형이 고등학교에 다닐 무렵, 놀란 얼굴로 집에 뛰어들어온 적이 있었답니다. 형은 몹시 담대한 성격이라, 원래는 매사에 두려움을 느끼지 않는 사람이었지요."

심신 모두 강건해서 그 어떤 것에도 움츠러들지 않는 형이 처음으로 보여준 낯선 모습이었다. 대관절 어째서 형은 이토록 당황해할까? 도대체 무슨 일인지, 자세한 이야기를 들어보고 나서 깜작 놀랐다.

"저녁 8시가 넘었기 때문에 주변은 완전히 캄캄한 상태였다고 해요. 평소 다니던 길을 따라 형이 집으로 돌아오고 있는데 산 쪽이 밝아지고 있었던 모양입니다."

어두운 산속이 무슨 이유 때문인지 서서히 밝아지고 있었다. 무슨 일인가 싶어서 자세히 살펴보니 빛이 점점 커지고 있음을 알 수 있었다. 혹시 산불? 만약 그렇다면 보통 일이 아니었다. 사태를 정확히 파악하기 위해 그 자리에 멈춘 다음, 그 방향을 응시하고 있었다. 그러자 묘한 일이 일어났다.

"점점 가까이 다가오지 않겠어요? 그 빛이? 아니, 정확히 말하면 빛이 아니고요. 뭐랄까, 공기 그 자체가 점점 빨개졌다고나 할까요?"

건너편 산에서 보였던 '산불'이 점점 이쪽을 향해 다가왔다. 그리고 마치 순식간에 연료에 불이 붙은 것처럼 형 주변에 있던 공기가 새빨개졌다. 순간적으로 빛 속으로 빨려 들어간 형이 이후 목격하게 된 것은 허공으로 날아 올랐다가 사라져가는 빨간 덩어리였다. 도무지 영문을 알 수 없어 어안이 벙벙해진 형은 무작정 집을 향해 질주해 집 안으로 뛰어들어온 후, 동생에게 자기가 겪었던 일들을 모조리 말해주었다.

"유령 따위가 있어도 눈 하나 깜짝하지 않을 사람이었거든요. 정말 놀랐어요. 현장까지 같이 가서 주변을 살펴보았지요."

이 사건은 이전에 아키타현 아니 마을에서 들었던 이야기와 흡사하다. 날아든 빛이 자신을 마치 스포트라이트처럼 비추는가 싶었는데, 또다시 눈 깜짝할 사이에 어딘가로 날아가버렸다. 그리고 나가노현(長野縣)의 아키야마향(秋山鄕)에서는 윗마을이 시뻘건 빛을 발했기 때문에 그 광경을 목격한 아랫마을 사람들 사이에서는 불이

났다며 한바탕 소동이 난 적도 있다. 가쓰지로 씨의 형님이 겪었던 체험은 그야말로 이런 것들과 부합되는 이야기다.

*

가쓰지로 씨는 어린 시절 불구슬을 본 적이 있다. 해 질 무렵 근처에 사는 아이들과 놀고 있는데 가장 나이가 많은 아이가 앞쪽을 가리키며 말했다.

"저기에 불구슬이 날고 있어!"

앞쪽으로 눈길을 돌려보니 불그스름한 오렌지 빛깔의 발광체가 하늘거리고 있었다.

"불구슬이라는 표현 자체는 알고 있었답니다. 그래서 말로만 듣던 그 불구슬일 거라고 생각했지요. 딱히 별다른 느낌은 없었어요. 하지만 다들 소리를 질러대며 사방으로 달아나니까, 덩달아 무서워져서 나도 도망쳤답니다."

*

수년 후 이번엔 집 안에서 신기한 빛과 조우한다.

"늦은 밤이었어요. 방 안에 있었는데, 주변이 조금씩 밝아지기 시작하더군요. 어라? 도대체 뭐지? 깜짝 놀라서 창문을 보았어요."

창문 밖에는 평소처럼 거대한 녹나무가 보였다. 한밤중이었기 때문에 주변은 칠흑 같은 어둠 속에 잠겨 있었다. 그런데 적막한 암흑 속에서 신기한 빛이 차츰 더 커지고 있음을 알 수 있었다.

"유리창 너머가 서서히 밝아지기 시작했어요. 결국 엄청나게 환해지더니 녹나무 잎사귀 하나하나까지 또렷하게 보였지요."

있을 수 없는 일이라고 생각해 황급히 창문을 열어젖혔다. 그런데….

"아무것도 없더라고요. 평소와 똑같았지요. 어디에도 불빛 하나 없이 완전히 캄캄했어요."

창문 방향으로는 도로도 없었고 어떤 빛이 한밤중에 비치는 경우도 없었다. 강렬한 빛이 상부에서 비쳐 들어왔다고 하는데, 그 정체는 결국 알 수 없었다.

산에서 조우한 '모노'

한다 가쓰지로 씨는 홀로 산에 오르는 일이 많다. 그럴 때 정체불명의 '모노'와 조우하게 되는 경우는 결코 드물지 않다.

"5, 6년 전의 일이었을 겁니다. 산으로 향하는 길을 따라 차를 몰고 있었지요. 내 앞에도 차 한 대가 달리고 있었는데, 바로 그 뒤를 뱀이 횡단하고 있었어요."

산길이다 보니 종종 뱀이 기어나오기도 한다. 그러나 이때 등장한 뱀은 자태가 확연히 묘했다.

"어라? 저게 분명 뱀은 뱀인데? 이런 생각이 들긴 하더군요. 뱀의 몸통 한가운데서 뒤쪽으로 엄청나게 두꺼웠어요. 일반적인 뱀의 형상이 아니었지요. 말로만 듣던 바로 그 벌뱀(바치헤비, 일본에 서식한다고 전해지는 미확인 생물 중 하나인 이른바 '쓰치노코'를 도호쿠 지방에서 부르는 이름-역주)이란 것이 아니었을까요?"

벌뱀(바치헤비)은 '쓰치노코'를 가리킨다. '쓰치노코'에 관해서는 다양한 설이 존재한다.

'살무사가 쥐를 통째로 삼켰다.'

'유혈목이가 토끼를 통째로 삼켰다.'

'능구렁이가 뭔가를 통째로 삼켰다.'

먹잇감을 통째로 삼켰기 때문에 동체가 잔뜩 부풀어 올랐을 뿐이라는 이야기였다. 과연 정말로 그뿐일까?

이른바 '쓰치노코'라는 생명체는 각 지방에 따라 다양한 이름으로 불리고 있다. 산에 살기 때문에 평상시에 자주 뱀을 발견하는 사람들이 살무사, 유혈목이, 능구렁이라고 굳이 부르지 않는 데는 이유가 있다는 생각도 든다.

*

한다 가쓰지로 씨의 이야기로 돌아가자.

"아버지는 산나물을 캐러 갔다가 누군가가 당신에게 말을 걸어온 적이 있다고 하시더라고요."

어느 날 가쓰지로 씨의 아버지가 열심히 산나물을 캐고 있는데….

"이봐, ○××□이잖아 ××△….."

제대로 알아들을 수 없었지만, 누군가가 말을 걸어왔다고 생각해서 일단 고개를 들어보았다. 주변을 둘러봤지만 인기척이라고는 찾아볼 수 없다. 기분 탓이라고 생각하며 다시 허리를 구부리고 산나물을 캐고 있었는데….

"이보라니까, 저게 ○△××든 △일까…?"

역시 아는 사람이 근처에 왔다고 생각해 주변을 둘러보았지만 역시 아무도 없었다. 이런 상황이 몇 번인가 반복되자 어쩐지 꺼림칙한 기분이 들어 아버님은 곧바로 산에서 내려왔다고 한다.

*

한다 가쓰지로 씨 본인도 등산을 하다 기묘한 사람과 우연히 만난 적이 있다. 산의 평탄한 능선을 걷고 있는데 반대쪽에서 어떤 사내가 내려오는 것이 보였다. 평일이기도 해서 스쳐 지나갈 사람이 드물긴 하지만, 그렇다고 신기할 정도는 아니다. 단, 상대는 이유도 없이 가슴을 술렁거리게 하는 부류였다. 스쳐 지나갈 때 가볍게 살짝 고개를 숙이며 인사를 건넸지만, 상대방에게선 도통 아무런 반응이 없었다. 이상한 사람이라고 여기면서 뒤를 돌아보니, 아무도 없었다.

*

마지막으로 한다 가쓰지로 씨가 흥미로운 불구슬 이야기를 해주었다.

"이 마을에서 장례식이 있었답니다. 영구차가 와서 모두의 배웅 속에 발인 의식이 거행되었지요. 잠시 뒤 영구차가 달리기 시작하자, 그 뒤를 불구슬이 마치 쫓아가는 것처럼 날아가지 않겠어요? 거기에 있던 사람들이 다 봤어요. 다들 말하더군요. 불구슬이 따라가고 있다고요."

이 일이 일어난 시간대는 백주 대낮이었다고 한다. 모두가 봤다고 하니 상당히 밝은 빛이었을 것이다. 하지만 영구차에 올라타지 못한 불구슬(영혼?)도 자못 초조해진 나머지 틀림없이 당황했을 것이다.

새끼여우

아키타현 남부에서는 북부에 비해 도깨비불이나 여우에 관한 이야기가 상대적으로 적다고 여겨진다. 좀처럼 듣기 어려운 여우 이야기를 히가시나루세촌의 할머니들에게서 들었다.

"아마 20년도 더 된 이야기일 거예요. 마을에 있는 신사 근처에 살던 사람이 갑자기 어디론가 사라져버렸지요."

당시 70세였던 남성의 자취가 홀연히 사라졌다. 마을 전체가 발칵 뒤집혀 소방단을 중심으로 수색대가 결성되었는데, 도무지 찾을 수가 없었다.

"왕잎새버섯을 따러 산에 올라간 것으로 추정되니, 대충 어디쯤 있을지 짐작할 수 있었지요. 그런데 도무지 찾을 수 없었답니다."

산나물이나 버섯을 채취하는 곳이라면 다들 어느 정도는 짐작하고 있기 때문에 그곳을 중심으로 찾아보았다. 그러나 단서가 될 만한 것이 전혀 발견되지 않았다. 결국 이렇게 저렇게 하다 보니 어느덧 사흘이나 지나버려, 마을 전체에 체념의 기류가 흐르기 시작했다.

"계곡 쪽으로 빠지는 길(동계 기간 중엔 폐쇄)이 있었는데, 현과 현 사이의 경계라고 할 수 있는 터널 위쪽 산으로 올라간 모양이었어요. 엄청나게 험한 곳이거든요. 보통 그런 곳에는 거의 가지 않는데."

그가 발견된 곳은 전혀 예상하지 못했던 이와테현(岩手県) 쪽 계곡 부근이었다. 마치 뭔가에 홀린 것처럼 자리에 털썩 주저앉아 있는 모습이 우연히 산에서 일하던 사람에게 발견되었다. 왜 그런 곳까지 갔는지 물어봐도, 그는 전혀 답변하지 못했다고 한다.

"여우에게 당한 게 분명해요. 그 사람은 새끼여우를 집에서 기르고 있었으니까요."

"여우 새끼요?"

"그래요. 포획한 새끼여우를 마당에서 키우고 있었거든요."

할머니들이 해주신 이야기에 따르면 그는 산에서 포획한 새끼여우를 마당에 있는 우리 속에서 기르고 있었다고 한다. 학대를 했던 것은 결코 아니었다. 물론 위법이긴 했지만, 정성껏 기르고 있었던 모양이다. 아무리 그렇다고는 해도 어째서 여우에게 당했던 것일까?

"마당 우리 속에 있는 새끼에게로 매일 밤 그 어미여우가 만나러 왔거든요. 어떻게든 구하려고 하지 않았을까요? 그래서 주변 사람들은 제발 그만두라고 말하곤 했지요."

갇힌 신세가 된 새끼여우에게 매일 밤 어미여우가 찾아왔던 것이다. 그리고 어느 날 우리에서 새끼여우의 모습이 사라졌다. 그의 자취까지 사라져버린 것은 그로부터 며칠이 지난 다음의 일이었다.

"여우가 길이 아닌 곳을 길로 보이게 만들어 그로 하여금 그곳으로 걸어가게 했던 거죠. 그 사람요? 인지장애 따윈 전혀 없었어요. 정신이 온전한 사람이었거든요. 역시 여우 탓이지요."

새끼여우를 포획한 바람에 그 어미에게 복수를 당한 거라고 근처 사람들은 느끼고 있었다. 목숨을 부지할 수 있었던 것만도 천만다행인데, 그나마 먹이를 잘 주었기 때문에 그에 대한 보답이었을지도 모른다.

구멍에서 나온 사람

히가시나루세촌에는 아니 마을 마타기로부터 전통적인 곰 사냥 방식을 전승받은 사람들이 존재한다. 그런 베테랑 엽사 중 한 사람인 다카하시 겐조(高橋憲蔵) 씨에게서 이야기를 들어보았다.

"몇 번이고 산에 올라가도 결국 잡을 수 없는 곰이 있긴 있지요. 용케 구석으로 잘 몰았다고 생각해도 결국 놓쳐버립니다. 그런 걸 두고 교활한 곰이라고 말하지요. 불구슬은 우리 마누라가 자주 발견한답니다. 소리를 내면서 날아다닌다더군요."

*

다카하시 겐조 씨의 부친은 아무도 없는 산에서 도끼로 나무를 베어 쓰러뜨리는 소리를 들은 적이 있다.

"그건 너구리 소행이라고들 합니다. 아버지도 말씀하셨지요. 사람을 속이려고 왔다고요. 이 주변에도 여우에게 홀려 우물에 빠진 사람이 몇 사람이나 있답니다."

실제로 겐조 씨는 우물에서 사람을 끌어 올린 적도 있다고 한다. 그 사람은 자기 집 목욕탕 욕조에 들어갈 작정이었던 모양이다.

"혹시라도 그런 일이 밤에 일어났다면 분명 죽었을 거예요."

여우에게 홀려 연못이나 개천, 거름 구덩이에 빠진 사람에 대한 이야기는 각지에서 들을 수 있다. 대부분 만취 상태와 관련이 있지만 모든 이야기가 그것으로 설명되지는 않는다.

*

우고정(羽後町, 아키타현 남부에 위치-역주)에 사는 다케다 아키오(武田昭雄) 씨는 집 주변을 곰이 어슬렁거리는 것이나 마찬가지인 환경에서 성장했다. 주위 어른들은 여우에게 홀리면 안 된다고 어린 시절부터 신신당부했다.

"중학교 시절의 일이었습니다. 학교에서 집으로 돌아가는 길이 산속이었는데, 거기에 신사가 하나 있었어요. 어둑어둑해지면 참 무서운 곳이었지요. 그래서 최대한 그쪽 방향을 보지 않으려고 노력하면서 걷곤 했습니다."

어느 해 가을의 일이다. 시각은 밤 8시를 넘기고 있었고 주변은 완전히 어두워졌다. 귀갓길을 서두르던 아키오 소년은 평소처럼 신사가 있는 곳으로 가는 골목에서는 눈을 아래로 내리깐 채 걷고 있었다.

그런데….

"골목을 지나치고 나서, 이유는 모르겠는데 그날따라 나도 모르게 뒤를 돌아보았습니다. 평소엔 무서워서 절대로 그러지 않는데요."

뭔가에 조종당한 사람처럼 반대 방향으로 몸이 돌아가자 칠흑 같은 어둠 속으로 눈이 빨려 들어갔다. 오렌지 빛깔의 빛 덩어리가 신사 전체를 에워싸고 있었다.

"어찌나 무서웠던지 그대로 냅다 집을 향해 뛰었지요. 너무 무서워서 학교에서는 아무에게도 그 이야기를 하질 못했어요. 그 신사 바로 옆에 무덤이 있는데, 거기에서 나온 사람이 있거든요."

"무덤에서 나온다고요?"

"맞아요. 죽어서 땅에 파묻혔던 할아버지가 계셨지요. 그런데 사실은 죽지 않았는지, 거기서 나오셨어요."

"그랬군요. 매장을 하다가 주위 사람들이 살아 있다는 사실을 알아차렸군요?"

"아니요. 무덤에서 본인이 자력으로 나왔어요."

거의 좀비나 다름없다. 혹시라도 한밤중에 이런 존재를 만난다면, 기겁을 하는 정도에서 결코 끝나지 않을 것이다.

워프(warp) 할아버지

아오모리현(青森県) 아지가사와정(鰺ヶ沢町)의 히토쓰모리(一ツ森)
에 거주하는 요시카와 다카시(吉川隆) 씨는 세계유산 시라카미산지
(白神山地, 야쿠시마와 함께 일본에서 처음으로 유네스코 세계유산[자연유산]으로
등록된 산악지대-역주) 주변을 대대로 사냥터로 삼아온 마타기다. 젊은
시절 겨울엔 일본산양을, 봄에는 곰을 잡았다. 현재는 농업에 종사
하는 한편 '구마노유(熊の湯)'라는 온천 시설을 운영하고 있다.

"가장 많았을 때는 사냥을 하는 사람이 140명 정도 됐지요. 지금
요? 지금은 한 20명쯤 되지 않을까요? 우리가 살던 마을은 토사류에
휩쓸려 이젠 다 사라졌지만요. 많은 사람이 죽었답니다."

1945년 봄, 산의 일부가 무너져 강을 막았다. 예년이었다면 겨우
내 쌓여 있던 눈이 녹아내려 태평스럽게 흐르고 있었을 상황이었
다. 평소와 다른 모습에 마을 사람들이 의아해하고 있었는데, 얼마
뒤 대규모의 토사류가 오지카리(大然) 마을을 삽시간에 집어삼켜버
렸다. 집과 전답, 가족까지 잃어버린 채 가까스로 살아남은 사람들
은 그보다 조금 하류에 마을을 재건했다. 그러나 먹고살기가 막막
해 경제적으로는 그야말로 나락으로 떨어질 수밖에 없었다. 요시카
와 씨도 마찬가지였다. 학교에 다니는 것은 꿈도 꾸지 못할 상황이
었고, 어린 형제들을 돌보면서 고단한 어린 시절을 보냈다.

"히토쓰모리의 산 쪽 방향에서 불구슬이 날아오르는 것을 본 적
있답니다. 한밤중이었던 것 같은데 차를 타고 있었지요. 가족 모두

가 봤어요. 저건 대체 뭐지? 다들 그렇게 말했지요. 크기는 소프트
볼보다 조금 큰 정도였고, 밝은 오렌지색이었어요. 다음 날 옆집 할
머니가 세상을 떠났지요."

*

30년쯤 전의 일이다. 요시카와 씨는 지역의 제설 작업에 참여하
고 있었다. 눈이 많이 내리는 지대에서는 특히 한밤중에 반드시 제
설 작업을 해야 한다. 아침부터 모두가 차를 사용하기 때문에 그때
까지 작업을 끝마쳐두어야 했다.

"오전 2시 반쯤이었을 거예요. 한밤중이었지요. 산속도 이 정도
시각이 되면 갑자기 아주 고요해지거든요. 신기할 정도로 적막해진
답니다."

그야말로 '초목도 잠드는 한밤중'인 셈이다.

"마을 바로 앞에서 제설 작업을 하고 있었어요. 후진을 해야 해서
뒤쪽을 봤더니, 어떤 할아버지가 계시더군요. 위험하게 이런 곳에
서 대체 뭘 하고 계시지? 문득 그런 생각이 들었지요."

불평을 하면서 조심스럽게 후진했다가 다시 차를 앞으로 몰려다
가, 급브레이크를 밟았다.

제설차 앞으로 한 노인이 걷고 있었기 때문이다. 이상하네? 분명
아까는 아무도 없었는데?

'대체 어디에서 튀어나온 거지, 이 할아버지는…?'

불현듯 그 생각이 나서 뒤쪽을 다시 돌아보자 아까 있었던 할아버지의 모습이 오간 데 없이 사라졌다. 고작 3초 사이에 제설차 뒤에서 앞으로 이동한 것이다.

"믿을 수 없는 일이라고 여기며 눈 속을 터벅터벅 걷고 있는 할아버지를 바라보았습니다. 어딘지 모르게 이상하더라고요. 그런 할아버지 모습은 어느새 어딘가로 사라졌는데, 다음 마을에 진입했더니 할머니들이 대여섯 명 모여 있었어요."

무슨 일인가 해서 제설차에서 내려와 이야기를 들어보니, 조금 전 마을에 사는 한 할아버지가 세상을 떠났다고 했다. 그 이야기를 듣고 나서야 요시카와 씨는 퍼뜩 깨달았다. 아까 보았던 바로 그 할아버지가 틀림없었다.

"할아버지의 걷는 모습이 다시 떠오르더라고요. 어딘가 이상하다고 여겨졌던 이유도 확실히 알 수 있었어요. 제설 작업 전의 도로였는데 희한하게 발자국이 없었거든요. 할아버지가 걷고 있는데, 발자국이 생기지 않았어요."

요시카와 씨는 덜컥 두려워졌다. 그 할아버지가 다시 나타나면 어쩌지? 그래서 작업을 중단하고 제설차 속에서 주변이 밝아지기를 기다리기로 했다.

사라지지 않는 텔레비전

본디 날카로운 육감을 가진 요시카와 씨는 스무 살 무렵부터 특히 잘 느끼게 되었다고 한다.

"아버지가 돌아가셨을 때도 그랬어요. 그땐 혼자서 집을 지키고 있었지요."

기나긴 겨울이 가고, 비로소 따스한 햇살이 비치기 시작할 무렵이었다. 거실에 앉아 있는데 현관문이 덜컹거리며 열리는 소리가 들렸다. 누군가 왔다고 생각해 그쪽 방향으로 귀를 기울여본다.

"현관에서 신발을 벗고 올라오더니, 복도를 저벅저벅 걸어오더군요. 누군가 싶어서 살펴보니 아버지였어요. 날씨가 제법 따뜻해졌는데도 아버지는 웬일인지 한겨울 차림새였지요. 두꺼운 오버코트를 입고 계셨어요. 그걸 보고 느꼈지요. 아버지가 돌아가셨구나, 하고요."

아버지의 모습이 사라지는 동시에 전화벨이 울렸다. 병원에 있던 가족으로부터 소식이 온 것이다.

*

가까운 친척이 세상을 떠났을 때는 한동안 집 안에서 기묘한 현상이 이어졌다고 한다. 그분은 젊은 나이로 생을 마감하셨는데 장례식을 마치고 며칠이 지난 후….

"다 함께 거실에서 TV를 보고 있었어요. 슬슬 잠자리에 들어야 해서 TV를 끄고 거실을 벗어나려고 했지요. 그랬는데 우리가 분명히 껐던 텔레비전이 갑자기 다시 켜지더라고요."

놀라면서도 리모컨 스위치를 집어 전원을 다시 껐다.

"그런데 몇 번을 꺼도 신기하게 NHK가 다시 켜지지 않겠어요? 그래서 생각했지요. '그 녀석'이 우리에게 보여주고 싶은 모양이라고요."

'그 녀석'이란 젊은 나이에 세상을 떠난 친척을 뜻했다. 실은 그분은 NHK 직원이었다. 그래서 요시카와 씨는 NHK를 보여주려고 전원을 켰을 거라고 생각했던 것이다. 실제로 몇 번이나 저절로 NHK가 켜져, 그런 사실을 알아차린 가족이 그때마다 전원을 끄곤 했다.

"콘센트를 빼버리면 해결될 것 같았지만, 우리에게 보여주려고 그러는 것 같아서 차마 그렇게까지는 하지 못했어요."

얼마 후 '갑자기 제멋대로 NHK' 현상은 멈췄는데, 요시카와 씨는 한편으로는 조금 애석하기도 했다.

술렁이는 나무들

요시카와 씨는 베테랑 마타기로 산속에서 온갖 경험을 해왔다. 항상 산에 존재하는 신을 받들어 모시면서 나날의 생활을 영위하고 있다.

"산에 가면 갑자기 등줄기가 오싹할 때가 있답니다. 그럴 때는 'ㅇ ㅇㅇ'라고 중얼거리곤 하지요."

이것은 마타기들이 산에서만 쓰는 용어로 된 문구이기 때문에 외부자들에게는 공개할 수 없다. 노리토(祝詞, 신도에서 신에게 바치는 말-역주) 같은 느낌이다. 물론 나는 외부자이기 때문에 묻지 않았다.

*

"거대 뱀은 존재합니다. 임도를 달리고 있는데 전방에 느닷없이 통나무가 있더라고요. 대체 누가 이런 곳에 통나무를 두었담? 이렇게 생각하며 앞을 보고 있었는데 세상에나, 그게 움직이더라고요."

임도의 폭이 약 4m, 그곳을 가로지른 상태로 막아선 뱀은 어느 쪽이 머리인지 꼬리인지 분간이 가지 않았다. 비슷한 사례는 각지에서 들을 수 있었는데, 역시 4m가 넘는 거대 뱀이었다고 한다.

*

"엽우회에서 토끼 사냥을 하러 갔을 때 동료 중 한 사람이 갑자기 튀어나온 여우를 쏴버린 적이 있었어요. 보통 일이 아니라고 생각했지요. 무슨 일이라도 생기지 않을지 몹시 걱정스러웠거든요."

모두 불길한 느낌에 사로잡혀 토끼 사냥을 당장 접고 귀가하기로 했다. 그리고 돌아오던 길….

"철도 건널목이 있어서 건너려고 했지요. 그랬는데 차 한 대가 건널목 한가운데서 갑자기 움직이질 않았어요."

타이어가 빠진 것도 아닌데 선로 한가운데서 엔진이 멈춰버린 경트럭. 그것은 조금 전 여우를 쏴던 동료의 차량이었다.

"도대체 엔진이 걸려야 말이지요. 가벼운 경트럭이라 둘이 함께 힘껏 밀어보았는데, 꿈쩍도 하지 않더라고요. 그래서 모두 모여 필사적으로 선로에서 밀어냈지요. 이런 경우는 여우의 소행이라고 할 수 있을까요?"

*

산에서 일을 할 때도 두 손을 모아 합장한 상태로 산의 신에게 기도를 올리는 일이 자주 발생한다. 이유는 모르겠지만 나무를 베기 전, 문득 그렇게 하고 싶어지는 경우가 있다.

"하지만 세 갈래로 갈라진 나무는 절대 베지 않습니다. 그런 나무를 베어버렸다가는 큰 낭패를 보니까요. 베면 안 돼요."

세 갈래로 갈라진 나무는 신이 깃든 존재일까, 아니면 마물(魔物)

일까?

*

　나무를 벨 때 갑자기 숲이 술렁거리는 경우가 있다. 목표를 정한 다음, 나무에 도끼를 휘둘렀을 때였다.

　"소리가 나도록 나무에 도끼를 찍곤 하지요. 어느 날, 바람 한 점 없이 조용한 날씨였는데 나무에 도끼를 찍자마자 느닷없이 숲이 술렁거리더군요. 마치 숲에서 말소리가 들리는 느낌이었어요. 다음은 누구? 내가 베일 차례인가? 하면서요."

　역시 나무도 잘리기보다는 산에서 평온히 지내고 싶은 모양이다.

시라카미산지(白神山地) 부근

히로사키시(弘前市)에 거주하는 야마다 가네히로(山田兼博) 씨는 오랜 세월 산과 가까이 지내왔다. 유네스코 자연유산으로 지정되기 이전부터 시라카미산지(白神山地)에서 산나물이나 버섯을 캐왔으며 산속에서 밤을 지새우는 일도 드물지 않았다. 지금은 가이드 역할로 세계유산을 안내하는 입장이기도 하다.

"나는 이카리가세키(碇ヶ関, 과거에 아오모리현 내륙에 존재했던 지명-역주) 출신이랍니다. 집은 산속 깊이 있었지요. 초등학교 시절, 무척 신기한 빛을 본 적이 있어요."

야마다 가네히로 씨가 집 밖으로 나가려던 바로 그 순간, 건너편 산 쪽에서 어떤 빛이 보였다. 참으로 묘한 빛이었다. 멀리 있는지 가까이 있는지, 분명치 않았다.

"차도 거의 다니지 않던 시절이었으니까요. 차에서 발하는 라이트는 분명 아니었어요. 참으로 신기한 빛이었지요. 근처에 살던 어느 집의 지붕에서 빛이 마치 기둥처럼 순간적으로 확 나타났던 적도 있답니다."

*

이처럼 빛과 각별한 인연이 있던 야마다 가네히로 씨가 시라카미 산지 깊숙이에서 발견한 '모노'는 다소 특이한 것이었다. 당일치기로는 접근이 불가능한 곳이었기 때문에 야영을 하곤 했는데, 야영 자체도 무척이나 즐거웠다고 한다.

"밤 12시도 지난 한밤중이었을까요? 날씨가 겁나게 좋았던 날이어서 별들이 무지하게 잘 보였답니다."

헤아릴 수 없을 정도로 별들이 가득한 근사한 밤하늘로부터 그야말로 별들이 당장이라도 쏟아져 내릴 것만 같았다. 한동안 밤하늘을 만끽하고 있는데, 자세히 보니 묘하게 움직이기 시작하는 별이 있었다.

"처음엔 그저 유성일 거라고 생각했어요. 하지만 유성이라면 보통 가볍게 살짝 떨어지지 않나요? 그 빛은 달랐어요. 세로로 움직이는가 싶더니 가로로 움직이기도 하고, 아무튼 마구 움직였지요."

불규칙적인 움직임은 UFO의 전형적인 특징이다. 실은 20년 정도 전에 웨스턴오스트레일리아(서호주)에서 본 적이 있다. 시간대는 백주 대낮이었는데 움직이는 방식이 가네히로 씨가 본 물체와 완전히 동일했다. UFO란 문어처럼 생긴 우주인이 탄 원반을 말하는 것이 아니다. 어디까지나 미확인비행물체, 요컨대 하늘을 날고 있는 정체불명의 물체를 가리킨다. 그렇게 생각해보면 내게는 오히려 친숙할 정도인 도깨비불(여우불)도 UFO일 거라고 표현하지 못할 것도 없다.

*

가네히로 씨는 빛에 관한 다른 이야기도 해주었다. 할아버지가 60대 후반 무렵에 겪었던 사건이라고 한다.

"우리 할아버지가 술을 마시러 시내로 나갔다고 해요. 평소엔 그리 늦게 오지 않는데 그날따라 아무리 기다려도 집에 오질 않는 거예요. 가족들이 몹시 걱정을 하다가, 결국 찾아 나섰어요."

틀림없이 산 쪽으로 갔을 거라며 그쪽을 찾아보았는데, 도무지 찾을 길이 없다. 아무리 찾아봐도 발견할 수 없어서, 다음 날 아침 본격적으로 산을 수색할 필요가 있겠다고 생각하기 시작할 찰나.

"우연히 신사에 갔던 사람이 있었는데, 거기서 주무시고 계시던 할아버지를 발견했다고 합니다. 그곳은 할아버지가 집으로 돌아와야 하는 길과 정반대 방향이었거든요. 대체 그런 곳에 왜 갔는지 물어보았더니…."

"누군가가 불빛을 비춰줘서 그 빛을 따라갔지."

걱정하면서 사방을 찾아다녔던 가족들은 아무도 그 이야기를 믿지 않았다.

"또 그런 허무맹랑한 말씀을 하시면 화낼 거예요."

*

그러고 나서 20년 가까운 세월이 흐른 후, '후기 고령자(일본의 후기 고령자는 일반적으로 75세 이상의 고령자, 단 장애가 있는 사람은 65세 이상-역주)'가 된 할아버지가 또다시 행방불명이 되었다. 약간의 치매기도 있었기 때문에 무척 걱정하면서 찾아보았는데 아무 데도 없었다. 그때 문득 떠올린 것이 과거의 사건이었다.

"그러고 보니 할아버지가 그때 신사에 갔었지."

반신반의하던 가족들이 그 신사에 가보니, 역시 할아버지는 그 안에서 주무시고 계셨다. 할아버지는 산에 무척 밝아서 산에 관해서는 가히 선생님이라고 말할 수 있었던 사람이라고 한다.

이처럼 빛에 이끌렸다는 이야기는 시코쿠(四国)에서도 들어본 적이 있다. 암흑 속에서 자신의 발밑을 밝혀주던 빛에 이끌려 엉뚱한 곳까지 가버린다. 산속에서는 그리 드물지 않은 사건이다.

*

가네히로 씨에게 빛 이외에도 뭔가 묘한 경험이 있는지 물어보자….

"이상한 소리를 들어본 적이 있지요. 사실 그 정체는 익히 알고 있지만요. 그건 일본산양 소리지요."

"일본산양요?"

"맞아요. 산나물을 캐러 갔을 때의 일이었어요. 숲속에서 멍울풀을 캐고 있었지요. 그랬는데 갑자기 숲속을 엄청나게 울리는, 이상한 소리가 들리기 시작했어요."

'펑펑펑펑!'

몸에 그 울림이 퍼질 정도로 강력한 음량에 가네히로 씨는 덜컥 겁이 났다. 너무 놀란 나머지 필사적으로 차가 있는 곳까지 돌아온 후 쏜살같이 그 산에서 도망을 쳤다.

"그게 일본산양이었나요?"

"맞아요. 일본산양은 뒷발로 지면을 세게 차는 습성이 있거든요."

"일본산양의 모습을 직접 보셨어요?"

"아니요, 보진 않았지요. 하지만 안 봐도 알아요. 그건 일본산양이거든요."

일본산양이라는 사실을 확신했다면, 도대체 왜 필사적으로 도망가야 했단 말인가? 주변 전체에 울려 퍼질 정도였고, 공포감을 줄 지경이었다는 커다란 음향은 정말로 일본산양의 짓일까?

똑같은 경우라도 만약 아키타현이었다면 너구리 소행일 거라고 여길 사람이 많을 것이다. 실제로 아키타현 남부에 있는 유자와시의 미나세 마을에서는 산속에서 느닷없이 펑 하는 소리가 나는 일이 있다. 그것은 너구리가 사람을 놀라게 하는 것이라고 현지 사람들은 생각하고 있다.

의문의 혈흔

현재 군마현(群馬県) 가타시나촌(片品村)에서 펜션을 운영하는 A 씨(여성)는 중학교 시절, 이와키산(岩木山) 산기슭에 있는 아오모리현 니시메야촌(西目屋村)에서 살았다. 마을에서 가장 막다른 곳에 있는 집 위쪽으로는 길 자체가 없었기 때문에 거의 산속에서 살고 있는 느낌이었다고 한다.

"중학교 2학년 무렵이었을 거예요. 아마 시험 전이었겠지요. 공부를 하고 있었어요."

정적에 휩싸인 집 안에 가끔씩 나무들이 바람에 흔들리는 소리가 들려온다. 평소와 다를 바 없는 밤이었다. 노트와 교과서를 펼쳐둔 책상에서 고개를 든 A 씨는 무심코 주위를 둘러보았다. 그리고 다시금 교과서를 내려다본 후, 소스라치게 놀랐다.

"피였어요. 피가 교과서에 툭 떨어지더라고요."

지금 막 떨어진 혈흔은 섬뜩한 빛을 발하고 있었다. 놀란 A 씨는 벌떡 일어나 쏜살같이 거울 앞으로 달려갔다.

"처음엔 코피가 났다고 생각했어요. 하지만 아무리 봐도 전혀 그런 느낌이 아니더라고요."

양쪽 콧구멍을 꼼꼼히 살펴보았지만 출혈 흔적이라고는 확인할 수 없었다. 얼굴 주변이나 머리도 살펴보았지만 역시 그것도 아닌 것 같다.

"덜컥 겁이 나서 교과서를 들고 부모님 계신 곳으로 갔답니다. 그런데 혈흔을 직접 보여드려도 부모님이 도무지 믿어주지 않았어요."

공부하기 싫으니까 이젠 별소리를 다 한다며, 도무지 부모님이 진지하게 이야기를 들어주지 않는다. 태도가 돌변한 것은 다음 날 아침이 밝고 나서였다.

"숙부님이 돌아가셨다는 연락이 왔답니다. 사고사였는데 시간이 거의 그때였어요. 피가 교과서에 떨어졌던 시간과 거의 같았지요. 사실을 알고 부모님도 말씀하셨어요. 사고를 알려주러 오셨던 거라고요."

숙부님이 어째서 조카딸에게만 그 소식을 알리려 했는지, 그 이유는 알 수 없다.

사라진 마두관음(馬頭観音)

쓰가루(津軽)평야에서 바라보는 이와키산(岩木山)은 실로 웅대하다. 영봉으로 받들어지며 예로부터 신앙의 대상이 되었던 산이다. 산나물이나 버섯을 캘 수 있는 보고이기도 하다. 이와키산 기슭에 있는 이와키야마신사(岩木山神社) 근처 료칸의 여주인 사카모토 게이코(坂本桂子) 씨에게 이야기를 들어보았다.

"이 주변에서는 '오시라사마'라고 불러요. 시모키타(下北, 아오모리현 북동부에 위치하는 혼슈 최북단의 반도-역주)의 '이타코(공수 무녀-역주)'처럼 '호토케오로시(도호쿠 지방 북부에서 장례식이 끝난 뒤 무녀의 공수를 통해 죽은 자의 뜻을 전하는 것-역주)'를 해주지요."

시모키타반도에 있는 오소레산(恐山, 아오모리현 시모키타반도의 중앙부에 위치한 활화산으로 일본 3대 영지 중 하나-역주)에서는 신사의 대규모 제사가 치러질 때 '이타코'라는 공수 무녀를 통해 죽은 자의 뜻을 전한다. 전국적으로 유명한 곳이기 때문에 평소에도 오소레산 보리사에 이타코가 상주한다고 흔히들 착각한다. 하지만 대부분의 이타코들은 사실 쓰가루 지방에 거주하고 있다. 똑같이 공수(호토케오로시)를 해도 오소레산에 가서 해주는 사람은 '이타코', 자신이 거주하고 있는 쓰가루에서 해주면 '오시라사마'라고 불린다는 이야기다.

"오시라사마에게 아버지의 영혼을 불러달라고 한 적이 있어요. 그랬더니 돈이 없어서 곤경에 처해 있으니 절에 돈을 내라고 하지 않겠어요? 몹시 추우니까 입을 옷을 많이 가지고 와달라고도 했고요."

게이코 씨는 친척들과 상의한 후, 조상님들을 모신 보리사에 얼마간의 돈과 의류를 챙겨 넣은 보따리를 들고 갔다. 그런데 절에 사람이 아무도 없었기 때문에 어쩔 수 없이 서신을 적어 본당 앞에 공물과 함께 두고 왔다.

"절에 공물을 바치러 다녀오고 나서 제법 시간이 흘렀답니다. 그러던 어느 날, 절에서 편지가 왔어요."

무슨 일인가 싶어 봉투를 열어 내용을 확인해보니….

'돈은 분명히 잘 받았습니다. 그러나 의류는 받을 수 없으니 다시 가져가시길 바랍니다.'

돌아가신 분께서 춥다고 호소하고 계시거늘, 왠지 납득할 수 없는 답변이었다.

*

세이메이칸(清明館)은 매물로 나온 료칸을 게이코 씨의 어머님께서 매수하신 후 영업을 시작한 료칸이다. 이와키야마신사 입구 바로 옆에 위치해 있으며 료칸 안에 온천도 있다. 과거엔 손님들로 무척 북적거렸던 곳이어서 신관이 아닌 구관 3층에 있는 커다란 공간은 연회장으로도 사용되었다. 연유는 알 수 없으나 연회장으로 이어지는 복도에는 케이스 안에 들어간 형태로 마두관음(馬頭観音)이 놓여 있다.

"언제부터 있었는지는 잘 모르겠네요. 우리 집 당주가 3대에 걸쳐

말띠(마두관음은 번뇌나 악심을 퇴치하며 말의 병을 고치거나 안전을 기원하는 관음으로 신앙의 대상이 됨-역주)이기 **때문이었을까요?**"

그런데 유래조차 알 수 없는 마두관음이 한동안 감쪽같이 사라진 적이 있다. 어느 날 대연회장 청소를 마치고 복도로 나와 자연스럽게 마두관음 쪽으로 시선을 돌렸다.

"그런데 없더라고요, 마두관음이. 평소에도 거의 눈여겨보지 않아서 도대체 언제부터 사라졌는지조차 알 수 없었지요."

평소엔 거의 의식하지 않았던 존재였지만, 막상 없어지자 신경이 쓰였다. 그러나 차츰 시간이 흐르면서 자연스럽게 마두관음에 대해서도 까맣게 잊어버리고 있었는데….

"어느 날 낯선 사람이 저희 집에 찾아왔어요. 난데없이 정종 됫병을 건네면서 사과를 하더라고요. 영문을 알 수 없었지요."

낯선 사내가 내민 것은 정종 됫병과 정체를 알 수 없는 '덩어리'였다. 아주 정성껏 포장된 덩어리의 포장지를 뜯자, 바로 그 '마두관음'이 모습을 드러냈다.

"찾아온 사람은 연회장에 계셨던 손님이었어요. 그분이 복도에 놓여 있던 마두관음을 보고 말도 없이 가져갔던 모양이에요."

술김이었는지는 모르겠지만, 어쨌든 그 사내는 마두관음을 몰래 가지고 가서 자기 집에 장식품으로 두었다. 그런데 이후 사내가 어떤 일을 시작하면, 착수하는 족족 일이 풀리지 않았다. 심지어 가족들에게까지 연이어 불행이 엄습했다. 이쯤 되자 사내는 난감해진 나머지 근처에 있는 절에 의논하러 갔다.

'댁에 어떤 문제가 있습니다. 그것을 말끔하게 처분하세요.'

스님께서 이런 말씀을 하시자, 당장 뇌리에 떠오른 것은 자신이 훔쳤던 마두관음의 존재였다. 사내는 스님에게 이실직고했고, 결국 당장 돌려주라는 조언을 받았다. 무사히 료칸으로 돌아온 마두관음은 이후 항상 원래 있던 장소에 자리를 잡고 있다.

유독 외로움을 타는 영혼

　료칸에는 온갖 사람들이 찾아온다. 때로는 신비한 능력을 지닌 사람도 있다.

　"아들의 직장 일로 오키나와에서 유타(초자연적 세계와 교신해 인간에게 신의 말씀이나 죽은 자의 이야기를 전하는 오키나와의 독특한 영적 능력자-역주)가 와서 묵은 적이 있었어요. 그 사람은 오키나와에서도 유명한 사람 같더군요. 상당한 능력을 가졌다고 해요."

　그는 쓰가루 지역에 있는 어느 회사가 '유타'의 힘을 빌려 사업 번창을 꾀하고자 머나먼 오키나와에서 일부러 초빙한 실력자였다. 그린 존재인 유타가 근처 가게 입구에 놓인 비석 같은 물건을 발견했다. 유타가 말하기를, 이것을 귀히 다루면 이 가게는 장사가 아주 잘될 거라고 한다. 유타의 말대로 했더니, 아니나 다를까 그 가게는 주위가 깜짝 놀랄 정도로 호황을 누리게 되었다고 한다.

　"그 사람에게는 보인다는 말씀이지요. 우리 집에 머물렀는데 복도를 바라보며 '저기서 할머니가 걷고 있네. 기모노를 질질 끌면서 걸어가고 있어'라고 말하는 게 아니겠어요?"

　'유타'가 본 노파의 외면적 특징만 보면 게이코 씨의 할머니가 틀림없었다. 그 소리를 듣고 게이코 씨의 어머니는 놀라서 덜덜 떨었다고 한다.

　"어머니한테는 보이지 않는데 거기 계시다고 하니, 누군들 무섭지 않겠어요?"

보이지 않는 '모노'의 존재는 두려운 것이 사실이다. 그러나 이후 훨씬 더 무서운 일이 벌어졌다.

*

게이코 씨가 마흔두 살이 되던 해에 남편이 세상을 떠났다. 쉰 살도 되지 않았던 남편은 아직 이 세상에 미련이 남아 있었던 모양이다.

"물소리가 나더군요. 이상하다 싶어서 개수대를 살펴봤는데 물이 흐르지 않더라고요. 하지만 혹시나 해서 일단 수도꼭지를 다시 단단히 잠갔지요."

방으로 돌아와 이불 속에 들어갔는데 암흑 저편에서 소리가 들리기 시작했다.

'뚝 뚝'

한동안 그 소리를 들으면서 꼼짝도 하지 않고 있는데, 차츰 몸이 굳어지는 것을 알 수 있었다. 스스로의 의지와 달리 도무지 몸을 움직일 수 없다. 잠시 뒤 방 안으로 누군가가 들어오는 기척이 느껴졌다. 그 누군가는 그대로 자신에게 다가오더니, 심지어 이불 속으로 들어오는 것이었다.

"얼마나 무서웠는지 몰라요. 세상에, 우리 남편이더라고요. 전 알 수 있었지요. 자주 왔답니다. 몸이 움직이지 않게 되면 느껴졌어요. 또 왔구나, 싶었지요."

남편분께서는 얼마나 외로우셨는지, 게이코 씨 이외에도 온갖 친척들을 방문했다. 특히 사이가 좋았던 사촌들은 '뚝 뚝' 소리를 몇 번이나 들었고, 누군가가 온 게 틀림없는 기척을 느끼곤 했다. 가장 무서운 경험을 한 사람은 게이코 씨의 어머니, 즉 돌아가신 남편분의 장모님이었다.

"제가 없었을 때였어요. 엄마가 주무실 준비를 하고 있는데, 물소리가 들리기 시작했대요."

물소리의 의미를 아직은 어머니가 몰랐을 시점이다. 개수대로 가서 살펴보니 물이라곤 한 방울도 흐르지 않았다. 의아해하면서 수도꼭지를 다시 잠근 다음 방으로 돌아왔다.

'달그락 달그락 달그락!'

이번엔 느닷없이 방 전체가 커다란 소리를 내기 시작했다. 순간적으로 돌풍이 불었나 싶었지만, 그런 경우와는 분명히 달랐다. 심상치 않은 현상의 한가운데에 스스로가 놓여 있다는 사실을 인지하며, 게이코 씨의 어머니는 경악했다.

"너무 무서운 나머지 엄마는 부리나케 방에서 뛰쳐나와버렸지요."

"그래서 어떻게 되었나요?"

"그때 마침 손님이 딱 한 분 머물고 계셨거든요. 그 방으로 도망치셨대요."

갑자기 주인이 뛰어들어왔으니 영문도 모른 채 그런 경우를 당한 손님은 또 얼마나 놀랐겠는가. 덜덜 떨던 어머니는 결국 그곳에서 아침을 맞이했다고 한다.

*

　돌아가신 다음 빈번하게 게이코 씨를 찾아왔던 남편분도 2년 가까이 시간이 흐르자 더 이상 나타나지 않게 되었다. 게이코 씨의 말에 따르면, 똑같은 일을 몇 번을 당해도 당할 때마다 매번 너무나 무서웠다고 한다.
　"사이가 아주 좋으셨군요."
　"맞아요, 사이가 아주 좋았지요. 하지만 너무 무서웠어요. 지인의 남편 중에도 젊은 나이에 세상을 떠난 이가 있었는데, 물어보았더니 전혀 찾아오지 않았다더군요. 내 방에는 자주 온다고 말했더니 '우린 사이가 나빴거든'이라고 하더군요."
　사이가 나쁘면 나쁜 대로, 불평 한마디라도 말하러 올 것 같긴 한데….

불구슬을 찾는 사람들

아오모리현에 과거 존재했던 나미오카정(浪岡町, 현재 아오모리시)에는 불구슬이 나오기로 유명한 산이 있다. 본주산(梵珠山)이라는 이름을 가진 산으로 불교와 관련된 사리가 묻혀 있다거나 미나모토노 요시쓰네(源義経, 가마쿠라 막부를 세운 미나모토노 요리토모의 이복동생이자 비운의 캐릭터로 각종 문예에서 사랑받는 역사적 인물-역주)가 도망쳐 왔다는 등 예로부터 온갖 이야기가 전해 내려오는 산이다. 해발 468m에 불과한 낮은 산이지만, 드넓은 평야 가운데 홀로 고고하게 서 있는 모습으로 예로부터 현지인들에게 각별한 사랑을 받았다.

본주산에서는 의문의 빛이나 불구슬이 자주 발견된다고 한다. 특히 8월 중순 무렵에는 불구슬을 찾는 투어가 매년 개최되고 있다. 어린 시절부터 이런 본주산을 삶의 터전으로 삼아왔던 고토 신조(後藤伸三) 씨의 이야기다.

"본주산 전체에 빛이 나는 것을 본 적이 있답니다. 1991년 9월 말이었어요. 아내, 아들과 함께 차를 타고 있었지요. 해 질 무렵이었어요. 문득 이상해서 올려다보니 본주산이 빛나고 있더라고요. 금색으로 변해 환한 빛이 나고 있었지요."

"석양 때문이 아니었을까요?"

"아니요, 그것과는 차이가 있었어요. 산 자체가 빛을 내고 있었거든요. 석양이 비친 거라면 나무 그늘이 생겨야 하잖아요. 그런데 아니었어요. 산 자체에서 빛이 나고 있어서 그늘이 전혀 없었거든요.

30분 정도 가족 모두가 그걸 봤지요. 참 신기한 빛이었어요."

알고 지내던 주지 스님에게 이 사건에 대해 말씀드리자 이렇게 말씀하셨다.

"그것은 서광(瑞光)이라는 것이랍니다. 무척 보기 드문 빛이지요. 반드시 좋은 일이 생기실 겁니다."

*

본주산은 예로부터 '불구슬'의 명소였던 모양이다. 전해 내려오는 이야기에 따르면 음력 7월 9일에는 불구슬이 출몰하니 산에 오르면 안 된다고 한다. 하지만 나미오카정이 아직 존재했던 시절인 1988년부터는 '불구슬 탐색 투어'가 매년 개최되고 있다. 밤 10시부터 등산을 개시해서 새벽 2시 무렵에야 하산하는 한밤중 투어임에도 많을 때는 100명 이상의 사람이 참가했다.

"조용히 있어야만 나와요. 매년 나온다고도 장담 못 하고요. 본 사람은 아주 많답니다. 안개가 자욱한 상태처럼 되었다가, 잠시 뒤 그것이 사라지면 갑자기 10m 정도 앞으로 나간답니다."

일반적인 도깨비불처럼 가볍게 한동안 허공을 날아다니지는 않는 모양이다. 타이밍이 가장 중요하기 때문에 사람들이 많이 있어도 놓치는 사람은 놓친다고 한다.

*

바로 옆에 있는 본주산은 고토 씨에게 어떤 존재일까? 고토 씨에게 본주산은 장작도 구하고 산나물이나 버섯을 캐는 장소이기도 하다. 지형도 단순하고 딱히 위험한 지역도 아니다. 가벼운 마음으로 거닐 수 있는 자신의 앞마당이나 다름없는 존재다.

"10년 전에 신기한 일이 있었어요. 아침부터 고사리를 캐러 가서 오전 10시쯤 되었을까요? 능선로를 걷고 있을 때였지요. 자주 갔던 곳이었어요. 전혀 복잡한 지형도 아니었고요. 그런데 나도 모르게 갑자기 잘못된 방향으로 하산하고 있었어요. 한참 걷다가 어느 순간 알아차렸지요."

그 능선로는 아오모리시와 고쇼가와라시(五所川原市)의 경계였다. 너할 나위 없이 단순한 지형, 평소 다니던 장소, 그리고 날씨마저 좋았던 오전 시간. 그러나 잘못된 방향으로 내려오고 말았다. 자기도 모르는 사이에 주위의 좌우가 거꾸로 변해 역방향으로 나간다는 이야기는 과거에도 들어본 적이 있다. 이때도 그런 상태였을지 모른다.

*

고토 씨의 아버지가 말기 폐암으로 입원했을 때의 일이다. 집에서는 사모님과 자제분이 함께 있었다. 본주산의 빛을 함께 봤던 가족들이었다.

"아버지 간병 때문에 나만 병원에 있었을 때였어요. 결국 아버지가 돌아가서서 집에 전화를 걸었지요. 그랬더니 마누라가 묘한 소리를 하더군요."

고토 씨에게서 연락이 오기 직전, 현관을 두드리는 소리가 났다는 이야기였다.

'콩콩 콩콩'

소리는 현관에서 시작해 집 안 여기저기의 벽을 두드리면서 이동했다.

'콩콩 콩콩'

한동안 집 안 여기저기를 두드리는 소리를 사모님과 자제분이 넋을 잃고 듣고 있었다. 고토 씨로부터 연락을 받고 시아버지의 임종 시간과 일치한다는 사실을 알게 되었다고 한다.

돌아가시는 분이 그 소식을 알리려고 찾아온다는 이야기를 아오모리현에서는 다른 지역에서보다 비교적 자주 들었다. 역시 오소레산이 존재하는 지역다운 특성일까?

혼슈 최북단의 영혼

오소레산은 지명도에 비해 실제로 가본 사람은 적지 않을까. 혼슈 최북단의 광대한 반도는 결코 교통편이 좋다고 말하기 어렵다. 그렇기 때문에 오히려 남겨진 비경들이 농후한 매력으로 다가온다. 반도 북부에 있는 것이 바로 일본 굴지의 영장인 오소레산이다. 여름과 가을에 대규모 제사를 올릴 때 복수의 '이타코'가 모여 '공수'를 하는 것으로도 유명하다. 그런 오소레산 보리사에서 제사 준비를 하고 있던 할머니에게서 이야기를 들어보았다.

"어린 시절의 일이지요. 아마도 해 질 무렵이었을 거예요. 심부름을 하러 가게 되었어요. 돌아오는 길에 집 근처에서 친척 할아버지를 만났는데, 어딘가 모르게 이상하더라고요. 의아해하면서 집으로 들어왔어요."

집 안에 들어와 보니 할아버지가 넋이 빠진 모습으로 서 있었다. 도대체 무슨 일이냐고 물어보자 이렇게 대답하는 것이었다.

"지금 말이지, 저기로 영혼이 왔었거든. 내 옆까지 왔어. 붙잡으려고 했지만 잡을 수가 없더군."

할아버지는 그 영혼이 병으로 몸져누워 있는 자신의 동생이라고 확신했다. 그래서 어떻게든 붙잡아두려고 했지만, 허무하게도 팔이 허공을 맴돌 뿐이었다. 그러다 어느새 영혼은 가볍게 위로 올라갔나 싶더니, 그대로 사라져버렸다고 한다.

"할아버지에게 모습까지는 보이지 않았다고 해요. 하지만 내게는 확연히 보이더라고요. 그분이 입었던 기모노의 문양이나 들고 있던 지팡이 색깔이나 신발까지도, 모조리 보였지요."

*

휴식 시간에 짬을 내어 이야기를 해준 할머니는 여동생과 함께 산나물을 캐러 자주 간다고 한다.

그러나 산에 올라가지는 않고 그대로 집으로 돌아오는 경우도 종종 있는 모양이다.

"산에서 무서운 일을 당한 적은 없어요. 미리 알지요, 산에 올라가기 전에."

"무엇을 아시지요?"

"불길한 느낌이 들거든요."

그 이야기를 이어받아 여동생분이 입을 열었다.

"맞아요, 묘한 느낌이 들고 예사롭지 않은 냄새도 나서 올라가지 않아요. 그땐 곧장 돌아와요. 부리나케 차 안으로 피하지요."

"그래서 우리는 큰 화를 면했던 거랍니다. 이런 얘기를 해도 경험이 없는 분은 믿지 않으시겠지만."

그러더니 할머니는 내 얼굴을 물끄러미 응시한다.

"믿지 않지요? 여기엔 말이지요, 죽은 사람이 아주 많답니다. 모두 하얀 기모노를 입고 여기에도 저기에도 있는걸요. 저세상은 정말로 있답니다. 지금 내 이야기를 믿지 않지요?"

아니, 믿지 않을 이유는 어디에도 없다. 다만 내게는 아직 저세상 체험이 없을 뿐이다.

단것을 좋아하는 여우

오소레산에 여우와 관련된 이야기는 없는지 물어보았다. 그러자 어떤 사건을 떠올려주셨다. 사이가 좋은 친구들이 산나물을 캐러 함께 산에 올랐을 때의 이야기였다.

아침부터 집을 나선 사람들이 산나물을 실컷 캐면서 즐거운 하루를 마친 후 차를 세워둔 곳으로 모였다. 그러나 집합 시간인 오후 3시가 한참 지나도 한 사람만은 끝내 모습을 드러내지 않았다.

"결국 그 사람은 해 질 무렵이 되어도 내려오질 않았어요. 야단법석이 났지요. 경찰에 연락하자 소방단 사람들이 산에 올라가 구석구석을 수색하기 시작했어요."

최선을 다해 수색에 임했건만 아무런 단서조차 파악하지 못한 채 며칠이 지났다. 수색 규모를 축소하려던 바로 그날, 마침내 조난자가 발견되었다.

"별다른 점이 전혀 없는 곳에 있었어요. 도대체 왜 그동안 발견하지 못했는지, 도무지 이해가 가질 않았지요. 그 사람은, 입안에 풀이 가득 차 있는 상태로 숨겨 있었어요. … 그런 것은 여우의 소행일까요?"

이것은 불과 수년 전에 일어난 사건이다.

*

도호쿠 지방에는 '가도즈케(門付)'라고 불리는 예능이 있다. 남의 집들을 돌아다니며 노래를 부르거나 춤을 추면서 돈을 받고 다닌다. 아오모리현 북동부에 위치한 시모키타반도에서는 이것을 '가구라(神楽)'라고도 부른다. 이런 가구라 무리가 마을을 돌고 있을 때의 일이다.

"가구라 사람들은 계속해서 마을을 돌아다녀요. 마을을 얼추 한 바퀴 돌고 나면 신사에 모여 다시 다른 마을로 이동해요. 그런데 그중 한 사람이 사라져버렸어요."

또다시 사람이 없어졌다. 동료들끼리 마을 구석구석을 샅샅이 뒤졌지만 어디에도 없었다. 그러나 산 쪽 방향으로 수색의 범위를 넓히자마자 곧바로 그의 모습이 발견되었다.

"산속에서 자고 있더라고요. 그런데 기모노를 단정하게 개어놓고, 신발까지 가지런히 놓은 다음, 마치 어디 방 안에라도 올라간 사람처럼 자고 있었어요. 이것도 여우의 소행이겠지요."

*

할머니는 산속에서 신기한 공간에 빨려 들어간 적이 있다. 동료들과 산나물을 캐러 갔을 때의 일이었다. 숲속은 밝았고 풀들도 아직 그다지 자라지 않았다. 그 때문에 시야도 어느 정도 확보된 상태였다.

"바로 저기 앞에 여동생이 있더군요. 거리로 봤을 때는 불과 몇 m

도 되지 않았지요. 그런데 거길 도저히 갈 수 없었어요."

경사면을 조금 내려간 곳에 여동생이 있는데, 희한하게도 거기까지 갈 수가 없다. 몇 번을 가보았지만, 어느새 결국 원래 있던 곳으로 돌아와버린다.

"정말 신기한 노릇이었어요. 몇 번이나 가려고 해보았는데, 결국 허사였지요. 그때는 여동생에게 사탕을 주려고 했어요. 호주머니에 사탕이 들어 있었거든요. 아마도 여우가 사람을 속이려고 했던 짓이었겠지요."

생선구이나 비린내 나는 것을 좋아한다는 여우 이야기는 여기저기에서 들어본 적이 있다. 그런데 시모키타에 사는 여우는 아무래도 단것을 좋아하는 모양이다.

*

비슷한 이야기는 가자마우라촌(風間浦村)에서도 들었다. 가자마우라촌은 참치잡이로 유명한 혼슈 최북단의 오마정(大間町) 동쪽 방향에 접해 있다. 바다와 산이 모두 가까워서 주민들은 오랜 세월 어업뿐 아니라 산과 관련된 다양한 생업에 종사해왔다. 그런 환경을 지닌 마을에서 쓰보타 히사오(坪田久雄) 씨는 초등학교에 다닐 무렵부터 덫을 놓아 토끼나 작은 새들을 잡곤 했다.

"학교에 가기 전에 산에 덫을 놓으러 돌아다녔답니다. 그런 다음 학교 수업이 끝나고 집에 돌아오는 길에 회수하지요. 가죽을 벗길

때는 고관절 부근에 칼집을 넣은 다음 대나무로 만든 통을 끼워 넣습니다. 거기에서부터 공기를 불어 넣으면 가죽을 벗기기 쉽거든요."

그 옛날 국도는 자갈길이었고 차는 거의 다니지 않았다. 그런 상황은 여우 입장에서 몹시도 바람직한 환경이었던 것으로 보인다.

"밤길을 걷고 있는데 건너편에서 차가 오더군요. 차량 라이트가 점점 가까워졌기 때문에 위험하다고 생각해 길 가장자리로 피했는데, 아무리 기다려도 차가 가까이 다가오질 않았어요. 참 이상하다고 생각하면서 살펴보니, 이번엔 전선 위에서 빛이 반짝거리더라고요. 근처 사람들은 갑자기 논에 빠지곤 했어요. 죄다 여우 탓이지요."

*

인간이 언제나 여우에게 당하기만 한다는 법은 없다. 쓰보타 씨는 선수를 쳐서 여우를 놀라게 한 적이 있다고 한다.

"저녁 무렵이었어요. 걸어가고 있는데 우리 집 앞에 쌓여 있는 장작 더미 뒤편으로 여우가 보이더라고요"

뭔가에 정신이 팔려 있는지, 여우는 이쪽에서 사람이 다가오는 것을 전혀 눈치 채지 못하고 있었다. 쓰보타 씨는 살금살금 걸어 여우의 뒤편으로 살짝 다가가 들고 있던 우산을 있는 힘껏 단숨에 펼쳤다.

"세상에, 여우는 점프가 끝내주더군요. 4m 정도를 가볍게 날았어요."

여우도 어지간히 놀란 모양이다.

'깜짝이야, 진짜~~.'

여우의 불평 소리가 들릴 것만 같다.

*

가자마우라촌에서는 여우와 관련된 이야기가 많았는데, 기본적으로는 다른 곳들과 흡사한 내용이었다.

"근처에 사는 사람을 축하해줄 일이 있어서 들렀다가 돌아오는 길에 여우에게 홀려 논밭에 들어가 걸었답니다. 구출된 이후 살펴보니 축하 답례로 받은 선물이 죄다 없어진 상태라, 여우 소행이라고 다들 말했어요."

"그렇군요. 역시 생선이나 튀김류가 들어 있었을까요?"

"도미였어요. 빨간 도미 모양의 과자 있잖아요?"

"과자요? 축하용으로 쓰는 사탕과자 말씀하시는 건가요?"

"맞아요, 그거예요. 그것을 가지고 가던 바람에 그런 꼴을 당했던 거지요."

역시 시모키타반도의 여우는 단것을 좋아하는 모양이다.

여우의 경고

　오소레산으로부터 북쪽 방향으로 꼬불꼬불한 산길을 걸어가면 야겐온천(薬研温泉)이 나온다. 온천물이 나오는 민박집 '아스나로(あすなろ)'를 운영하는 야타니(八谷) 씨에게 이야기를 들어보았다.

　"고향은 가자마우라촌입니다. 료칸을 가업으로 삼아왔던 집이지요. 40년 정도 이전의 일인데, 료칸의 넓은 응접실에 30명 정도 사람들이 모여 있었을 때였어요. 푸르스름한 빛구슬이 가볍게 허공에 떠오르는 것을 봤어요."

　많은 사람들이 모인 방의 창밖 너머로 발견한 빛구슬은 지붕 높이까지 올라가더니 이번엔 지면 바로 위로 아슬아슬하게 떨어졌다가 이내 사라졌다. 야타니 씨는 어머니와 함께 보았는데 그 외의 사람들은 아무도 빛구슬의 존재를 알아차리지 못했다. 빛구슬의 빛은 처음에는 밝은 노란색이었는데 어느새 푸르스름하게 변하더니 마치 비틀거리듯이 헤맸다고 한다.

　다음 날 근처에 살던 이웃이 세상을 떠났다. 그 사람은 다리가 불편한 사람이었다. 어머니와 둘이서 분명 그 사람일 거라며 이야기를 나눴다고 한다.

　＊

　야타니 씨 부부가 이전에 핫코다산(八甲田山, 아오모리시 남쪽에 우뚝

서 있는 해발 1585m의 산-역주)에 있는 야치온천(谷地温泉)에 갔을 때의 일이다. 2개월 정도 길게 머물면서 주변 여기저기를 돌던 어느 날, 숙소로 돌아오던 길에 짙은 구름에 갇혀버렸다.

"매일 달리던 길이라 안개가 조금 끼어도 대충 알거든요. 길 자체가 단순하기도 했고요."

지도로만 봐도 분명 복잡한 길은 아니었다. 그런데 두 사람은 아무리 가도 숙소에 도착할 수 없었다.

"길이 분명히 갈리는 곳이 하나 있긴 했는데, 평소라면 거기에서 20분 정도면 도착할 길이거든요. 그런데 아무리 달려도 숙소가 나오질 않았어요. 참 이상했지요. 겨우 정신을 차리고 살펴보면 아까 지나쳤던 그 갈림길이 또다시 나오곤 했어요. 어이없어하면서도 몇 번이나 다시 갔지요. 아무리 가도 집이 나오질 않았어요."

헤매다 정신을 차리고 보니 두 시간 이상 경과되어 있었다. 자욱한 안개 속을 달리면서 등줄기가 오싹해지면서 소름이 끼치는 것을 알 수 있었다.

"둘이서 서로서로 괜찮다고 격려해주면서 달렸어요. 그랬더니 눈앞에 여우가 나타나서."

갑자기 차 앞을 가로막은 것은 세 마리의 여우였다. 아무래도 여우가 새끼들을 거느리고 나타난 것으로 보였다. 가장 선두에 선 커다란 여우, 그 뒤를 따르는 두 마리의 새끼여우가 일렬로 길 한가운데 서 있다.

"이쪽을 물끄러미 바라보고 있더군요. 정말로 신기한 광경이었지요. 거리는 3, 4m 정도였을까요. 주변에는 안개가 자욱한데 여우는 전혀 그렇게 보이지 않았어요. 무척 선명하게 보였지요. 전혀 미동조차 하지 않은 채, 세 마리가 일렬로 서서 그저 물끄러미 이쪽을 바라보고만 있었답니다."

야타니 씨 부부는 이것을 경고라고 받아들였다. 더 이상 올라가면 안 된다는 생각이 들어 그대로 길을 내려와 그날은 다른 숙소를 찾았다.

"우리는 여우가 나쁜 짓을 한다고는 생각하지 않았어요. 산속에서도 여우와 마주치면 오히려 마음이 놓이곤 했어요. 종종 놀러 오는 여우와 우리 집 고양이도 술래잡기하듯 같이 놀곤 한답니다. 몇 번이나 서로를 본 적이 있으니까요."

가자마우라촌에서도 여우에게 홀렸다는 이야기를 듣긴 했지만, 사람의 생명을 앗아갈 정도로 위해를 끼치는 것은 너구리라고들 한다. 그곳 출신인 야타니 씨에게 여우는 두려운 존재가 아닌 모양이었다.

쏘면 안 되는 곰

마타기에게는 온갖 금기가 존재한다. 아니, 정확히 말하자면 존재했다. 현재는 그 옛날처럼 산속 오두막에서 밤을 지새우면서 온갖 산들을 종횡무진하는 마타기는 더 이상 없다. 시대의 변화에 따라 수많은 매뉴얼과 금기 역시 망각되어가고 있다.

마타기가 기피하는 '운수 사나운 숫자'에는 4와 7이 있다. 시모키타반도의 마타기 마을에서는 까마귀가 네 마리 울면 사람이 죽는다는 말이 있다. 반달가슴곰이라는 명칭의 유래는 가슴팍에 초승달 모양의 흰색 털이 나 있는 것인데, 드물게 달 모양이 없는 개체도 있다. 마타기들은 이것을 '미나구로'라고 부르며 절대로 쏘지 않는다. 실수로라도 총을 쏴버리면 '창을 거두는(마타기 일을 접는)' 것이 관례이다.

*

과거 시모키타반도 중앙부에 존재했던 가와우치정(川内町, 현재는 무쓰시[むつ市] 하타(畑)는 마타기 마을로 유명하다. 그곳에서 오랜 세월 마타기로 살아오면서 온갖 산들을 누벼왔던 이와사키 고로(岩崎五郎, 85세) 씨에게서 이야기를 들어보았다.

"이곳에는 '구도(工藤) 몰이'와 '이와사키(岩崎) 몰이'라는 마타기 집단이 있었답니다. 가장 많을 때는 40명 가까이 있었을까요? 지금은 두 사람밖에 없지만요."

방문한 하타 마을은 언뜻 보기에 집도 제법 많았고 아직 마을로서의 기능은 하고 있는 것처럼 보였다. 그러나 독거노인이 많아서 인구는 60명도 채 되지 않는다고 한다. 각 가구의 현관에는 '오늘도 무사함'이라는 패가 달려 있다. 아침에 일어나 무사하다면 이 패를 밖에 내놓는 모양이다.

고로 씨는 10형제 중 다섯 번째로 태어났기 때문에 '고로(五郎)'라는 이름이 붙여졌다. 아버지와 할아버지 모두 장손이 아닌 관계로 변변한 땅뙈기 하나 물려받지 못해 그동안 고생이 말도 못 할 정도였다고 한다. 그런 처지에 놓인 주민들을 위해 한때는 마을 내부적으로 개간 사업이 시도된 적도 있었다. 고로 씨의 아버지는 땅이 없으면 아무것도 할 수 없음을 뼈저리게 느낀 나머지, 아예 산속에서 개간한 땅으로 가족 전체가 이주할 결심을 했다. 그럴 즈음의 이야기다.

"작은 집이었답니다. 상당히 깊은 산속에 있었지요. 여기보다 기온도 제법 낮았고요. 하지만 내 땅이기 때문에 최선을 다해서 일을 했지요. 결국 아무도 그곳에 정착하지는 못했지만요."

하타 마을로부터 제법 떨어진 깊은 산속의 개간지는 환경이 혹독했다. 그곳에 만들어진 허술한 집에서 가족들은 서로를 의지하며 살아갔다. 어느 날 해 질 무렵, 고로 씨가 마침 집을 비워서 사모님과 자제분들이 집에 있을 때였다….

"뭔가가 창문을 두드리는 소리가 났어요. 마누라가 그 소리를 알아차리고 무슨 소리인가 싶어서 그쪽을 바라보았대요."

어둠이 내려앉은 창밖으로 묘한 물체가 보였다. 그것은 누가 봐
도 불구슬이었다. 어슴푸레 빛을 발하면서 창밖을 날아다니는 불구
슬은 참으로 신비스러웠다. 사모님은 한동안 넋을 잃은 채 그것을
바라보고 있었는데, 불구슬은 별안간 자취를 감추었다.

'쿵쿵쿵쿵!'

동시에 집 안 전체에 엄청난 소리가 울려 퍼져서 가족들은 놀라
부들부들 떨었다. 사모님께서는 고로 씨 신변에 뭔가 불길한 일이
라도 생겼나 싶은 생각도 하셨지만, 얼마 후 전혀 생각지도 못했던
소식이 왔다.

"외가 쪽 할아버지가 마침 그 시간에 세상을 떠났어요. 그 할아버
지도 마타기였거든요. 75세의 나이로 곰을 잡았던 분이시지요."

*

고로 씨는 옛날에 종종 '반도리(날다람쥐 등 야행성 동물을 포획하는 야간
사냥)'를 하러 갔다. 당시에도 야간 발포는 금지 사항이었지만, 실은
전국 각지에서 아주 자연스럽게 야간 사냥이 행해지고 있었다.

"반도리 때문에 숲속에 있었는데 갑자기 엄청난 소리가 들리더군
요. 마치 강물이 격하게 흐르는 것 같았어요. 엄청난 소리였지요.
발 언저리에서부터, 주위에서부터 엄청난 소리가 들리기 시작했어
요. 그곳은 다다미 여덟 장 정도밖에는 안 되는 곳이었지요."

자기가 서 있는 발아래에서 시작되어 마치 자신을 에워싸는 것처럼 용솟음치는 의문의 소리에 왈칵 겁을 집어먹은 고로 씨는 덜덜 떨면서 그 자리에서 도망쳤다. 며칠 후 고로 씨는 의문의 소리가 났던 그곳으로 향했다. 물론 낮 시간에 이루어진 도전이었다.

"손도끼로 나무에 표시를 해두었기 때문에 찾아가는 것은 간단했어요. 그곳에서 주위를 수색해보았답니다. 그 소리의 정체가 뭐였을 거라고 생각하세요?"

"뭐였나요?"

"벌레였어요. 작은 벌레들이 잎사귀 뒤편이나 여기저기에 엄청나게 붙어 있었지요. 그것들이 소리를 냈던 거예요."

그러고 보니 그런 경우가 간혹 있긴 하다. 썩은 나무를 헤집어보았다가 생각지도 못할 정도로 엄청난 벌레들이 일제히 도망가는 바람에 깜짝 놀라곤 한다. 그러나 주위에 울려 퍼질 정도로, 공포를 유발할 정도의 소리를 내는 벌레였다면 수십만 마리는 되었을 것이다. 고로 씨는 발 주위를 라이트로 비춰보았지만 아무것도 보이지 않았다고 한다. 다다미 여덟 장 정도의 공간이 두려움을 느끼게 할 정도의 소리로 충만한 상태였건만, 눈에는 아무것도 보이지 않는다. 그렇기 때문에 더더욱 신기하다고 생각해 굳이 그곳으로 향했던 것이다.

소리의 원인이 벌레 때문이었는지는 확실하지 않다. 단, 만약 정말로 벌레였다면 며칠 뒤 현장에 발을 들여놓았을 때 작은 소리라도 나는 것이 당연했다. 그러나 그런 조짐은 전혀 없었다. 아직 현장에 벌레가 많이 있었기 때문에 어떤 형태로든 반응이 있을 수 있었는데….

"옛날엔 일본산양도 자주 잡았답니다. 물론 일본산양을 잡는 것은 불법입니다. 하지만 다들 잡곤 했지요. 먹고살기 막막하니 어쩌겠어요. 고기는 먹고 가죽은 물물교환을 했지요."

냉량한 기후 때문에 벼농사도 불가능했다. 혹독한 자연환경 속에서도 마타기들은 끝까지 살아남았다.

고로 씨는 개를 무척 좋아한다. 76세까지 개와 함께 산을 오르곤 했다. 아니 마을 마타기들은 곰 사냥을 할 때 개를 거의 데리고 가지 않는다(새 사냥은 제외). 하지만 고로 씨는 산에 오를 때 반드시 개와 함께 간다. 곰 냄새를 가장 먼저 맡고 곰의 기척을 알아차리기 때문에 매우 애지중지하고 있다.

"가장 훌륭한 개는 '포치(일본에서 개의 애칭으로 자주 쓰임-역주)'였을 거예요. 이 개는 곰을 잘 찾았지요. 배짱도 있어서 곰을 봐도 전혀 움츠러들지 않았고요. 궁지에 몰린 곰에게 맞서다 결국 죽어버렸지만."

곰을 두려워하지 않고 달려들다니….

"아직 초등학교에 다니던 시절에 아버지와 함께 '반도리'를 하러 간 적이 있지요."

옛날에는 초등학교에 다니는 학생들도 사냥을 도우는 일이 결코 드물지 않았다. 중학생이 되면 자기 맘대로 총을 들고 나가 쏘는 아이도 많았다.

"그랬더니 개가 갑자기 안절부절못하기 시작하더군요. 곰이 있는 거라고 단박에 알아차렸지요."

곰의 기척을 개가 감지한 것이다. 아버지가 신중하게 그 주변을 수색하자 얼마 후 바위로 된 작은 동굴을 발견했다. 확인해보니 아무래도 안에 곰이 있는 모양이었다.

"개를 부추겨서 구멍에서 곰을 밖으로 내쫓았지요."

'빵'

밤의 숲에 총성이 울린다. 움직이지 못하게 된 곰을 물어뜯으려는 개를 제지하며 잠시 기다렸다. 그때,

'크아아악, 크아아악!'

주변 일대에 무시무시한 울부짖음이 울려 퍼진다. 깜짝 놀란 두 사람이 주변을 둘러보자, 자그마한 검은 그림자가 보였다.

"뭐지…?"

조심스럽게 다가가자, 새끼 곰이었다. 조금 전 굴에서 나와 저격당한 곰의 새끼일 것이다.

"세상에, 새끼가 있었군."

새끼를 데리고 다니던 곰을 죽이다니, 측은하다는 생각도 들었지만 새끼 곰 역시 소중한 포획물임에는 틀림없었다. 암흑 속에 쓰러진 어미 곰 주변으로 새끼 곰들이 모여 있다.

'크아아악, 크아아악!'

새끼 곰의 울음소리라는 사실을 익히 알고 있었건만, 너무나도 강

한 울부짖음에 자기도 모르게 등줄기가 오싹해졌다.

"네 마리다…."

암흑 속에서 아버지가 중얼거렸다. 굴에서 나온 것은 세 마리의 새끼 곰, 어미 곰까지 합치면 모두 네 마리의 곰이다. 마타기들에게 '4'는 불길한 숫자였다. 보통 새끼를 두 마리 낳는 반달가슴곰이 세 마리나 낳았다는 소리가 되므로, 더더욱 불길하게 느껴졌다.

'크아아악, 크아아악!'

숲에 울려 퍼지는 새끼 곰의 울음소리도 일찍이 들어본 적이 없을 정도로 격렬해서 두려움에 박차를 가했다.

"이건 '액막이(오하라이)'를 해달라고 해야겠는걸. 그 사람이 해줄지 모르겠군."

엄청난 재액이 닥쳐오고 있다. 그렇게 느낀 아버지는 바로 연락을 취해 액막이 의식을 부탁했다.

"정말로 엄청나게 울부짖는 소리였답니다. 온몸에서 소름이 쫙 끼쳤거든요."

"결국 나쁜 일은 일어나지 않았나요?"

고로 씨는 한숨을 내쉬고는 천장을 올려다보고 나서 이렇게 말했다.

"아까 형제가 열 명이었다고 말했었지요? 내가 다섯 번째거든요. 하지만 이후에 태어난 형제들은 모두 죽었답니다. 초등학교도 들어가기 전에, 죄다 죽었지요."

하타 마을 중심부에 있던 본가는 바야흐로 폐가로 방치된 상태이며, 형제 중에서 아직까지 살아 있는 것은 고로 씨 한 사람뿐이다.
85세나 되셨기 때문에 당연할지도 모르지만.

한밤중(축시)의 소녀

'산괴'는 어디에든 존재한다고 여겨진다. 그러나 그 상황은 나라나 민족, 역사 등에 따라 많이 달라지지 않을까? 그렇게 생각해보면 홋카이도에는 과연 어떤 산괴가 존재할지 좀처럼 상상이 가질 않았다. 북방여우(홋카이도에만 서식하는 붉은 여우의 아종-역주)가 과연 일본여우처럼 사람을 홀릴까? 무덤에서 '히토다마'가 튀어나와 날아다닐까? 너구리가 북을 칠까? 홋카이도 동북부에서 이야기를 들어보았다.

*

지금도 존재하는 회사에서 일어난 사건이기 때문에 장소와 이름은 밝히지 않겠다. 현재 기타미시(北見市, 홋카이도 동부에 위치한 시-역주)의 보험 관련회사에 근무하는 A 씨가 그곳에서 일하던 시절에 경험한 이야기다. 지금으로부터 10년 정도 이전의 일이다. 당시 근무하던 곳은 육체노동이 제법 필요한 계열의 회사였다고 한다. 때로는 한밤중에도 긴급 공사를 하러 출동할 필요도 있는 직장이었다. 체력이 관건인 곳이었기 때문에 육체적으로 뛰어난 젊은이들이 많았는데, 어느 날 그런 작업 현장에 공포가 엄습했다.

"그땐 산속 현장에서 세 조로 나누어 작업을 했어요. 한밤중에 굴을 파거나 자재를 조립하기도 했답니다. 각각의 조 사이에는 거리가 조금 있었기 때문에 연락은 무선을 사용했어요."

칠흑 같은 어둠으로 휩싸인 산속에서 투광기를 세워놓고 묵묵히 작업을 하고 있는데, 현장 무선으로 묘한 연락이 왔다.

"이봐, 아이가 있어! 조심해! 하얀 옷을 입은 아이가 걸어가고 있으니까."

모두 자기 귀를 의심했다. 그도 그럴 것이 현장은 길도 없는 산속인 데다가 새벽 2시가 지난 시간이었기 때문이다. 아이가 홀로 산길을 걷고 있을 리 만무했다.

"무슨 소리야? 이런 곳에 대관절 무슨 아이가 있단 말이야?"

기가 막혀 동료와 웃어넘기면서 작업을 이어가고 있는데….

"하얀 옷을 입은 여자아이야. 걸어다니고 있으니 조심해!"

다시 무선 연락이 왔다. 목소리가 조금 떨리는 것처럼 들렸다.

"참 이상한 일이라고 생각해서, 연락이 왔던 현장으로 향했답니다. 처음엔 짓궂은 장난이라고 생각했지만요."

몇 사람이 캄캄한 산속에서 현장으로 향하자 열 명 정도 되는 작업원이 자리에 멈춰 서 있는 것이 보였다. 그들 모두는 그 소녀를 보고 있었다. 개중에는 두려움에 떨고 있는 사람도 있었다.

"평소라면 백주 대낮에도 사람들이 올라올 만한 곳이 아니었거든요. 한밤중에 아이가 혼자 걸어가다니, 절대로 있을 수 없는 일이지요."

작업원들은 바로 그 '있을 수 없는' 상황과 조우해버렸다. 그리고 자기도 모르게 무선으로 동료들에게 알려주었던 것이다.

"하얀 옷을 입은 아이를 조심해"라고….

따라온 사내

A 씨가 회사에 막 들어갔을 무렵, 업계 연수가 개최되었다. 규모가 제법 큰 연수여서 100명 가까운 참가자가 합숙 형식으로 함께 지냈다. 그런 합숙에서 일어난 일이다.

"커다란 방에서 열 명 이상이 함께 기거했답니다. 마루방에 침대가 쭉 늘어서 있었어요. 첫날부터였지요."

"첫날부터라고요?"

"아니, 실은 그곳에 들어갈 때 관리인분께서 귓전에 넌지시 말씀해주셨거든요. 이 방에서 나온다고요."

참으로 꺼림칙한 정보다. 그런 이야기를 들어도 믿지 않은 사람이 많다. 냉정히 말하자면 A 씨도 믿지 않고, 보이지 않는 타입이기 때문에 취침 시간이 되자 그대로 잠자리에 들었는데….

"눈이 떠지더라고요. 나도 모르게 번쩍. 새벽 3시 무렵이었을까요? 아니, 정확하게 3시였어요. 그때 시계를 봤거든요. 뭔가 이상한 느낌이 나서 주위를 한 바퀴 둘러보았지요."

어두운 방 안에서 주위 깊게 주변을 살펴본다. 천장, 벽, 옆, 발 언저리, 그곳에서 눈길이 멈췄다.

"누가 있더라고요. 침대에서 발을 뻗고 있던 부근에. 앉아서 이쪽을 물끄러미 보고 있었어요. 얼굴요? 그게 말이지요, 모자를 깊숙이 눌러쓰고 있어서 얼굴은 잘 안 보이더군요."

한밤중에 발밑에 앉아서 자기를 뚫어지게 응시하는 사내. 누구인지는 모르겠으나 도저히 말을 걸어볼 엄두가 나지 않아서 그대로 뜬눈으로 밤을 지새우고 아침을 맞이했다.

느끼지 않고, 믿지도 않는 타입이긴 했으나 그런 일이 장장 일주일이나 이어지자 아무리 A 씨라도 두 손을 들 수밖에 없었다. 그래서 연수에서 친해진 사람에게 이 일을 털어놓으려고 말을 걸어보았다.

"응접실에서 이야기를 했어요. 그랬더니 그 사람이, '그쪽 침대는 괜찮아?'라면서 먼저 물어오지 않겠어요? 그 사람도 봤던 거지요, 모자 쓴 사내를."

아무래도 모자를 쓴 그 사내는 각 침대를 노려보고 있었던 모양이다. 사실 적지 않은 사람들이 눈치채고 있었는데 다들 입을 다물고 있었던 것이다. 모자를 쓴 이 사내의 정체를 결국 아무도 알지 못한 채 연수는 끝이 났다.

*

"그러고 나서 오랜만에 집에 돌아왔어요. 아내가 현관문에 설치되어 있는 도어 스코프로 누가 왔는지 확인해보니, 내 옆에 누군가 또 한 사람이 서 있었다더군요."

그러나 사모님이 현관문을 열자 거기에 있던 것은 A 씨뿐이었다. 순간적으로 도대체 무슨 일이 일어난 건지 이해가 되지 않았지만, 일단은 놀라워하는 기색 없이 A 씨를 맞이했다.

"한참 전의 이야기지만, 그런 사실을 알게 된 것은 올해 들어서였답니다. 우연히 친구와 바비큐를 먹고 있을 때 모자 쓴 사내 이야기가 나와서 아내도 그 이야기를 꺼낸 것이랍니다. 우리 옆에 있다가요. 좀 빨리 말해주지, 싶더라고요."

사모님이 현관문에 달린 도어 스코프를 통해 본 사내의 행색은 A 씨가 연수원에서 봤던 사내와 동일했다. 모자를 푹 눌러 썼기 때문에 표정은 보이지 않았다. 그 사내를 사모님은 친구라고 인식하고 문을 열었는데 아무도 없었던 것이다. 직감적으로 정체가 좋아 보이지는 않는다고 느꼈기 때문에 그녀는 입을 다물었을 것이다.

*

A 씨의 회사에서는 이전에 숙직 업무가 있었다. 어느 날 숙직실 소파에서 뒹굴거리고 있는데 현관문 열리는 소리가 들렸다.

"어라? 누구지? 이런 시간에?"

가깝게 다가오던 발걸음 소리는 바로 옆방인 작업실 앞에서 멈췄다.

"작업실 문이 열리는 소리가 나더군요. 자물쇠함을 확인해보니 분명 열쇠가 그 자리에 있는데도 말이지요."

깜빡하고 문을 잠그지 않았던 건가? 혹시나 싶어서 숙직실을 나와 옆방으로 향했다. 하지만 역시 단단히 문단속이 되어 있었다. 안에 들어가 확인해보니 딱히 이상한 점도 전혀 없었다.

실은 이 숙직실에서 처음으로 머물렀던 날에도 묘한 일이 일어났다.

"갑자기 문짝이 흔들리면서 엄청난 소리가 나기 시작했거든요. 어라? 바람이 세졌나 싶어서 확인해보았는데, 바람 한 점 없는 날씨였어요. 그래서 동료가 짓궂은 장난을 치러 왔다고 생각했지요. '당장 그만두지 못하겠어?'라고 호통을 치면서 찾아봤는데, 아무도 없더라고요."

그리고 다음 날 A 씨가 선배에게 간밤에 일어난 일을 이야기하자….

"그래? 난 모르는 일인걸?"

이 한마디로 A 씨는 모든 것을 이해할 수 있었다고 한다. 직장에서 일어난 일련의 묘한 사건을 아버지에게 이야기해주자 전혀 상대도 해주지 않았다.

"말도 안 되는 소리. 나도 한번 당해보고 싶군!"

＊

반면, 어머니는 믿어주셨다. 그 어머니의 이야기다.

A 씨가 아직 어렸을 적엔 근처에 사는 할아버지가 매일 아침 직접 우유를 가져다 주셨다.

'딸캉'

우유병을 우유함에 넣는 소리가 일가의 아침을 알려주었다. 그 소리가 한동안 들리지 않게 된 적이 있다. 몸 상태가 갑자기 나빠진 할아버지가 병원에 입원했기 때문이다. 매일 아침 가져다 주시던 우유가 없어진 불편함에도 어느덧 익숙해지기 시작할 무렵.

"어머나? 우유가 왔네?"

"뭐라고? 우유가 왔어?"

A 씨로서는 어머니가 한 말의 의미를 이해할 수 없었지만, 밖에 나가 우유함을 확인해보았다. 물론 아무것도 들어 있지 않았다. 그렇게 이야기를 전하자, 어머니는 말했다.

"지금 '딸캉' 소리가 났는데? … 어머나, 할아버지가 돌아가셨구나, 아마도."

그 이야기를 들은 아버지는,

"말도 안 되는 소리. 나도 한번 들어보고 싶군!"

자기도 끼워주지 않아 섭섭해하는 아버지다.

안내하는 불구슬

 홋카이도는 혼슈 이남과 역사적으로나 민족적으로나 그 근본이 판이하게 다르다. 혼슈 이남에서 대대로 이어져왔던 괴이담도 그다지 존재하지 않는 모양이다. 아니, 실제로 홋카이도에 거주하는 토종 일본인들은 몇 대를 거슬러 올라가면 결국 대부분 혼슈 이남 출신이기 때문에 실은 이어져오고 있을지도 모른다. 그래서 만나는 사람들에게 일단 물어보기는 하는데, 예상대로 그런 경향이 거의 보이지 않았다.

 따라서 지금부터 시작할 이야기는 북쪽 도호쿠 지방의 농후함과는 확연히 다르다. 산에서 지내는 사람들이지만 산괴 경험자가 적을 뿐만 아니라 그런 의식 자체를 거의 지니고 있지 않다. 요컨대 산 속에서 신기한 일이 벌어지거나 무시무시한 '모노'가 존재한다고는 생각하지 않는 사람들이 많다.

 토종 일본인만이 아니라 아이누 사람들에게도 이야기를 들어보았는데, 그들은 원래 산이나 숲이 신의 영역이며 그곳에 두려운 '모노', 악한 '모노'가 있다고는 생각하지 않았다. 길을 잃고 헤매는 것은 신이 새로운 만남을 부여해준 것이기 때문에 아무런 문제가 없다. 따라서 혹시라도 산에서 목숨을 잃는 경우가 있다면 그때는 신에게 불평, 불만을 말하겠다고 한다.

 어느 정도 예상은 하고 있었지만, 이렇게까지 다를 줄은 몰랐다. 그런 가운데 베테랑 엽사가 다른 곳에서는 좀처럼 듣기 어려운 이야기를 해주었다.

＊

야노 요시오(矢野芳雄) 씨와 아라키 시게요시(新木茂良) 씨는 데시카가정(弟子屈町)에서 오랜 세월 수렵에 종사해왔다. 어린 시절, 근처에 사슴은 없었고 토끼고기 정도가 진수성찬이었다고 한다.

두 사람 모두 산에서 겪었던 신비한 체험은 전무하다고 한다. 하지만 근처에 사는 야노 씨의 숙부님은 산에서 신기한 빛을 본 적이 있다.

"이 근처의 산이었어요. 그곳에 갔을 때는 해 질 무렵이었는데 빛구슬이 보였대요."

빛구슬이 가볍게 허공을 날더니 지면에 살짝 내려앉았다. 숙부님은 계속 빛을 발산하는 의문의 물체 가까이로 직접 다가가 확인하려고 했다. 그러나 빛구슬은 거리가 가까워지면 다시금 허공으로 날아올라 하늘거린다. 그리고는 다시 지면에 내려앉기를 반복했다.

"대체 뭐지?"

내려앉았다 날아오르곤 하는 빛구슬. 그 뒤를 따라가자 눈앞에 오두막이 나타났다. 아는 할아버지가 숯을 굽는 오두막이었다. 그 옆을 지나 계속해서 빛구슬은 허공으로 날아갔다.

"숙부님이 한참 따라가봤더니 숯을 굽는 할아버지가 쓰러져 있는 곳까지 가더래요. 이미 돌아가신 상태였지요. 역시 영혼이 안내를 해주었던 거랍니다. 또 다른 빛구슬 이야기도 들었어요. 친척은 아니지만 근처에서 삼림궤도 작업을 하던 사람이 봤대요, 그 빛구슬을."

그 사람이 모터카를 타고 삼림궤도를 내려가던 중에 생긴 일이었다. 마을이 가까워지기 시작했을 때 빛구슬이 어느 집으로부터 날아오는 것을 목격했다. 가볍게 허공을 나는 빛구슬은 절 방향으로 똑바로 나아가더니 이내 사라졌다.

"바로 그 순간, 거기 살던 할머니가 돌아가셨다는 사실을 알 수 있었다고 해요."

*

이런 부류의 이야기는 혼슈 이남에서는 자주 듣지만, 홋카이도에서는 좀처럼 듣기 어려운 이야기일 것이다. 마을의 신이라고 불리는 주술사도 소수에 불과한 모양이지만, 그 점에 대해서도 야노 씨가 이야기해주었다.

"신? '이타코'? 그런 사람들도 거긴 없답니다. 옛날에 어느 노인이 행방불명이 되었을 때, 그곳의 부동명왕(밀교의 대표적인 명왕. 모든 번뇌와 악마를 굴복시키기 위해 분노한 모습을 하고 있다-역주)님에게 물어본 적은 있었지요."

"아, 맞아, 있었어요. 그런 사람에게 물어봤자 소용이 없다니까. 정작 자기네 세전함을 도둑맞아놓고서 당최 어디로 갔는지도 모르던걸."

온갖 소리를 들었지만 어쨌든 이때의 부동명왕님의 점괘는 다음과 같았다.

'강 옆을 찾아보라.'

말씀대로 했더니 얼마 후 다행히 찾을 수 있었다고 한다. 그러나 너무도 참혹한 상태여서 검시도 생략한 채 바로 그 자리에서 시신을 불태울 수밖에 없었다.

물가를 찾아보라는 점괘 역시 전형적인 신의 계시다. 강에 커다란 통을 내던져 그것이 흘러가 멈추는 곳에 사람이 가라앉아 있을 거라는 신탁도 『산괴 2』('대보살 여성' 참조-역주)에서 쓴 적이 있다. 요컨대 결국에는 강이나 계곡으로 흘러갈 거라는 산속 마을의 경험적 법칙이라 할 수 있을 것이다.

물에 다 흘러버린다니, 실로 일본적인 발상이다.

갑자기 튀어나온 노파

홋카이도에서는 여우와 관련된 부류의 이야기는 거의 들을 수 없었다. 북방여우는 짓궂은 짓을 하지 않는 걸까? 아울러 너구리와 관련된 이야기도 나오지 않는다. 역시 혼슈 이남과는 환경이 전혀 다르기 때문일 거라고 생각하던 찰나, 가까스로 너구리 이야기를 들을 수 있었다. 나카시베쓰정(中標津町)에 위치한 향토관에서 학예사로 일하시는 분이 들려준 이야기다.

"우리 할머니가 신사에 가서 참배를 하고 집으로 돌아오다가 길을 잃고 헤맨 적이 있었습니다."

노인이 길을 잃었다는 이야기는 별로 신기할 것도 없는 이야기지만….

"산속을 걷고 있었는데 북소리가 들리기 시작해서 그쪽 방향으로 걸어가다 보니 길을 잃게 되었대요."

산에서 들리는 북소리라면, 아키타현에서는 대부분 너구리 소행이라고 치부해버린다. 또한 뭔가에 이끌려 길을 잃는 것은 귀신이 곡할 정도로 '감쪽같은 행방불명'의 전형적 패턴이다. 역시 홋카이도에서도 이런 부류의 이야기는 명맥이 유지되고 있는 모양이다. 단, 느끼는 방식에는 약간 차이가 있다고 여겨졌다.

"이건 그거예요! 산에 계신 신께서 불곰을 피하게 해주려고 일부러 다른 길로 걸어가게 했던 거라니까요. 그곳에서는 이런 일이 자주 있거든요. 내가 오토바이를 타고 임도를 올라갈 때도 갑자기 오토바이가 멈춘 적이 있어요. 하는 수 없이 걸어가고 있는데, 방금 전에 싼 불곰의 똥이 임도에 있더라고요. 세상에, 그대로 오토바이로 계속 달렸다면 영락없이 딱 마주칠 뻔하지 않았겠어요?"

*

이분의 할머니는 영적으로 강력한 분인 모양이라, 세상을 떠나신 이후에도 온갖 일을 저지르시고 계신다. 장례식이 끝나고 한참 뒤, 집 안의 온갖 문짝들을 격렬히 흔드셔서 가족들에게 당신의 존재를 강렬히 어필했다. 결정적이었던 것은 건강한 모습을 보여준다는 대담한 기술을 과감히 쓰셨다는 사실이다.

"갑자기 튀어나오더군요, 불단에서요. 그러더니 불단을 모신 방에서 척척 걸어나와, 옆방의 툇마루까지 가서 밖을 살짝 엿본 다음, 다시 불단이 있는 방으로 돌아오더래요."

"나왔다고요? 불단에서요?"

"맞아요. 일 년 정도일까요, 꽤 자주요. 너무 자주 나와서 결국 장남이 말했다더군요. '할머니, 제발 적당히 좀 해주세요!'라고요."

"그래서 결국 어떻게 되었나요?"

"다음 날부터 일절 나오지 않게 되었지요."

아들이 불평을 하자, 결국 할머니는 더 이상 나오지 않았다. 아니, 성불했기 때문일지도 모른다. 이분의 친척 중에는 29세에 돌아가신 분도 계신데, 역시나 본가에 종종 얼굴을 내밀며 온 집 안을 걸어 다녔다고 한다. 역시 혈통일까?

　동시에 불단을 모신 방에서 나와 여기저기를 걸어 다니는 의문의 여자아이 이야기는 도야마현(富山県) 산골에서도 들은 적이 있다. 그곳의 젊은 여주인은 '자시키와라시(도호쿠 지방에 전승되는 어린이 요괴로 집 안에 숨어서 가족들에게 장난을 치지만 이 요괴를 본 사람에게는 행운이 오고 집안에 부를 부른다는 전승이 있음-역주)'일 거라고 말하지만 불단을 모신 방에서 나온 것을 고려하면 아주 먼 선조였을지도 모른다.

'불곰잡이 엽사' 구보 도시하루 씨의 체험

나카시베쓰정에 사는 구보 도시하루(久保俊治) 씨는 고고한 불곰잡이로 널리 알려진 베테랑 엽사다. 홀로 엄동설한의 산속에 칩거하며 예민한 신경을 갈고닦는다. 자연 속에서 스스로 동물이 되어 포획물을 쫓고 싶다고 생각한 구도자, 이런 구보 씨에게도 신기한 체험은 있었던 모양이다.

"빛나는 구슬, 불구슬 같은 것은 가끔 보곤 합니다. 계절에 따라 빛깔이 달라요. 봄이 오면서 날이 약간 따스해지면 푸른빛이지요. 이건 가볍게 날다가 떨어지면서 사라집니다. 붉은빛은 사라지지 않고요. 하늘을 나는 방식이 완전히 새 그 자체라서, 아마도 올빼미라고 생각해요. 올빼미가 자기 둥지의 구멍에서 야광성 균을 몸에 묻힌 다음 날아오르기 때문에 사라지지 않는 거랍니다."

가볍게 허공을 날다가 지면에 떨어지는 불구슬 이야기는 다른 곳에서도 들어본 적이 있다. 아주 가까이에서 본 사람은 역시 파랗게 불탔다고 기억하고 있다. 이런 파란빛의 정체는 '인'이라는 말도 있지만, 그것을 증명한 사람은 없다.

구보 씨는 산속에서 일어난 신기한 사건에는 모조리 이유가 있을 거라고 생각한다. 피로나 추위가 사고능력이나 정신에 중대한 영향을 끼쳐, 그것이 뇌 안에서 온갖 그림이나 소리를 만들어낸다. 즉 실체는 없다. 모두 뇌 속에서 일어난 일일 뿐이다.

"스무 살쯤 되었을 때 홀로 산에 올랐어요. 그런데 비가 오는 바람에 되돌아올 수 없게 되어, 졸지에 일주일간 산속에 있었지요. 거기서 아버지 목소리를 들었어요. 하지만 그건 환청이었지요."

"환청이라고요?"

"맞아요. 환청이긴 했는데, 확실히 들리긴 들렸어요. 틀림없는 아버지 목소리였지요. 아버지가 내 걱정을 하고 있는 거라고 생각했어요."

틀림없이 아버지가 자기를 부르는 목소리가 들린다. 그러나 여러 상황을 고려하면 있을 수 없는 일이었다. 따라서 이것은 환청에 불과하다. 그렇게 이해하는 구보 씨의 냉정함이 부러울 따름이다.

*

산에서 악조건에 빠지면 적지 않은 사람이 묘한 '모노'를 보거나 소리를 듣곤 한다. 나라현의 오미네산(大峰山)에서 일주일 동안 행방불명이 되었던 사람은, 매일 온갖 '모노' 때문에 고통을 받았지만 무사히 구조된 후 이렇게 말한다.

"그건 환각이랍니다. 하지만 틀림없이 그때는 거기에 존재했어요."

신기한 이야기다. 환각, 환청 이외의 그 무엇도 아니라고 강변하면서, 불가사의한 체험은 진짜였다고 생각한다. 이것은 인간의 뇌구조에 기인하는 걸까?

*

구보 씨의 이야기로 돌아오자.

"유키온나(설녀)는 본 적 있답니다."

"유키온나? 하얀 기모노를 입고 나타나는 그 유키온나 말씀인가
요?"

"그랬습니다. 어느 산에 올랐을 때였는데, 한밤중에 숲속의 나무
들 사이에서 움직이고 있더라고요, 바로 그 유키온나가."

"그건 환각일까요?"

"아마 담비일 겁니다. 움직이는 방식이 딱 담비였어요."

구보 씨는 오랜 경험에서 그 움직임을 담비라고 판단했다. 그러
나 눈에 보이는 것은 분명 유키온나였다.

"확인하려고 숲속으로 들어갔는데 아무것도 없더라고요. 유키온
나가 있었던 부근을 찾아보았는데, 어디에도 담비 발자국이 발견되
지 않았고요."

"담비가 분명한데 발자국이 없었다는 말씀이지요? 눈밭 위에?"

"그렇습니다. 하지만 밤에는 거리감을 포착하기 어려우니, 좀 더
깊숙이에 있었을지도 모르지요, 눈에 보였던 것이."

분명히 구보 씨는 유키온나를 봤다. 그리고 그것이 담비 때문일
거라고 생각했다. 담비가 그렇게 보여주었다는 말은 여우가 사람을
홀리는 것처럼 담비가 구보 씨에게 환각을 보여주었다는 말일까?

그러나 담비 발자국은 발견되지 않았다…라고 한다면 뭔가가 담

비의 소행으로 위장해 유키온나의 환영을 보여주었다는 말일까? 뭐가 뭔지 도무지 알 수 없는 이야기다.

유키온나 이야기는 데시카가(弟子屈) 쪽에서도 들어본 적이 있기 때문에 홋카이도에서는 흔한 이야기일지도 모른다. 혼슈에서 하얀 기모노를 입고 머리가 긴 여성이 산속에서 모습을 드러낸다면, 그것은 틀림없이 산의 신이라고 인식될 것이다. 하지만 홋카이도에서는 유키온나로 여겨지고 있기 때문에 역시 지방색이라고 볼 수 있겠다.

*

"옛날에 아주 좋은 개가 있었어요. 불곰 사냥개로는 최고였지요. 그 녀석과 한밤중에 산속을 걷고 있는데, 느닷없이 암흑을 향해 으르렁거리더군요."

암흑을 향해 으르렁거리는 개 쪽으로 시선을 던져보니, 꽁지가 내려져 있었다. 거대한 불곰을 상대할 때도 전혀 움츠러들지 않았던 개가, 너무도 명확히 겁에 질려 있었다.

"어느새 내 옆으로 와서 작아져 있었어요. 분명 마물(魔物)이 개를 노려보고 있었던 것이겠지요."

"마물이오?"

"맞아요, 마물. 자기장 탓이지 않을까요? 그런 일은 자주 있거든요. 대체로 자기장의 변화가 원인이라고 생각해요."

갑자기 산속에서 이루 형용할 수 없는 공포가 몸을 에워싼다. 분명 이런 체험담은 자주 듣곤 한다. 마물이 자신을 바라보았다고, 아키야마향의 마타기도 표현한 적이 있다(『산괴 2』 '아키야마향의 의문의 불빛' 참조-역주). 아울러 가나가와현(神奈川県) 산중에서 매를 훈련시키던 사람도 구보 씨의 개와 비슷한 반응을 하는 것을 느낀 적이 있다. 분명히 보이지 않는 뭔가에 개도, 매도 겁에 질려 있었다. 그것이 자기장 탓인지, 아니면 다른 어떤 이유 때문인지는 매나 개가 이야기해주지 않는 한, 우리로선 도저히 알 수 없다.

II 암흑으로
이어지는 길

자시키와라시와 산의 신

　자시키와라시가 있다고 전해지는 료칸이 국내에 몇 곳 존재한다. 가장 유명한 료칸은 화재로 소실된 적이 있지만 지금은 멋진 숙소로 거듭난 상태다. 이전에 방문했던 도야마현의 숙소에서는 기모노를 입은 단발머리의 자시키와라시가 여기저기를 후다닥 뛰어다녔다는 이야기를 들었다. 색은 또렷하지 않고 약간 뿌연 느낌이었던 모양이다.

　자시키와라시와 료칸은 바야흐로 하나의 세트 같은 느낌이지만, 개인주택에서도 간혹 나타난다고 한다.

　군마현 가타시나촌에서 오래된 민가를 개조해 살고 있는 하라 고지로(原紘二郎) 씨, 요코(葉子) 씨 부부에게서 자시키와라시 이야기를 들었다.

　"부엌 쪽에서 작업을 하고 있는데 아이가 다다미방(자시키) 쪽에서 뛰어다니지 않겠어요? 아직 우리 집에 아이가 태어나기 전이라서 깜짝 놀랐지요. 그 무렵 역시 우리 집에 놀러 온 친구 중에 '어떤 아이가 집 밖에서 뱅글뱅글 돌면서 달리고 있어!'라고 말하는 사람이 몇 사람인가 있었거든요. 그런 친구들 중에는 아이의 모습을 직접 본 사람도 있었지만 달리는 소리만 들었다는 사람도 있었답니다. 두 종류였지요."

　지금도 때때로 자시키와라시가 달리곤 하지만, 근처에 사는 아이의 친구일 거라고 생각한다고 한다. 분명 그런 측면이 있긴 하다.

시골의 경우, 아는 집 아이가 제멋대로 우리 집에 들어와 노는 일이 결코 드물지 않다. 단, 요코 씨는 그것을 딱히 명확하게 확인하거나 시시콜콜 따지려고 하지 않는다. 도야마현의 료칸과 하라 집안에서의 자시키와라시 출현은 양쪽 모두 백주 대낮에 일어난 사건이다.

*

요코 씨는 별로 신기한 일을 경험한 적이 없다고 하지만, 이야기를 나누다 보니 의문의 인물과 만난 적이 있다는 사실을 문득 떠올리게 되었다. 심지어 돌이켜보니 소름이 오싹 끼친다고도 했다.

"여자였어요. 뭔가를 하고 있을 때였는데, 정신을 퍼뜩 차리고 보니 어떤 여자가 우리 집 안을 걸어다니고 있더군요."

요코 씨는 걷고 있는 여성을 바라보았다. 머리카락이 길고, 하얗고 가벼운 옷을 입고 있었다. 마침 친구들이 놀러 왔을 때여서, 순간적으로 그녀들 중 누군가 들어온 거라고 생각했다.

"하지만 곧바로 좀 의아해졌지요. 그때 와 있던 친구들 중 머리카락이 긴 사람은 없었으니까요. 게다가 입구의 문이 모조리 닫혀 있어서, 혹시라도 누가 들어왔다면 분명 소리가 났겠지요? 하지만 그런 소리도 전혀 나지 않았어요."

오래된 민가의 문짝은 옛날 그대로다. 요즘 시공되는 고급스러운 창호처럼 소음 없이 스르륵 열리지 않는다. 엄청나게 덜커덩거리면서 거의 현관 초인종 수준으로 시끄러운 소리를 내기 마련이다. 머리카락이 긴 의문의 여성은 소리를 내며 문을 열지도 않았고 살며시 들어와 그대로 집 안을 통과해 어딘가로 사라져버렸다.

"그건 산의 신이지 않았을까요?"

"산의 신요?"

산의 신은 머리카락이 길고, 하얗고 풍성한 옷을 입었다고 몇몇 사람들에게 들은 적이 있다. 그것과 느낌이 상당히 비슷했다.

이 이야기를 요코 씨는 남편인 고지로 씨에게도 이야기하지 않았다. 돌이켜 생각해봐도 소름이 오싹 끼칠 정도였기 때문에 어떻게든 머릿속에서 떨쳐내려고 일부러 기억을 봉인해버렸을지도 모른다. 하지만 생각해보면 그토록 두려워할 필요도 없을 듯하다. 개인적인 생각이지만, 오래된 민가에 온 새 주인을 산의 신이 보러 왔을 뿐이라고 여겨지기 때문이다.

*

가타시나촌은 오제(尾瀬)로 들어가는 현관으로 유명하다. 그런 오제의 어느 산속 오두막에서도 자시키와라시가 나온다고 한다. 오제의 가이드이기도 한 고지로 씨의 이야기다.

"과거엔 자주 나왔다는 말도 있었답니다. 언제쯤이었을까요, 복도가 너무 삐걱대서 모조리 다시 깐 적이 있었거든요. 그런 다음부터는 나오지 않게 되었다더군요."

삐걱거리는 소리가 자시키와라시의 마음에 들었던 것일까? 그러나 바닥을 다시 깐 후에도 고지로 씨는 자시키와라시를 연상시키는 존재를 접한 적이 있다.

"손님 세 그룹을 안내했을 때였지요. 한 팀은 젊은 부부, 그리고 3세와 5세의 아이를 각각 동반하신 두 팀의 가족 손님이 계셨어요. 그 나이쯤 되는 어린이 손님이 오는 경우는 드물어서, 어쩌면 나올지도 모른다는 생각을 하긴 했지요."

자시키와라시도 분명 또래의 친구를 좋아할 것이다. 오늘은 들뜬 나머지 혹시 놀러 올지도 모른다. 고지로 씨는 그렇게 생각했다.

"나왔나요?"

"우리가 있는 곳에는 나오지 않았어요. 손님들은 복도를 사이에 두고 건너편에서 묵으셨거든요. 젊은 부부의 방 양옆으로 각각 3세와 5세의 아이를 동반하신 가족분들이 묵으셨습니다."

자시키와라시는 곤히 잠든 아이를 깨우면 미안하다고 생각한 모양이다. 예상과 달리 가운데 있던 젊은 부부의 방에 모습을 드러냈다.

"사모님이 주무시다가 가위에 눌리셨다고 해요. 아이 목소리가 들리기 시작하더니 결국 그 아이가 배 위에 올라타 통통 뛰면서 놀았다더군요."

이런 일이 있고 나서 하산한 후 회임 사실을 알게 되었다, 라는 식의 반전은 딱히 없었다.

따라잡을 수 없는 방울 소리

고지로 씨는 가이드 역할로 손님을 안내할 때 외에도 산에 자주 오르곤 한다. 그리고 그럴 때는 대부분 혼자다. 어느 날 다니가와다 케(谷川岳, 군마현 북부에 있는 연봉-역주)에서 가까운 아즈마야산(吾妻耶山)에 올랐을 때의 일이다.

"산 정상을 밟자마자 바로 내려오기 시작했습니다. 오봉 휴가 시즌이 다가오던 터라, 이번 휴가에는 무엇을 할지 고민하면서 걷고 있었어요."

아무도 없는 등산로를 가볍게 걷고 있는데,

'찰랑, 찰랑'

방울 소리가 들리기 시작했다. 아무래도 본인의 앞쪽에서 들려오는 것 같았다. 누군가가 방울을 들고 걷고 있다고 생각한 고지로 씨는 한동안 그대로 계속 걸었지만, 한편으로는 이상하다는 생각이 들었다.

"아주 빠른 걸음걸이로 가고 있었거든요. 그런데도 '찰랑, 찰랑' 하는 소리가 도무지 가까워지질 않는 거예요. 참 희한하다는 생각이 들더군요."

홀로 부지런히 하산할 때의 속도는 제법 빠르다. 보통 사람이 앞에 있었다면 당장이라도 추월하는 것이 당연했다. 그래서 신경이 쓰인 고지로 씨는 더더욱 걷는 속도를 올렸다. 잰걸음으로 경사진 길을 거의 달리면서 내려가기 시작했다.

"도저히 따라잡을 수가 없더라고요. '찰랑, 찰랑' 하는 소리가 전혀 가까워지지 않았어요. 이건 뭐지? 있을 수가 없는 일이었어요. 내게 무슨 경고를 하나? 그런 생각까지 문득 들더군요."

귓전에 울리는 '찰랑, 찰랑' 소리는 곰 사냥에서 사용하는 방울 소리와도 달랐고 수행자들이 들고 다니는 석장(錫杖, 승려들이 짚고 다니는 지팡이-역주) 소리와도 달랐다. 좀 더 느긋한 느낌을 주는 방울 소리였다. 산에서 내려가면서 고지로 씨는 무슨 이유에선지 뜬금없이 본가의 성묘를 떠올린 후, 당시 사귀고 있던 요코 씨를 성묘에 데리고 갔다.

"바로 그 '찰랑, 찰랑' 소리 덕분에 그녀를 인사시키려고 데리고 갔고, 그 바람에 결국 결혼한 것이나 마찬가지랍니다."

제법이지 않나? '찰랑, 찰랑' 소리, 멋진걸!

*

고지로 씨가 다니가와다케(谷川岳)를 마제형(말굽 모양) 루트에 따라 종주(다니가와연봉을 말굽 모양으로 트레킹하는 일본 굴지의 인기 루트-역주)를 했을 때 일어난 일이다. 10월도 어느덧 끝나갈 무렵이라, 날씨는 예상보다 훨씬 빨리 악화되기 시작했다.

"가사가타케(笠ヶ岳)를 지난 곳에서부터 비가 눈과 우박으로 변하더군요. 너무 심한 악천후라 시미즈고개(清水峠)까지는 가지 못할 거라고 생각하고 더 이상 걷는 것을 포기했어요."

어쩔 수 없기 때문에 일본의 전통 어묵(가마보코) 모양을 한 피난용 오두막에 들어갔다. 아직 오전이어서 잠을 청할 수도 없는 노릇이었지만, 그렇다고 달리 할 일도 없었다. 그대로 침낭 속으로 기어들어가 자기도 모르게 꾸벅꾸벅 졸기 시작했다.

"가위에 눌렸어요. 옴짝달싹하지 못하는 상태였는데, 갑자기 무슨 소리가 들리지 않겠어요?"

아무래도 여자 목소리 같았다. 처음엔 기분 탓이라고 여기고 싶었는데, 그렇게 치부해버릴 상황은 아니었다. 불길한 여자 목소리는 계속해서 귀로 들어온다. 막을 방법이 없다. 필사적으로 가위눌림에서 빠져나오자 여자 목소리도 멈췄다. 잠시 뒤, 다시 꾸벅거리기 시작한다. 역시 가위눌림과 여자의 복소리에 에워싸인다.

"몇 번이나 그 노릇을 반복했지 뭡니까? 무슨 말을 하고 있는지 제대로 알아들을 수는 없었지만, 여하튼 기분이 좀 그랬어요. 점점 더 견딜 수 없었지요. 역시 거기에서 빨리 빠져나와 가던 길을 가야겠다고 생각했어요."

너무나 집요한 가위눌림과 의문의 여자 목소리에 질린 고지로 씨는 짐을 정리하고 오두막 바깥쪽으로 나가려고 했다.

"처음엔 진짜 나갈 생각이었거든요. 그런데 날씨가 너무 최악이라, 도저히 무리였어요."

포기하고 자리에 주저앉았지만, 역시나 할 일이 아무것도 없다. 결코 좋은 심정은 아니었지만, 다시금 자리에 누웠다. 그러고는 몇 번이고 가위눌림과 여자의 목소리에 에워싸인다.

"넌더리가 날 정도였답니다. 하지만 달리 방법이 없었어요. 하는 수 없이 이번엔 말을 걸어보기로 했어요."

꺼림칙하긴 했지만 밖으로 나갈 수는 없다. 그렇다고 그저 참기만 한다고 이 노릇이 끝날 기미도 보이지 않았다. 그래서 고지로 씨는 이야기 상대가 되어주겠노라고 결심했다.

"말을 걸어서 실제로 대화가 성립했나요?"

"아니요, 소용없었지요. 무슨 말을 하는 건지, 결국 이해할 수 없었답니다."

무슨 소리를 하는 건지 확실치 않은 여자와 의사소통하기라니! 참으로 어려운 일이었다. 하지만 달리 할 일도 없었던 고지로 씨는 계속해서 말을 걸었다. 그리고 한밤중이 되자 피곤했는지, 아니면 질렸는지 여자 목소리는 더 이상 들리지 않게 되었고, 고지로 씨도 가까스로 잠을 청할 수 있었다고 한다.

＊

고지로 씨의 할머니도 산을 좋아했다. 물론 등산이 아니라 산이 인간에게 부여해준 은혜를 직접 손에 넣는 행위를 좋아했다. 그런데 어느 날, 몹시 끔찍한 일을 당했다고 한다.

"할머니가 이웃에 사는 친구와 산에 올라갔다가 여우에게 홀렸다는 이야기를 해주셨지요."

어느 가을날의 일이었다. 버섯 채취하는 할머니들에게 하루의 행락, 매년 손꼽아 기다리고 기다리던 행사였다. 노인이 홀로 산에 올라가는 것은 위험하지만, 둘이서 몇십 년이나 다녔던 산이었기 때문에 딱히 의식하지는 않았다. 매년 똑같은 곳에 경트럭을 세워놓고 매년 똑같은 곳에서 올라가기 시작해 매년 똑같은 곳에서 버섯을 딴다. 다른 것이라곤 해가 갈수록 걸음걸이가 느려지는 중이라는 점뿐이었다. 딱히 서두를 필요도 없었기 때문에, 느긋하게 버섯 채취를 즐기고 있었는데….

"이봐, 뭔가 이상하지 않아?"

친구가 다가오더니 할머니에게 이렇게 말을 걸었다.

"이상하다고? 뭐가 이상해?"

"여기가 우리가 맨날 다니던 그곳인가? 어딘가에서 길을 잘못 들어선 게 아닌가?"

그런 소리를 듣고 나서야 할머니도 주위를 둘러보았다. 그러고 보니 분명 그렇다. 뭔가가 이상했다. 평소 다니던 곳과 다른 것도 같다.

"뭐지?… 아까 그 나무가 분명 있었는데? 그 나무 옆을 지나치면 길을 헤맬 리 없는데?"

바로 조금 전에 지나쳤던 계수나무 쪽으로 시선을 보내봤지만 익숙한 거목은 어디에도 없었다. 아니, 계수나무뿐만이 아니었다. 그 아래를 흐르던 계곡도 도무지 보이질 않는다. 뭐지? 여긴 대체 어디지? 두 할머니들은 갑자기 낯선 공간에 내던져진 상황이었다.

"이런 곳은 처음인데? 다 접고 빨리 돌아가자."

돌아가야 한다는 사실에 반대 의견은 없지만 도대체 어떻게 돌아가면 좋단 말인가! 할머니는 고민에 빠졌다. 바로 그때,

'사르륵'

조릿대가 서로 부딪치는 소리에 두 할머니는 놀라 자빠질 뻔했다.

"곰?"

낯선 곳에서 곰과 맞닥뜨리다니, 최악의 상황이었다. 그러나 정작 시야에 들어온 것은 곰이 아닌 다른 동물이었다.

"저건 여우 아니야?"

"여우네."

갑자기 발을 들여놓게 된 공간에서 만난 것은 한 마리의 여우였다. 그제야 할머니는 자신들이 놓인 상황을 명확히 파악했다.

"결국 두 사람 모두 무사히 돌아오긴 했지만, 어떻게 거기에서 빠져나올 수 있었는지 기억을 하지 못했어요. 그런 일이 있고 나서 할머니 친구분께서는 누가 가자고 해도 두 번 다시 산에 오르지 않았지요. 그 바람에 내가 대신 할머니와 함께 버섯을 따러 가게 되었고요."

할머니의 내면에서는 여우에 대한 공포심보다 버섯이 주는 매력 쪽이 좀 더 강렬했던 모양이다. 이런 사람이야말로 진정으로 '산에서 삶을 영위하는 사람'이다.

가타시나촌에서 일어난 일

가타시나촌에서 롯지를 운영하는 마쓰우라 가즈오(松浦和夫) 씨는 젊은 시절부터 말을 끌었다고 한다. 오제의 산속 오두막 자재는 거의 마쓰우라 씨가 산 위로 끌어올렸다는 '오제의 산증인'이나 마찬가지인 존재다.

"일하러 산에 올라가잖아요? 숯을 굽든 무슨 일을 하든, 일이 있으니까요. 그래서 겨울에도 일을 하러 가는데, 그러다 행여나 북방족제비를 발견하면 끝이지요. 북방족제비를 봤으니 오늘은 다 틀렸어, 위험하니 집어치우고 돌아가자, 그렇게 말을 합니다."

구리코마산에서는 눈 속에서 동그랗게 몸을 말고 있는 일본겨울잠쥐가 흉조였는데 여기서는 북방족제비가 비슷한 역할을 하는 모양이다.

겨울철의 추위를 대비해 새로 난 새하얀 털로 털갈이를 한 채 깡총하게 서 있는 북방족제비는 산의 신이라고 생각되었을지도 모른다.

*

"옛날엔 그랬어요. 아랫마을에 있는 병원에 간다는 것은 이미 너무 늦었다는 말이었답니다. 그 정도로 나빠지지 않는 한 병원에 갈 수 없었던 것이겠지요."

마쓰우라 씨는 엽사이기도 해서 수많은 곰들을 잡아왔다. 이렇게 입수한 웅담은 온갖 병에 효험이 있는 만병통치약으로 귀한 대접을 받았으며, 지역의 신불(神佛)은 질병을 포함한 온갖 고민거리에 대처해주었다. 웅담과 가지기도(밀교에서 병이나 재난을 면하기 위해 신불에게 드리는 기도-역주)가 효력을 발휘하지 못할 지경에 이르러서야 병원으로 향하게 되지만, 그땐 이미 시기를 놓친 다음이었다.

*

"이 아래에 마리지천(인도의 민간신앙에 나오는 신-역주)님이 계셔서 그곳에 자주 갔어요. 어린 시절엔 산에 자주 놀러 가잖아요? 그러면 신발 한 짝을 잃어버리곤 했어요. 아직 애잖아요. 그게 어디에 있을지 여쭈어보러 가곤 했지요."

"신발요? 아이가 잃어버린 신발도 찾아줍니까?"

"그렇다니까요. 옛날엔 짚신을 직접 만들어 신었어요. 신발 따윈 좀처럼 사주지 않았으니 아주 귀한 것이었답니다."

산에서 돌아온 아이의 소원을 들어준다니, 실로 다정한 마리지천님이다.

"기도를 해주시고는 어느 방향에서 찾아보라고 말씀해주신답니다."

"그래서 찾았나요?"

"아니요, 못 찾았어요."

"역시…."

"그리고 염불을 해주는 할머니가 계셨는데 그분은 염불을 시작하면 허공으로 펄쩍 뛰곤 했어요. 정말 무서웠지요."

곤란한 일이 벌어지거나 뭔가 꺼림칙한 일이 생겼다고 느껴지면 당장 가지기도를 하러 간다. 그 옛날의 산촌은 어디든 마찬가지였다.

"우리 마누라가 병에 걸렸지요. 그래서 뵈러 갔더니 오제늪 변재천(중생들에게 복덕과 지혜를 전해주는 여신-역주)님께서 화가 많이 나셨다고 하더라고요. 그래서 이미 밤이 깊었지만, 밤새 올라가서 변재천님을 향해 합장을 올렸지요."

"한밤중에 오제늪까지 올라가셨다고요! 그래서 사모님은 차도가 조금 있으셨나요?"

"아니요, 그대로였지요."

"역시…."

믿는 자가 반드시 구원받는 법은 아닌 모양이다.

*

도쿠라(戶倉) 마을에서 펜션을 운영하는 하기와라 이사오(萩原勳) 씨는 산악구조대원이기도 하다. 산에서 딱히 무서운 경험을 해본 적이 없다는 이사오 씨는 50년 정도 전, '거대 뱀'으로 추정되는 '모노'에 깔린 적이 있다고 한다.

"그 무렵 아버지가 발전소에 다니고 계셨거든요. 아버지 직장에 놀러 갔다가 함께 귀가하던 길이었습니다. 같이 경운기를 타고 가는데 갑자기 경운기가 큰 소리를 내면서 흔들거리다가 딱 멈춰서버렸어요."

무슨 일인가 싶어서, 이사오 씨가 아래를 내려다보니 두껍고 긴 생명체가 가로 방향으로 놓여 있었다. 생전 처음 보는 것이었다. 짐작컨대 경운기가 그 위를 통과했던 모양이다.

"이건 뭐지? 뱀? 지렁이?"

풀숲 속에서 언뜻 봤을 때는 머리로 보이는 부분을 처박고 있어서 좀처럼 정체를 파악할 수 없었기 때문에 아버지에게 물어보았다.

"그, 글쎄."

아버지도 더 이상 말을 잇지 못했다. 너무도 꺼림칙한 모습에 놀란 나머지 차마 경운기에서 내려 확인할 수도 없었다. 결국 정체는 여전히 의문투성이다. 가타시나촌에서는 거대한 뱀에 대한 이야기를 거의 들을 수 없었기에 이사오 씨 부자의 체험은 무척 드문 예였다.

*

앞서 언급했던 대로 이사오 씨에게는 딱히 무서운 경험이 없었다고 하는데, 그 직전 단계까지 가는 경우는 종종 있다고 한다.

"산속에 있다가 왠지 불길한 느낌이 드는 경우가 있답니다. 글쎄요, 공기나 분위기가 바뀐다고 해야 할까요? 소름이 오싹 끼칠 정도로 냉기에 에워싸이는 느낌이지요."

"그럴 때는 어떻게 하시나요?"

"나는 아무것도 못 합니다, 아무것도 할 수 없습니다, 내게는 아무것도 없답니다!'라고 말하지요."

반야심경을 읊는 것이 아니라 자신에게 접근해봐야 아무런 메리트가 없다고 호소하는 것이다. 이 방법을 썼더니 이사오 씨는 더 이상 끔찍한 일을 당하지 않았다. 이렇게 하는 것이 의외로 효과적인 방법일지도 모른다.

끌려가는 오토바이

군마현 가와바촌(川場村)에 거주하는 도야마 교타로(外山京太郎) 씨는 스무 살 때 수렵 면허를 취득한 베테랑 엽사이자 현역 촌장님이기도 하다. 전국적으로 매우 드문 케이스라고 할 수 있는데, 곰이 나온다는 연락을 받으면 당장 총을 들고 산으로 올라간다. 또한 행방불명 발생 보고를 받으면 가장 먼저 부리나케 현장에 긴급 출동한다. 주변에 있는 산에 대해 알고 싶은 것이 있다면 촌장에게 직접 물어보라는 이야기를 들을 정도로, 진정으로 산과 친숙한 삶을 영위하는 인물이기도 하다.

"아버지께서 거대 뱀에 대한 이야기를 해주시곤 했지요. 5m나 되는 뱀도 있었다더군요."

근처로 낚시를 갔던 아버지가 발견한 뱀은 너무나도 컸다. 거대한 몸뚱이가 지나가면 갈대밭 근처는 그야말로 쑥대밭이 되어 갈대들이 모조리 쓰러져버렸다고 한다.

"참 신기한 일이었지요. 행방불명이 된 사람이 도저히 생각할 수 없는 곳에 가버리는 일들이 일어나곤 했으니까요."

가와바촌에서도 행방불명자가 종종 나오곤 했다. 하지만 어쩌다 그런 곳까지 갔는지 도무지 이해가 가지 않아 고개가 갸우뚱해지는 경우가 아주 많았다고 한다.

"흔한 갈림길이 있지 않습니까? 길을 헤맸다면 걷기 수월한 길, 편안한 길로 가는 게 보통이겠지요. 그런데 일부러 엄청나게 힘든 길로 굳이 계속 걸어간단 말씀이지요. 그러니 수색을 해도 좀처럼 발견이 되질 않습니다. 도대체 왜들 그러는 걸까요?"

인지장애를 앓고 있는 사람들이 행방불명이 되는 것은 전국적으로 보이는 경향이다. 산촌도 마찬가지이기 때문에 고령자의 행방불명은 인지장애에 의한 것이 적지 않다. 그러나 설령 그런 경우를 포함해도 상식적으로 이해할 수 없는 행동을 하면서 산으로 사라진 사람들은 분명 존재한다.

*

"고등학교 시절의 일입니다. 학교에서 집으로 돌아오던 길이었으니, 이미 어두워진 시간이었던 것 같아요…."

오토바이를 타고 귀가하던 도중에 일어난 일이다. 집 근처까지 왔는데 그때까지만 해도 경쾌하게 달리던 오토바이 엔진이 갑자기 이상해졌다.

"어라? 고장 났나? 이상하더라고요. 다시 시동을 걸려고 했는데, 좀처럼 시동이 걸리지 않았어요."

'부릉!'

몇 번이나 시동을 걸자 가까스로 엔진이 걸리기 시작했다. 하지만 스로틀 레버를 돌리자….

"오토바이가 후진을 하더라고요. 상상도 할 수 없는 일이지요."

차와 달리 오토바이에는 후진을 할 수 있는 기계적 구조가 없다.

그런데 마치 뭔가에 끌려가는 것처럼 후진을 한다. 그리고 멈춘 것은 어느 집 앞이었다. 그곳은 도야마 씨와 사이가 좋았던 근처 할아버지의 집이다.

"뭐라 형용할 수 없는, 참으로 불길한 느낌이 들었어요. 이유는 도무지 알 수 없지만요."

빨리 거기에서 벗어나고 싶다고 생각했지만, 오토바이는 앞으로 나아가지 않는다. 그래서 약간 멀리 돌아가더라도 다른 길로 가려고 마음먹은 도야마 씨는 오토바이의 엔진을 끄고 유턴했다.

"오토바이를 밀면서 조금 앞으로 나아간 곳에서 시동을 다시 걸었답니다."

아주 매끄럽게 시동이 걸렸기 때문에 안도하면서 가속 페달을 밟아 속도를 올리자, 오토바이는 다시 할아버지 집을 향해 후진했다. 황당한 일이었다. 이쯤 되니 도저히 방법이 없어서, 결국 오토바이를 두고 집으로 돌아왔다.

"할아버지가 발견된 것은 그다음 날이었어요. 지하 창고 안에서 작업하다가 벽이 무너져 그대로 깔려버렸던 거지요. 어쩌면 그 무렵 내가 그 앞을 지나갔을지도 모른답니다."

오토바이의 기묘한 움직임은 막역한 사이였던 할아버지가 뭔가를 알려주려고 했던 것일지도 모른다. 도야마 씨는 그렇게 생각하고 있었다. 하지만 이 이야기는 대부분의 사람들이 믿어주지 않기 때문에, 다른 사람들에게는 거의 말하지 않는다고 한다.

*

　가와바촌에는 오래된 민가를 별장 등으로 이용하는 시설이 몇 채 있다. 그중 어느 곳과 관련된 이야기다.

　이용자가 그곳에 머물면, 한밤중에 누군가가 집 안을 걷는다. 복도인 경우도 있고 방 안인 경우도 있고, 여하튼 집 안 곳곳에 나타나는데 그 행색이 너무나 고풍스러웠다. 기모노를 입은 여성인데 갓난아이를 등에 업고 어린 여자아이를 데리고 다닌다. 한두 사람 정도가 봤느니, 안 봤느니 하면 크게 문제될 것은 없다. 그러나 그곳에 묵었던 사람 대부분이 경험했다면 심각한 사태라고 할 수 있을 것이다.

　그래서 오래된 민가에 대한 조사가 행해졌다. 조사 결과, 민가는 다른 마을에서 이축된 것이었다. 나아가 절에 있는 오래된 기록을 조사해보자 목격담과 합치되는 가족이 그 집에 거주했다는 사실을 확인할 수 있었다. 사인은 확실치 않지만 아직 젊은 어머니와 갓난아이, 유아가 동시에 죽었다고 한다.

　지역의 유지가 정중하게 공양을 했더니 방황하던 가족의 모습은 더 이상 나타나지 않았다고 한다. 그들은 딱히 원망 어린 말을 하지도 않았고 무시무시한 형상으로 노려보지도 않았다. 그저 '사실 여기는 우리 집이랍니다'라고 사람들에게 자신들의 마음을 전하고 싶었을 뿐일지도 모른다.

안내당하는 사람

군마현 간나정(神流町)은 일본 최초로 공룡 발자국 화석이 발견된 곳이다. 그곳에서 베테랑 엽사인 다카하시 유키히로(高橋行博) 씨의 이야기를 들어보았다.

"아버지가 미혼 시절, 매일 아침 거름을 구하러 산에 다니셨지요."

아직 동도 트지 않아 어슴푸레한 가운데, 아버지는 살고 있던 사쿠라이(桜井) 마을에서 마차를 끌고 퇴비로 쓸 마른 풀이나 낙엽이 쌓여 있는 곳으로 매일같이 향하곤 했다. 어느 날 평소처럼 산에 올라갔더니 간나강(神流川)을 사이에 두고 건너편 마을이 횃불에 에워싸여 있었다. 일찍이 본 적이 없는, 참으로 기이한 광경이었다.

"엄청난 숫자의 횃불이 뱅글뱅글 돌고 있었고, 마을 전체가 완전히 시뻘겋게 변했다더군요. 덜컥 겁이 난 아버지는 일단 산에서 내려왔대요. 그리고 어둠이 완전히 가신 다음, 다시 한번 올라가보니 썩은 낙엽 더미 주위가 온통 여우 발자국투성이더래요."

*

사냥을 하진 않지만, 산에 관해서는 베테랑인 다카하시 다카시(高橋隆) 씨의 이야기다.

"우리 할머니가 돌아가셨을 때였어요. 어떤 마을 사람이 갑자기 사라진 적이 있었답니다."

이제 곧 50년이 되려고 하는, 그해 11월 30일의 일이다. 조모상을 당해 근처에 살던 많은 사람들이 다카시 씨 집에 모여 있었다. 망자를 위한 불공을 마치고 다들 해산을 했다. 어둠 속에서 모두가 각자의 집으로 돌아갔는데….

"다소 떨어진 곳에 사시던 어느 할아버지가 집에 돌아오시지 않아서 큰 소동이 일어났지요."

마을 전체에 행방불명 소식이 전해지며, 주민 전체가 다 함께 찾아보았지만 아무런 단서도 발견하지 못했다. 날이 밝기를 기다렸다가 본격적인 수색을 할지 검토하고 있는데 한 사내가 찾아와서는, 계곡을 사이에 두고 건너편 강가로 불빛이 올라가는 것을 보았노라고 말하는 것이었다. 반대편은 상당히 험준한 산길이었기 때문에 그런 곳에 노인이 홀로 가리라고는 도저히 생각되지 않았다. 하지만 모처럼 얻은 귀한 정보를 허투루 흘려버릴 수도 없어서, 몇 사람이 조사차 그곳으로 향했다.

"그랬더니 그곳에 있으시더라고요. 위쪽에 하루나신사(榛名神社)가 있는 곳인데."

"하루나신사라면 백주 대낮에도 접근이 만만치 않은 곳인데?"

옆에서 이야기를 듣고 있던 사냥 동료가 깜짝 놀란 표정을 지었다. 하루나신사까지의 길은 보통 길이 아니다. 도중에 기어오르지 않으면 안 될 정도로 급경사(라기보다는 절벽)가 있다고 한다. 샌들을 신은 노인이 그곳을 한밤중에 혼자서 가다니. 지형에 빠삭한 현지 주민으로서는 도저히 상상할 수 없는 일이었다.

어째서 그는 집단에서 벗어나 험한 산길로 발을 내딛게 되었을까? 과거에 비슷한 케이스는 몇 번 들은 적이 있다. 불빛이 발을 내딛는 산길을 밝게 비추어서 그것을 따라 갔다, 목소리에 이끌려 가다 보니 어느새 엉뚱한 곳까지 가버렸다, 어떤 뭔가가 손짓을 했는데 문득 정신을 차리고 보니 그곳에 있었다…. 시코쿠나 주고쿠(中国, 히로시마현, 야마구치현 등이 있는 혼슈 서쪽 지역-역주) 지방의 산골에서도 들었던 이야기인데 이런 이야기들에 공통된 점은 마을 안, 그것도 집 바로 근처에서 일어났다는 사실이었다. 도대체 무엇이 원인인지는 아무도 모른다.

*

간나정에서 삶을 영위하는 산의 베테랑 세 사람과 함께 이야기를 하고 있는데 다카하시 유키히로 씨가 20년 정도 전에 겪었던 사건을 떠올려주셨다. 어느 마을에서 갑자기 사라진 사람이 있다고 한바탕 소동이 일어났을 때의 이야기다.

"2, 3일 동안 사라진 사람이 있었어요. 어디 다른 데를 가기로 예정되어 있었던 것도 아니라서, 다들 걱정하면서 다 함께 찾아나섰지요."

처음엔 이웃 사람들이 집 근처를 중심으로 찾아보았는데 찾지 못했다. 결국 경찰서에 연락해 본격적인 수색 태세가 갖춰졌다. 마을의 소방대도 가세해 많은 인원으로 근처 구석구석을 샅샅이 찾아보았다. 그러나 아무런 단서도 발견하지 못했다. 점점 한계에 봉착했다는 분위기가 주민들 사이에 감돌기 시작했다.

"그랬는데 어떤 아이가 '감나무 아래 있다니까'라고 말하지 않겠어요? 어린아이가 말이지요."

함께 모여 수색 절차를 의논하고 있던 어른들 곁으로 아장아장 걸어온 것은 세 살 남짓 되는 어린아이였다. 처음엔 상대조차 하지 않았던 어른들도 그 아이가 계속해서 '감나무 아래 있다니까'라고 말하니, 결국 두 손을 들고 말았다.

"그 아이가 말하기를, 행방불명이 된 사람의 집이래요. 그 집 마당에 감나무가 있는데 거기에 있다는 거였어요."

집 주변이라면 아침부터 몇 사람이나 꼼꼼히 여기저기를 뒤지고 있었다. 물론 감나무 아래도 마찬가지다. 있을 리가 없다. 다들 그렇게 생각하면서 현장으로 향해 그 집 정원의 돌계단을 내려갔다.

"있더라고요. 감나무 아래 쓰러져 있었어요. 아니요, 살아 있진 않았어요. 죽어 있었지요. 이건 몹시 희한한 일이었답니다. 그곳은 나를 포함해 소방단까지도 집요할 정도로 구석구석 샅샅이 살펴본 곳이거든요. 아무도 없다는 것을 모두 확인했었지요."

행방불명자는 자택 마당에 있었다. 많은 사람들이 찾아다녔던 그곳 감나무 아래에 있었다. 왜 아무도 알아차리지 못했을까? 그리고 아직 어린 그 아이만이 어째서 그런 사실을 알았을까? 유키히로 씨에게는 몹시 신기한 사건이었다.

*

    유키히로 씨는 오랜 세월 인근의 여러 산들을 누비며 사냥을 해왔지만, 지금은 총기 소지 허가를 반납하고 덫을 놓는 수렵만 하고 있다.

    "옛날에 송이버섯을 캐러 밤중에 산에 오르곤 했지요. 보통 회중전등 두 개를 가지고 가는데, 그중 하나를 비추면서 걸어가요. 그 빛이 어두워지기 시작하면 나머지 회중전등으로 바꾼 다음 하산하는 쪽으로 방향을 바꿉니다."

    건전지가 얼마나 소모되었는지에 따라 행동범위를 정해 밤의 산길을 걷는다. 그 나름 합리적인 방식이라고 할 수 있다.

    "그때 뭔가 이상한 소리가 들렸어요. 뭐였을 것 같아요? 바로 멧돼지였어요."

    멧돼지가 위협하는지 으르렁거리는 소리가 들린다. 근처에 있나 싶어서 어둠 속을 비춰 확인해보니 5, 6마리의 멧돼지가 보였다. 아무래도 자기도 모르게 멧돼지 무리 속으로 들어와버린 모양이었다.

    "완전히 내 주위를 에워싼 상황이었답니다. 정말 무서웠어요."

    암흑에 휩싸인 산속에서 멧돼지들에게 에워싸인다. 그런 경험을 가진 사람은 설령 산에서 삶을 영위하는 사람이라도 거의 없을 것이다. 이것은 도깨비 옆을 스쳐 지나가는 것보다 훨씬 더 무시무시할지도 모른다.

고추를 들고 가는 이유

간나정 엽우회 회장을 역임하고 있는 노무라 기치조(野村吉三) 씨의 이야기다.

"옛날엔 같이 사냥하러 갔을 때 '토끼'라는 단어를 입에 담으면 몇 몇 선배들이 역정을 내곤 했지요."

이 단어를 입에 담는 것은 산에서 하지 말아야 할 금기들 중 하나였던 모양이다. 하지만 어째서 터부시되던 단어가 하필이면 토끼였을까? 이에 대해 가르쳐주는 사람은 없었다고 한다.

"모두 같이 산에 사냥하러 가지 않습니까? 그러면 경우에 따라서는 '토끼'라는 난어가 입 밖으로 튀어나올 수도 있지요. 여기에 실제로 토끼 발자국이 가득 있다거나, 작년엔 저기서 토끼가 잡혔다거나. 그렇지 않겠습니까? 그러다 보니 섣불리 수다 자체를 떨 수가 없게 되지요. 결국 산에 올라갈 때는 다들 입을 꾹 다물고 걸어갔답니다."

마타기가 산에서 속세의 언어를 사용하지 않았던 것과 유사하다. 어쩌면 간나정에서는 산의 신이 토끼를 싫어했던 것일까? 아니면 토끼가 산의 신과 어떤 연관이 있었던 것일까?

*

베테랑 엽사 다카하시 유키히로 씨가 총포 사냥을 하던 무렵에는 행동반경이 상당히 넓었다고 한다. 현의 경계를 넘어 사이타마현(埼玉県) 오가노정(小鹿野町)의 엽사와 함께 사냥감을 쫓은 적도 있었고, 그중 한 사람과는 사이도 좋았다. 어느 해 사냥철에 그와 함께 산에 올랐을 때의 일이다.

"한 바퀴 돌고 나서 점심밥이라도 먹을까 해서 잠깐 쉬기로 했답니다. 그 친구가 배낭 안에서 밥을 꺼낼 생각으로 짐을 끄집어냈는데, 안에 이상한 물건이 있었어요."

음료, 비닐주머니, 로프, 라이트, 칼붙이, 이런 것들은 엽사들에게는 익숙한 소지품이다. 하지만 동그랗게 말린 비닐주머니 안의 내용물은 유키히로 씨로서도 도무지 짐작이 가질 않았다.

"그건 뭐지?"

"이거?"

그렇게 말하며 그는 비닐주머니를 열어 내용물을 보여주었다. 새빨간 덩어리가 들어 있었다.

"고추야."

"고추? 그런 걸 대체 어디에 쓰려고?"

처음에 그는 별로 이야기하고 싶지 않다는 시늉을 했다. 하지만 막역한 동지 사이였고, 심지어 둘만 오붓하게 있던 자리라서 술술 털어놓기 시작했다.

"낚시도 자주 가거든, 계류낚시. 이유는 알 수 없지만, 하필이면 그때마다 비가 꼭 내려서 곤란해지지."

비와 고추가 도대체 무슨 상관이 있단 말인가? 의아해하고 있자,

그가 이야기를 이어갔다.

"곤들매기를 낚으러 갔다고 치자고. 그러면 항상 비가 내리는 거야. 하필 내가 있는 쪽만."

"본인이 있는 쪽만?"

"그래. 계곡 반대쪽에는 전혀 내리지 않는데도."

그의 이야기는 이랬다. 낚시하러 계곡에 가면 비가 내린다. 그런데 비는 오로지 자기 쪽에만 내리고 있다. 계곡을 사이에 두고 건너편엔 전혀, 아무것도 내리지 않는다. 잘 살펴보니 강변의 돌도 말라 있는 상태다. 실로 기묘한 광경이다. 고작 20m 정도 떨어져 있을 뿐인데 이토록 날씨가 다른 것은 이상한 노릇이다. 이렇게 되면 낚시할 마음이 싹 사라져 결국 산에서 내려와버린다. 이런 일이 너무 자주 반복되다 보니 지긋지긋해진 그가 생각해낸 계책이 바로 고추를 한가득 지참하는 것이었다.

"그걸 가지고 가면서부터 그런 일이 전혀 없다더군요."

아키타현에서는 여우에게 홀리지 않으려고 산에서 일할 때 고추를 들고 간다는 사람이 있다. 오가노정의 엽사도 어쩌면 여우에게 홀렸을 뿐일지도 모른다.

발견해주세요 - 우에노촌

　군마현의 우에노촌(上野村)은 나가노현, 그리고 사이타마현의 산간 지역과 경계를 접하고 있는 산촌이다. 이전엔 어디에 가든 산등성이를 타고 편리하게 이동할 수 있었던 곳인데, 차량 문화가 확산되면서 차츰 불편한 곳으로 인식되고 있다. 임업이나 양잠으로 번성했고 수렵도 왕성했던 우에노촌에서 최근까지 사냥을 해왔던 구보 세이이치(久保誠一) 씨에게서 이야기를 들었다.

　"언제쯤이었을까요. 아직 부도고개(군마현과 나가노현을 잇는 고갯길-역주)가 자갈길이었을 무렵이었을까요? 나가노 쪽에서 돌아올 때였어요. 정상 부근에서 잠깐 차를 세워두고 쉬고 있는데, 산속에서 어떤 빛이 움직이더군요."

　빛은 가볍게 허공을 날면서 숲속을 이동하는 것 같았다. 우에노촌 방향으로 움직이고 있었다. 구보 씨 부부는 필시 고갯길을 올라오는 차량의 전조등 불빛일 거라고 생각했는데, 시간이 아무리 지나도 올라오지 않는다. 좁다란 급커브가 이어지는 험로였기 때문에 가급적 빨리 지나가주길 바랐다.

　"마냥 기다리고 있을 수도 없어서 우리 쪽도 출발했답니다. 근데 이상하더라고요. 스쳐 지나가질 않는 거예요, 아무리 시간이 지나도."

　올라올 거라고 여겼던 차와 결국 마지막 순간까지 마주치지 않았다. 당시 상황에 대해 사모님도 이렇게 말한다.

"여우에게 홀렸던 게 틀림없어요. 틀림없이 빛이 산으로 올라오고 있었으니까요."

그날 밤 사건이 신경 쓰였던 구보 씨는 확인을 위해 현장에 다시 가보았다. 물론 한밤중이 아닌 대낮에 가보았다.

"차를 세워두었던 곳에서 도로를 확인해보았는데, 생각했던 것과 위치가 다르더라고요. 그 빛이 움직이고 있던 곳은 아무리 봐도 길이 없는 숲속이었어요. 그래서 역시 여우에게 홀렸던 거라고 생각했지요."

*

구보 씨는 젊은 시절 산속에서 북소리를 들은 적이 있다고 한다.

"결혼하기 전이니까 스물두세 살쯤 되었을 무렵이었을까요? 해 질 무렵에 일이 있어서 집에서 나왔더니, 어디선가 북소리 같은 게 들리더라고요. '둥 둥' 하는 소리가 들리는데, 기분도 이상하고 집 바로 옆이어서 바로 집으로 되돌아왔어요. 나무를 자른 자리에서 엄청난 바람이 불어서 깜짝 놀라 도망쳐왔던 적도 있었고요."

거목을 자르면 자른 직후 맹렬한 돌풍이 불어 위험하니 조심하라는 이야기를 이전에 야마가타현 쓰루오카시(鶴岡市) 아사히(朝日) 마을에서 들은 적이 있다. 그러나 구보 씨의 경험은 그것과도 약간 다른 모양이었다.

"낮에 커다란 나무를 자른 적이 있었거든요. 그날 밤 그 주변으로 날다람쥐를 잡으러 갔었지요."

야간에 행해지는 날다람쥐 사냥, 이른바 '반도리' 사냥이었다. 옛날에도 야간 발포는 금지되었는데 오랜 세월에 걸친 관습이었기 때문에 딱히 이에 관해 트집을 잡는 사람도 없었다. 한참 사냥을 하고 있는데, 낮에 본인이 잘랐던 거목의 밑동 부근에 다가가자,

'쏴아아아악!'

갑자기 거대한 나무 밑동에서 맹렬한 기세의 바람이 구보 씨를 겨냥해 불어왔다. 그때까지 정적에 휩싸여 있던 칠흑 같은 숲이 순식간에 다른 형상을 보였다. 덜컥 겁이 난 구보 씨는 도저히 견딜 수 없어 집으로 도망쳐왔다.

*

구보 씨는 어느 날 밤 갑자기 숨이 막힐 정도로 괴로웠다. 누군가가 자기의 목을 조르고 있었다. 정체는 알 수 없지만 강력한 힘으로 자신의 목을 조르는 것이었다. 도움을 청하고자 사모님에게 손을 뻗어보려 했지만, 몸이 도무지 말을 듣지 않는다. 어떻게 해서 겨우 그 상황에서 벗어나자, 이번엔 역시 누군가가 허리 주변을 조이고 있다는 감각이 엄습한다. 한 번도 경험한 적 없는 상황에서, 구보 씨의 뇌리에 한 사내의 얼굴이 떠올랐다.

"초등학교 때부터 친구 사이였지요. 그 친구가 내게 무슨 말이 하고 싶어서 왔다고 바로 짐작할 수 있었답니다."

그 친구는 일주일 정도 전부터 행방불명 상태였는데, 아무런 단서가 없어서 수색이 한계 상황에 봉착했다는 분위기가 감돌고 있었다. 그런 가운데 일어난 기묘한 사건이었다. 구보 씨는 그 친구가 뭔가를 알려주려 하고 있다고 느꼈다. 그래서 다음 날 여섯 명의 사냥 동지들에게 친구를 찾으러 가자고 제안했다.

"얼굴을 봤나요? 한참 목을 조르고 있을 그 찰나에?"

"아니요, 아무것도 보진 못했지만 확실히 알았으니까요. 하지만 내 말을 듣고 일단 달려온 동료들 중에서는 어디에 갔는지도 모르는데 무슨 수로 찾겠느냐고 말하는 사람도 있었지요."

동료의 의견도 지당했다. 주차된 장소라든가, 산에 올라간 곳을 어느 정도 특정할 수 있었다면 찾을 방도도 있겠지만, 사실 산에 올라갔는지 아닌지조차 불분명했다. 그러나 구보 씨에게는 막연하게나마 짐작이 가는 곳이 있었다.

"여섯 명이 계곡을 타고 올라가기 시작했어요. 중간에 두 갈래로 갈라지는 곳이 있는데, 거기부터는 세 명씩 나누어 찾았고요."

좀처럼 친구는 발견되지 않았다. 애당초 아무런 단서도 없는 수색이었다. 심적으로 지쳐가는 분위기가 동료들 사이에 만연해지기 시작했다. 한 바퀴 돌아본 후 한자리에 다시 모이자, 또다시 같은 장소를 찾아보자고 구보 씨가 제안한다. 왜 그곳에 그토록 집착하는지 아무도 이해할 수 없었다. 그런데….

"아침에 지팡이 대용으로 쓰려고 나무를 잘랐던 곳이 있었는데, 그곳에 왔을 때 냄새가 나더라고요. 냄새가 난다고 느꼈어요."

하지만 다른 사람에게는 아무런 냄새도 나지 않았다. 구보 씨는 어디서 냄새가 나는지 추적하면서 부근을 살펴보다가, 어떤 나무 위를 올려다보았다.

"친구가 거기 매달려 있었어요. 아침에도 그 부근을 지나쳤는데 전혀 알아차리지 못했지요."

산에서 삶을 영위하는 여섯 명이나 되는 사람들이 아무도 그 냄새를 알아차리지 못했다니, 참으로 신기한 일이었다. 실은 바로 얼마 전에도 호출된 경찰관이 그 부근을 수색했지만 그 경찰관 역시 이상한 냄새를 전혀 느끼지 못했다. 이상한 냄새는 구보 씨만이 느낄 수 있었다.

"구보 씨가 발견해주길 간절히 원했나 보군요. 사이가 엄청 좋았나요?"

"아니요, 그 정도로 사이가 좋았다고 하긴 좀 그렇지요. 물론 초등학교 시절부터 쭉 친구 사이긴 했지만."

왜 그가 매달려 있었는지는 알 수 없지만 마지막에 구보 씨가 자신을 발견해주길 바랐다는 점만은 분명해 보인다.

베면 안 되는 나무와 산속에서의 북소리

우에노촌의 민박집에서 여주인으로부터 나무를 벨 때의 이야기를 들었다.

"우리 절인데요. 몇 년 전이었는데 경내에서 아주 커다란 나무를 벤 적이 있었답니다. 그랬더니 사람이 계속 죽었어요. 심지어 약간 괴상한 방식으로 죽었다는 느낌이 들 정도였지요."

근처 강에 빠져 죽거나 산나물을 캐러 갔다가 미끄러져 죽기도 했지만, 뜬금없이 고타쓰에 얼굴을 처박는 바람에 가스 중독으로 죽기도 했다. 이렇게 연이어 사람이 죽어나갔는데, 심지어 하나같이 바로 그 절의 관계자였다.

"그래서 역시 그 나무를 벤 다음부터 이런 사달이 났다고 우리 남편한테 말했더니, 말도 안 되는 소리 좀 하지 말라더군요. 그래서 나도 반박해주었지요. 이런 일이 또 일어날 거라고요."

사모님 말씀처럼 이후에도 세 사람이 그 뒤를 이었다. 역시 절과 관련된 사람들뿐이었다. 이쯤 되자 상태의 심각성을 인지하고 급히 절에 속해 있는 단가 집안 사람들이 모여 회의가 열렸고, 나무 영혼의 성불을 위해 법요가 행해졌다.

"우리 할머니는 나무를 베려면 그 나무를 대신할 나무를 반드시 심고 나서 베어야 한다고 말했어요. 우리 할머니는 그런 방면에 대해서는 훤한 분이었지요. 신사의 나무를 벨 때는 입찰한 사람이 급사한 경우도 있었다니까요."

신사나 불당에 있는 나무는 쉽사리 벨 수 없다는 이야기를 자주 듣는다. '앙화(뒤탈)'라는 표현까지는 과하지만, 역시 조심해야 할 존재인 모양이다.

*

우에노촌의 바로 옆에 위치한 간나정에서도 이와 흡사한 이야기를 들었다. 요쿠라(八倉)라는 마을의 커다란 삼나무를 베었을 때의 사건이다. 벌채와 관련된 관계자가 연거푸 죽거나 사고를 당해 마을 전체가 술렁거렸다. 보통 일이 아니라면서 신사에서 제를 올린 덕분에 흉사는 가까스로 진정되었다고 한다.

*

30년 정도 이전의 일이다. 민박집 근처로 어떤 스님이 북을 두드리면서 찾아왔다. 이야기를 들어보니 직전에 일어난 사고에 대해 공양을 올리기 위해 걸어다닌다는 이야기였다. 인연이 닿아 그 스님을 며칠 동안 머무르게 해드렸는데 얼마 후 나가노현 경찰서에서 전화가 왔다.

"처음엔 나가노 경찰서에서 무슨 일로 전화가 왔나 싶었지요. 그랬더니 길에서 쓰러진 스님이 있는데 그 스님의 품속에 민박집 명함이 들어 있었다고 하더군요."

본인의 신상과 관련된 물품이라곤 오로지 한 장의 명함밖에 없었다.

"발견된 날짜를 듣고 의아했습니다. 아마도 발견된 전날이었는데, 북소리가 났거든요."

집 안에 있는데 주변 산에서 북을 '둥 둥' 두드리는 소리가 나는 것이었다. 밖에 나가 확인해보니 저쪽에서 '둥' 소리가 나는가 싶다가, 이번엔 이쪽에서 '둥' 소리가 나는 식이었다.

"아이들도 모두 들었답니다. 기분이 너무 꺼림칙해서 경찰분들에게 주변을 조사해달라고 부탁했는데 결국 아무것도 알 수 없었지요."

민박집 여주인은 그때의 북소리에 대해 지금도 생각하고 있다. 신세를 졌던 그 스님이 이별 인사를 하러 온 것이라고.

*

참으로 밝고 활기찬 여주인인데, 이분은 집을 신축할 때 중대한 결단을 내렸다. '야시키가미(저택 내에서 받드는 신-역주)'를 받들지 않겠다고.

"이 주변 모든 집들에는 '야시키가미'가 있답니다. 극진히 받들어 모시지 않으면 무슨 일이 생길 거라고 다들 말하지요. 하지만 오히려 뭔가가 있으면 싫잖아요? 괜히 받들어 모셨다가? 그렇다면 애당초 두지 않는 편이 나을 거라고 생각했답니다."

보통 사람들은 쉽사리 할 수 없는 발상의 전환이다. 그러나 신에게 애당초 옳고 그름이란 없다. '건드리지 않은 신에겐 앙화도 없다(관계하지 않으면 화를 초래할 일도 없다, 긁어 부스럼 만들지 말라는 일본 속담-역주)'라는 말도 있기 때문에 애당초 다가가지 않는다는 선택도 결코 잘못된 것이라고는 할 수 없을 것이다.

여우와 너구리의 향연

우에노촌에서 이야기를 듣고 있다가, 아키타현 아니 마을을 떠올렸다. 경험담에서 유사점이 제법 발견되었기 때문이다. 특히 도깨비불(여우불)이나 여우, 너구리에게 홀리는 부류의 이야기가 놀라울 정도로 비슷했다. 그런 이야기를 몇 가지 소개해보고자 한다.

국가 지정 중요문화재 '구 구로사와가문 주택(旧黒澤家住宅)' 근처에서 만난 할머니가 중학교에 다니실 무렵의 이야기다.

"어느 날 밤 근처에 살던 사람이 우리 집에 와서 술을 마신 적이 있었거든요. 아주 고집이 센 양반이라서 마을에서도 약간 문제가 있던 사람이었지요."

별로 인심을 얻지 못했던 사내였는데, 이유는 잘 알 수 없지만 여하튼 술을 마시러 자주 집에 드나들곤 했다. 그날도 술에 잔뜩 취해 횡설수설하면서 자기 집으로 돌아갔다.

"그런데 한밤중에 우리 할아버지가 무슨 소리가 들리지 않느냐고 하시더라고요. 누가 소리를 지르고 있다고 하시면서요. 새벽 2시 정도였을까요?"

졸린 눈을 비비면서 문을 열고 귀를 기울여보니 분명 누군가가 소리를 지르고 있는 것 같았다. 그래서 식구들과 그 소리가 나는 곳으로 나가보았다.

"강 쪽에서 소리가 나더군요. 내려가봤더니 강물 속에서 그 사람이 목만 내놓고 고함을 지르고 있었어요."

깜짝 놀라서 그 사내를 끄집어 올렸는데, 어째서 강물 속으로 들어가 고함을 지르고 있었는지 본인조차도 잘 모르는 모양이었다.

일단 집으로 데리고 와서 돌봐주면서 할아버지가 간곡히 타일렀다.

"자네가 간혹 잘못을 하니까, 이리 험한 꼴을 당하는 게 아닌가."

어지간히 무서웠는지, 평소라면 다른 사람이 무슨 말을 하든 도무지 안하무인이었던 사내가, 모처럼 온순한 표정으로 잠자코 있었다.

"그런 일이 있고 나서 그 사람이 엄청나게 얌전해져서 더 이상 마을 사람들과 마찰을 일으키지도 않게 되었답니다."

옛날이야기에는 소행이 나쁜 인간을 신의 권속(신의 뜻을 전하는 사자이자, 신에게서 임무를 부여받은 사도-역주)이 혼내주는 이야기가 드물지 않다. 하지만 이것은 불과 50년 정도 이전에 일어난 실제 사건이다.

*

산속에 있는 자그마한 역참 마을이었던 시로이(白井) 마을에서 오랜 세월 농업과 임업에 종사해왔던 후지타 겐이치로(藤田源一郎) 씨가 들려준 이야기다.

"지금은 훌륭한 도로가 생겼지만, 옛날에 있던 길은 좁고 구불구불했답니다. 빠르게 가겠답시고 그런 길을 놔두고 똑바로 쭉 가다가 결국 길을 잃고 밤새도록 그 근방을 헤맨 사람이 몇이나 된답니다."

이야기를 듣고 돌아가는 길에 그 옛길을 지나가보았다. 좁다란 헤어핀커브(주행로가 U자형으로 급하게 굽은 커브-역주)가 세 군데 정도 있었는데, 지름길로 질러가려다가 길을 잃는다니 참 신기했다. 마을 바로 근처에서 길을 잃고 헤매게 되는 기묘한 패턴의 전형적인 예이다.

*

지금은 유노사와(湯の沢) 터널이 생겨서 황폐해졌지만, 예로부터 시모니타(下仁田) 방면으로 향할 때 이용했던 임도가 있다. 마을 중심에서 벗어나 있긴 하지만, 지금도 여기저기로 집들이 이어진다. 옛날엔 이 임도를 통해 시모니타 방면으로 나가는 것이 가장 편리했기 때문에 많은 사람들이 살았다. 그중 한 가구에 속하는 나카자와 가즈오(仲澤一男) 씨가 들려준 이야기다.

"신기한 일요? 글쎄요, 그런 이야기는 별로 없네요. 산에서 무섭다는 생각도 해본 적이 없으니까요."

나카자와 씨 본인은 신기한 일을 알지도 못하고 믿지도 않는 타입인 모양이다. 하지만 주위에서는 제법 이런저런 일들이 있었다고 한다.

"이 아래 도로는 말이지요, 옛날엔 사람들이 겨우 지나다닐 정도로 좁다란 길이었답니다. 길에서 조금 위에 살고 있는 사람이 어느 날 안색이 변해 우리 집으로 달려온 적이 있었지요."

그 사람이 "길에 커다란 바위가 있어서 도저히 위로 갈 수 없다네. 어떻게 좀 해보게나"라고 말하는 것이다. 가족들과 함께 내려가보니 커다란 바위 따위는 어디에도 없었다.

*

커다란 바위 소동이 일어났던 곳 근처에서 나카자와 씨의 할머니도 신기한 광경을 마주했다.

"해 질 무렵이었는데, 우리 할머니가 길 건너편에서 활활 타오르는 불길을 보셨대요. 경사면으로 된 밭에서 누군가가 무엇을 태우고 있다고 여겨졌는데, 불길이 너무 거셌기 때문에 산불로 번지지 않을까 걱정하셨다고 해요."

들에서 뭔가를 태우는 것은 일상적으로 흔히 볼 수 있는 광경이었다. 하지만 옆에서 지켜보는 사람도 없는 상태에서 엄청난 기세로 활활 타오르는 불은 조금 무섭게 느껴졌다. 그래서 할머니는 다음 날 아침 그 집에 주의를 주러 가봤는데….

"아무것도 없었던 모양이에요. 그토록 엄청난 기세로 불탔던 밭에, 불에 그을린 흔적이라곤 하나도 없었대요."

*

나카자와 씨와 어린 시절부터 친구였던 '소짱'은 산속에서 시끌벅

적한 소리를 들은 적이 있다. 낮에 능선길을 따라 걷고 있는데 어딘가에서 북소리가 들리기 시작했다. 무슨 소리인가 싶어서 귀를 기울였다. 북소리에 섞여서 피리 소리도 들린다. '오하야시(お囃子, 중심이 되는 음악이나 연기에 곁들이는 반주, 혹은 반주자-역주)'였다. 이런 곳에서 '오하야시' 소리가 들리다니 묘한 일이었다. 마쓰리 시즌도 아니었다.

의아해진 '소짱'은 소리를 따라 온 산을 헤집고 다니기 시작했다. 귀에 들리는 소리를 근거로 앞으로 나아갔다. 경사면으로 된 덤불 숲에서 고생스럽게 빠져나오자, 나라하라신사(楢原神社)의 경내였고, 가구라전(神楽殿, 신에게 제사를 지낼 때 바치는 '가구라' 연주를 위한 신사 경내의 전각-역주)의 바로 옆이었다. 하지만 아무도 없었다. 조금 전까지만 해도 그토록 요란스럽게 울려 퍼지던 '오하야시' 소리는 더 이상 들리지 않았고, 그저 정적에 휩싸여 있었다.

"소짱은 초라해진 가구라전을 보자마자 느낄 수 있었다고 해요. 이곳을 당장 고치라는 계시라고요. 그러고 나서 자기 산에서 수령 300년이 된 편백나무를 벤 후, 동료들에게 도움을 청해서 가구라전을 말끔하게 수리했다더군요. '소짱'에게 신의 계시가 아니라 너구리에게 홀린 게 아니냐고 놀려댔더니, 말도 안 된다며 엄청나게 화를 내더군요."

이것은 15년 정도 전에 일어난 사건이다.

*

나카자와 씨에게는 지금도 잊을 수 없는 어린 시절의 추억이 있다. 사냥을 하던 숙부님에게 일어난 사건이었다.

"숙부님이 집에 와서 배낭 안에서 너구리를 꺼냈어요. 옛날엔 너구리 가죽이 비싸게 팔렸기 때문에 그것을 보여주고 싶어서 우리 집에 온 거라고 생각했답니다."

그런데 숙부님은 좋은 사냥감을 잡았다고 자랑하러 온 것이 아니었다. 이 너구리가 얼마나 나쁜 녀석이고, 자신을 얼마나 지독하게 속여왔는지를 역설하기 시작했다.

"이제야 겨우 이 녀석을 잡았다면서 엄청 진지하게 말해서, 어린 마음에도 너무 웃겼어요. 너구리가 사람을 속이다니, 말도 안 되는 소리라고 생각했지요."

주위에서는 경험자가 많지만, 나카자와 씨는 너구리나 여우가 온갖 짓을 저지른다는 사실 자체를 믿지 않는다.

우에노촌에서는 산속에서 들리는 북소리나 '오하야시'가 비교적 많다. 아키타현에서 이런 일이 벌어졌다면 죄다 너구리 소행으로 치부될 상황이다.

오니기리 할머니

산간 마을에서는 집의 대문만 나서면 모조리 '산'이라고 표현하는 경우가 결코 드물지 않다. 특히 기타토호쿠(北東北) 지방에서는 그런 경향이 현저하다.

그런데 간토(関東)의 평야 지대에도 이와 똑같은 사고방식이 존재한다는 사실을 이번에야 비로소 알게 되었다. 장소는 이바라키현 가사마시(笠間市)다. 지형적으로 약간 기복은 있지만 산이라고 말할 정도의 느낌까지는 아니다. 하지만 숲속 여기저기에 형성된 마을에 가보니 그곳 주민들은 주위를 산이라고 부르고 있었다. 그런 '가사나 산속'에서 살아온 모치마루 미요코(持丸美代子) 씨에게서 이야기를 들어보았다.

"옛날엔 산지기라는 것이 있었답니다. 아주 무서운 존재였지요. 멋대로 남의 산에서 나무를 베어 오거나 솔잎을 긁어 모았다가는 산지기한테 붙잡혀 경을 쳤다고 해요."

산은 삶에 필요한 것들을 얻을 수 있는 소중한 공간이었다. 먹거리든 일거리든, 그리고 당연히 땔감까지도 얻을 수 있었다. 하지만 자기 산이 없는 사람은 몰래 타인의 산에서 가지고 올 수밖에 없었다.

숲에 떨어진 나뭇가지나 솔잎은 소중한 자원이었다. 오늘날엔 아무도 그렇게 생각하지 않겠지만 당시엔 귀중한 것들이었다. 그것을 지키기 위해 일부러 산지기까지 배치했을 정도였다.

*

"할머니가 살던 무렵엔 이 집에 이로리(일본 전통 가옥 내부에 있던 불구덩이식 난방 시스템-역주)가 있었고, 지붕은 억새로 이은 '가야부키' 지붕이었거든요. 바로 근처에 있는 히누마강(涸沼川)도 어린 시절엔 옛날식 둑이 쌓여 있어서 '여우 시집가기'가 자주 보였답니다."

제2차 세계대전 이전의 이야기다. 한밤중에 미요코 씨의 할머니는 '꽥꽥' 하는 호들갑스러운 소리에 눈을 떴다.

'닭 소리일 거야. 닭장에 여우가 들어와 난장판이 된 게 틀림없어.'

소중한 달걀을 낳아주는 닭을 여우가 습격했다니! 야단났다는 생각에 캄캄한 한밤중이었지만 할머니는 부리나케 닭장으로 향했다. 아니나 다를까 닭장 주변엔 난리가 나 있었다.

'꽥꽥꽥꽥'

세상에! 닭을 입에 문 여우가 도망치려고 하고 있었다! 어떻게든 빼앗아야 한다. 할머니는 캄캄한 어둠 속에서 그 목소리를 계속 쫓아갔는데 전혀 목소리와 가까워지지 않는다. 한참을 쫓아가다가 결국 포기하고 집으로 돌아왔다. 다음 날 아침 피해 상황을 확인하려고 닭장에 갔다가 경악하고 말았다. 닭의 숫자도 그대로였고, 뭔가가 침입해 난장판을 만들어놓은 흔적도 전혀 없었기 때문이다.

*

다이쇼(大正) 시대, 미요코 씨의 할머니가 집으로 걸어가고 있는데 사람의 그림자가 보였다. 자기 집으로 향하는 길과 밭 사이의 경계였다. 경계를 보여주는 말뚝 위로 한 노파가 앉아 있었다. 누구일지 생각해보면서 옆으로 지나가봤다. 말뚝에 걸터앉아 있던 노파는 한 입 가득 오니기리를 베어 물고 있었다.

　"할머니는 왜 하필 여기서 오니기리를 먹고 있는 거지? 희한한 사람이라고 생각하면서 찬찬히 얼굴을 들여다보았답니다."

　수건 따위로 얼굴을 감싼 노파는 입 주위만 우물우물 움직이고 있었다. 도저히 표정을 읽을 수 없었다. 집에 돌아온 할머니는 가족들에게 이 사실을 알렸다. '지금 저기에 이상한 할머니가 앉아 있어!'

　"집에 있던 식구들이 모두 나가서 그곳에 가봤는데, 아무도 없더래요. 그러고 나서 주변도 한참 찾아보았는데 발견되지 않았고요. 그렇게 멀리까지 갈 수 없었을 텐데."

달은 어디에 떠 있는가

1948년 무렵, 미요코 씨는 실로 신비한 풍경을 보았다. 달이 두 개 떠 있는 기묘한 하늘이었다.

"우리 집 옆에 있는 길에서 아주 멀리 건너편으로 간논산(観音山)이라는 산이 있어요. 지금은 불당이 없어졌지만, 그 무렵엔 커다란 벚나무도 있었답니다."

어느 날 밤의 일이었다. 식구 중 한 명이 숨을 헐떡거리며 집 안으로 뛰어들어오더니 가족 모두를 바깥으로 끌고 나갔다. 무슨 일인가 싶어서 미요코 씨도 밖에 나가 어른들이 가리키는 방향으로 눈길을 돌렸다.

"길에서 쭉 나아가다 보면 저 끝으로 간논산이 있는데, 그곳에 있는 벚나무에 달이 걸려 있었어요."

잎사귀도 거의 달리지 않은 벚나무에 어슴푸레한 달이 겹쳐 보인다. 어른들이 왜 이토록 소란스럽게 술렁대는지 미요코 씨로서는 전혀 이유를 알 수 없었다.

"달님이 어쨌다는 거야?"

"저게 달? 그럼 이쪽에 있는 거는 뭐일 것 같아?"

손가락으로 가리키는 쪽으로 고개를 돌려보고 나서, 깜짝 놀라고 말았다. 하늘에 또 하나의 달이 빛나고 있었기 때문이다. 그럼 간논산의 달은 도대체?

"그것은 너구리라더군요. 너구리가 온몸 가득 빛을 뿜어 그렇게 보여준 거라고 했어요. 너무너무 무서웠어요."

여우가 빛을 낸다는 이야기는 많이 들어봤지만 너구리가 그렇다는 이야기는 거의 들어본 적이 없다. 이렇게 짓궂은 너구리가 올라간 벚나무도 지금은 다 말라버렸다.

*

미요코 씨는 신비한 빛과 맞닥뜨린 적도 있다.

"우리 집 아이가 다섯 살 때였어요. 그 무렵에는 화장실이 실외에 있었기 때문에 아이 혼자서는 밤에 갈 수 없어서 함께 따라가곤 했지요."

옛날엔 실외 화장실이 일반적이었다. 한밤중이든 비오는 날이든 거기까지 가야만 했는데, 그게 귀찮았던 아이들은 툇마루에서 간단히 볼일을 해치우는 경우도 없지 않았다.

"집과 화장실 사이에서 뭔가 빛나는 게 보였어요. 처음엔 작은 점이었는데 그것이 갑자기 엄청나게 커져서 이쪽으로 다가왔지요."

갑자기 눈앞에 농구공만 한 빛구슬이 나타난 것이다. 미요코 씨는 깜짝 놀랐지만 아이가 곁에 있어서 큰 소리를 내지도 못한 채 꾹참고 있었다.

"엉엉 울부짖고 싶었지만 아이가 있어서 아무 소리도 못 냈습니다. 너무 무서웠어요. 분명히 누군가에게 여봐란 듯이 과시하려고 나타났다고 생각해요."

순간적으로 누군가 세상을 떠났나 하는 생각도 들었지만 그런 일
은 없었다고 한다.

버스를 타고 싶었던 것은

　미요코 씨의 아버님은 현지 버스 회사에서 운전수로 일하고 있었다. 운전기사뿐만 아니라 '차장'이 동승해 운행하던 시절의 시골 버스였다.

　어느 겨울날의 일이다. 아침부터 조금씩 내리던 눈이 오후부터 본격적으로 퍼붓기 시작해 마지막 버스가 운행에 나설 무렵에는 이미 폭설로 변해 있었다. 악천후에 바깥을 걸어 다니는 사람이라곤 찾아볼 수 없었고, 당연히 버스를 타는 사람도 없었다. 버스는 운전수와 차장만 태운 채 종점으로 향해간다.

　"앞도 제대로 보이지 않을 정도의 날씨라 아무도 타지 않을 거라며 둘이서 이야기하고 있었는데, 저 멀리 앞쪽으로 사람의 그림자가 보였던 모양이에요."

　버스를 기다리고 있는 것으로 보이는 사람을 확인한 아버지는 버스를 멈춰 세웠다. 차장이 문을 열자 그 사람은 옷에 묻은 눈을 털면서 차에 올라탔다. 따스한 차 안에서 한마디도 하지 않던 승객을 차장은 이상한 사람이라고 생각했지만, 그냥 그대로 두었다. 잠시 달리자 마지막 버스정류장이 다가왔다. 그래서 승객에게 말을 걸려고 하던 차장은 깜짝 놀랐다.

　"아무도 없었다더군요. 분명히 그 자리에 있던 사람이 감쪽같이 없어진 거예요. 그래서 그대로 차고까지 가서 아버지와 함께 차 안 구석구석까지 살펴보았더니 여우 한 마리가 숨어 있었대요. 이 주변에는 여우가 아주 많았으니까요."

폭설 때문에 여우도 걷기 싫었던 모양이다.

*

미요코 씨의 며느리에 해당하는 사람은 예민한 육감을 가졌다. 어느 날 집 뒤편에서 작업을 하고 있는데, 마침 목욕실 옆에서 대나무 숲이 엄청난 소리를 내기 시작했다.

'어머나? 바람이 세졌나?'

그렇게 생각하고 주변을 둘러보았는데 바람은 거의 불지 않았다.

"그래서 며느님은 부엌에 가서 채소를 절이기 시작했대요."

"대나무 숲에서 소리가 나는데, 채소를 절입니까?"

"맞아요. 친척 중에 위태로운 사람이 있었기 때문에 그런 징후를 통해 소식을 전하는 거라고 감지했던 거예요. 그래서 장례식에 내놓을 채소절임 준비를 시작했던 거고요. 센스 있는 며느리였으니까요."

실제로 곧바로 소식이 전해져왔고, 장례식을 치를 때 차려진 음식들 사이에는 그 며느리가 만든 채소절임이 올라가 있었다고 한다.

목을 매는 나무

이바라키현의 중앙부에 불쑥 솟아 있는 것이 바로 쓰쿠바산(筑波山)이다. 예로부터 신령스러운 곳으로 간주되어왔던 이곳은 진짜로 뭔가가 깃들어 있는 분위기다. 그러나 쓰쿠바산신사(筑波山神社)나 케이블카 등을 운영하는 회사에 문의해본 결과, 그런 이야기는 전혀 들어본 적이 없다는 답변이 돌아왔다. 그래서 쓰쿠바산 정상에서 토산품 가게를 운영하는 사람에게서 이야기를 들어보았다.

"불구슬이나 '히토다마'요? 그런 이야기 들어본 적 있답니다. 그건 해오라기가 빛나는 거랍니다."

"해오라기요? 자주 듣는 이야기로는 산새가 아침 햇살이나 저녁 노을에 반사되어 빛이 나는 거라는 말이 있던데요."

"이 부근에서는 당연히 해오라기지요. 물론 산새도 있긴 있지만."

쓰쿠바산 주변에서는 의문의 빛구슬의 정체가 해오라기인 모양이다. 해오라기가 썩은 고기를 먹으면 몸에서 빛이 난다고 여겨지고 있었다.

*

쓰쿠바산 주변에는 예로부터 '멧돼지 울타리'가 있었다고 하니, 멧돼지가 상당히 많았던 것으로 추정된다. 이분도 산에 오르면 멧돼지 발자국을 확인하면서(아래를 보면서) 걷는 습관이 있다.

"쓰쿠바산에서도 제법 매거든요, 이거 말이지요(목에 손을 대는 시늉을 함). 사람이 매달렸던 나뭇가지는 인가에 가까우면 반드시 베곤했어요. 그러나 산속이라면 미처 알아차리지 못하는 경우도 있답니다. 멧돼지 흔적만 보면서 걸으니까요. 나도 한번 그런 적이 있었어요. 사람이 매달려 있는 나무 아래를 걷다가 그냥 지나쳤답니다. 집에 돌아왔는데 난리법석이 나서 물어보니, 그거라더군요. 땅만 보고 가니 전혀 알아차리지 못하는 거지요."

쓰쿠바산 주변에서 '매달려 있는' 사람은 대부분 다른 지역 사람으로 근처 사는 분들은 거의 없는 모양이다.

    *

신사 옆에서 식당을 경영하는 할머니도 의문의 빛은 역시 해오라기라고 말한다. 이 할머니가 열 살 정도 되었을 때의 이야기다.

"이웃 사람이었는데 연못 안에 계속 들어가는 사람이 있었어요. 그 사람은 수련이 예쁘게 피었다면서 들어가더니 그대로…, 그 연못엔 수련 따윈 피어 있지도 않았는데. 그런 것을 여우의 소행이라고 하는 걸까요?"

    *

앞서 언급했던 모치마루 미요코 씨에게서도 여우 이야기를 몇 가

지 들었다. 그래서 작정하고 가사마이나리신사(笠間稲荷神社)를 찾아
가 관계자로부터 이야기를 들어보니….

"우리는 신의 사자인 여우가 나쁜 짓을 하리라고는 전혀 생각하
지 않습니다. 여우에게 홀렸다는 것은 정신적으로 병이 있는 거랍
니다. 그런 일은 일절 없습니다."

정일위(正一位) 이나리다이묘진(稲荷大明神)의 권속(신의 뜻을 전하는
사자이자 신에게 임무를 부여받은 사도-역주)인 여우는 당연히 나쁜 짓을
하지 않을 것이다. 그러나 모든 여우가 신의 사자가 될 수는 없다.
역시 무슨 짓인가를 저지르는 개체도 있을 거라고 생각한다.

산의 소리

산에서는 실로 다양한 소리가 들린다. 새가 지저귀는 소리, 나무들이 술렁이는 소리, 동물의 울음소리. 하지만 때로는 산에 익숙한 사람이라도 움찔하며 소스라치게 놀랄 만한 소리와 마주하는 경우가 있다. 사람의 웃음소리나 절규라면 그야말로 모골이 송연해질 것이다.

"우리 집 기준으로 서쪽 방면에서는 때때로 엄청난 소리가 들린답니다. 소리의 정체는 알 수 없습니다. 후지산(富士山)의 자위대요? 그건 아니겠지요."

히노하라촌(檜原村, 도쿄의 서쪽 끝자락인 다마[多摩] 지역 서부에 위치함-역주)의 실버인재센터에서 만난 사람은 자위대 연습 소리는 아니었다고 말한다. 실은 주변에서 원인을 알 수 없는 소리를 들은 사람이 적지 않다. 오쿠타마(奧多摩) 방면의 임업 관계자도 간혹 듣는데 그들은 그것을 후지산의 자위대 연습 소리로 받아들이고 있었다.

히노하라촌의 베테랑 엽사 히라노 고이치(平野公一) 씨도 사냥을 하다가 들은 적이 있다고 한다. 물론 엽총 발포음은 아니고 주위에 울려 퍼지는 느낌이었다고 한다. 미쓰미네신사(三峯神社) 참배로에서 토산물 가게를 운영하는 사람도 그 소리를 들었다. 과연 이런 소리는 정말로 기타후지연습장(北富士練習場, 육상자위대 연습장-역주)에서 들리는 소리였을까?

자위대 연습장에서 오쿠타마정(奧多摩町)까지는 직선거리 약

50km, 미쓰미네신사는 약 60km다. 평야나 해상이 아니기 때문에 두 곳 사이에는 수많은 산과 마을들이 있다. 그런 것들을 초월해 마치 핀포인트 공격이라도 하듯, 그런 엄청난 소리가 오로지 한곳에만 쏟아진단 말인가? 또한 자위대 연습장 소리라면 하루 종일 들리지 않으면 도리어 이상하다. 자위대 홈페이지에서 연습일 스케줄을 확인해보면 훈련은 아침부터 밤까지 이어지기 때문이다. 요컨대 2, 3회 정도만 들리고 끝날 리 만무했다.

이런 의문의 소리는 도호쿠 지방에서도 들린다고 한다. 이와테산(岩手山)의 산기슭인 시즈쿠이시(雫石)에서 펜션을 운영하는 사람도 산속에서 그런 엄청난 소리를 들었다. 그 소리는 주변에서 땅이 울렸을 정도였다고 한다.

*

펜션의 오너는 이 소리 이외에도 어린 시절의 이야기를 해주었다.

"나는 야마나시현(山梨県)의 산촌 출신이랍니다. 어린 시절 사정이 있어서 근처에 있는 집들을 전전했던 시기가 있었지요."

어느 집에 가서 신세를 지고 있었을 때였다. 오너 혼자서 2층에 있는 방에서 자고 있는데, 갑자기 커다란 웃음소리가 들리기 시작했다. 한밤중 난데없는 웃음소리에 눈을 뜬 오너는 이불 속에 있다가 벌떡 일어났다.

"아래층에는 집 주인인 할아버지가 혼자 살고 있었습니다. 평소라면 눈이 떠져도 일어나거나 하진 않거든요. 하지만 그 할아버지는 열흘 정도 전에 이미 돌아가셨어요. 아래층에 아무도 없을 텐데, 참 이상하다고 생각해서 일어난 것이지요."

자리에서 일어나긴 했으나, 결국 아래층까지는 차마 갈 수 없었다. 역시 아이에게는 무시무시한 사건이었다.

이와 비슷한 사례는 아키야마향의 마타기가 경험했다. 밤에 산속에서 느닷없이 커다란 웃음소리에 에워싸여 마을로 도망쳐온 이야기였다. 커다란 웃음소리하며, 땅이 울리는 엄청난 소리하며, 산속에서는 특별히 떠들썩한 날이 있는 모양이다.

온갖 도깨비불(여우불)

일본열도의 중앙부에 펼쳐진 포사마그나(Fossa Magna, 라틴어로 거대한 '도랑'이라는 뜻으로 일본 혼슈의 중앙부를 남북으로 가로지르는 대지구대-역주), 그 서쪽 끝이 '이토이가와 시즈오카 구조선(糸魚川静岡構造線, 이토이가와시에서 시즈오카시까지의 대단층선-역주)'이다. 그 중간에 위치하면서 이토이강(糸魚川)으로 흐르는 히메강(姫川)을 중심으로 펼쳐진 것이 나가노현 오타리촌(小谷村)이다. 하늘로 솟구친 북알프스 산기슭에서는 도깨비불에 관한 수많은 이야기를 들었다.

"마을에서는 늘 봤답니다."

그렇게 말하는 사람은 베테랑 엽사이자 촌의회 의원이기도 한 쓰타자와 히토시(鷲沢仁) 씨다. 정체는 알 수 없지만 사방을 날아다니는 빛구슬은 보기 드문 존재가 아니었던 모양이다.

"지금도 가장 생생히 기억나는 것은 19호선을 달릴 때였답니다. 아마 가을이었을까요?"

당시 산과 관련된 일에 종사했던 쓰타자와 씨가 어둑어둑해진 산간 지역을 트럭을 타고 달리고 있었는데, 뭔가가 시야에 들어왔다. 뭘까? 쓰타자와 씨의 눈길이 그쪽으로 향하자….

"농구공 정도 되는 크기의 빛구슬이 차와 같은 방향으로 날아가더군요. 색깔은 파랬을까요?"

*

도깨비불의 색깔은 전국적으로 파란색파와 붉은색파로 크게 나뉘는 경향이 있다. 오타리촌에서 들은 사례에서도 붉은색과 청색으로 나뉜다. 단, 지쿠니(千国) 마을에서는 제법 특수한 도깨비불 이야기를 야구치 노리카즈(矢口統一) 씨와 구리타 요시미쓰(栗田喜光) 씨에게서들을 수 있었다. 두 분 모두 진즉에 80세를 넘긴 분들이지만, 두뇌가 무척 명석하신 분들이었다.

"도깨비불은 딱히 보기 드문 게 아니었습니다. 구로카와(黒川) 쪽에서는 특히 잘 보였지요. 산속에서 작업을 하는 사람은 손에 등불을 들고 다니니 도깨비불로 보였을 거라는 말들을 했어요. 그러나 길도 없고 사람이 접근할 수 없는 곳에서도 빛은 움직이고 있었답니다."

한밤중에 산 여기저기를 날아다니는 빛은 아주 흔히 볼 수 있는 광경이었다고 한다.

"벌써 60년도 더 된 이야기지만, 이(지쿠니촌락사료관[千国の庄史料館]) 바로 위에서 날아다니는 것을 봤답니다."

지금은 국도에서 벗어나 있지만, 과거엔 '소금 길'로 번성했던 오래된 '가도(街道, 도시와 도시를 연결하는 큰길-역주)' 주변 마을이다. 그 중심부에 농구공 크기쯤 되는 도깨비불이 나타났다.

"진짜로 허공을 훨훨 나는 느낌이었어요. 가볍게 훨훨 날았지요."

그때 두 남정네로부터 20m 정도 앞에는 두 여인네가 걷고 있었다. 지붕 위를 날아가는 도깨비불을 복수의 사람들이 동시에 보고 있었던 셈이다. 남자 두 명은 당장 도깨비불의 뒤를 쫓아갔는데 억

새로 이은 '가야부키' 지붕을 한 가옥으로 마치 빨려들어가는 것처럼 자취를 감추었다. 하는 수 없이 오래된 '가도'로 되돌아오자 여인네들이 부들부들 떨면서 다가온다.

"두 여자는 너무 무서우니 집까지 바래다달라고 하더군요. 조금 먼 곳이었지만 바래다주었습니다."

가는 내내 이야기를 들어보니 똑같은 도깨비불을 보고 있었는데도 색깔만은 달랐다.

"우리에겐 푸른 빛깔로 보였는데 여자들은 빨간빛이었다고 하더군요."

똑같은 도깨비불을 보고 있었는데도 전혀 다른 색깔(빨강과 파랑)로 보였던 것은 올려다본 각도의 차이 때문이거나, 어쩌면 성별의 차이 때문일지도 모르겠다.

*

"우리 아버지는 젊은 시절 스님에게 당했다고 하더군요."

구리타 씨의 아버님에게는 하쿠바촌(白馬村) 쪽에서 양조장 일을 도우며 일했던 시기가 있다. 어느 날 귀가가 매우 늦어져서 발길을 재촉하고 있는데 반대쪽에서 누군가가 이쪽으로 다가왔다.

"처음엔 잘 몰랐는데, 가까이 다가와보니 스님이더래요. 그래서 스쳐 지나갔을 때 '안녕하세요'라고 인사를 했다는 거예요."

낯선 스님이긴 했으나 우선은 인사를 하는 것이 시골의 예법이다. 그러나 스님은 답례 인사를 건네기는커녕 이쪽을 쳐다보지도 않는다. 해괴한 스님이라고 생각하면서 스쳐 지나간 다음 뒤를 돌아보니 아무도 없었다.

"캄캄한 어둠 속에서 그토록 확실히 보였을 리 없다고 하더군요. 그런데 잘 보였기 때문에 스님에게 당했다고 말했던 것이랍니다."

당했다고는 하나 특별히 험한 일을 겪었던 것도 아니었기 때문에 그저 너구리 소행에 불과했을지도 모른다. 이 의문의 스님과 스쳐 지나간 사람은 몇 명이나 된다고 한다.

50년 만에 일어난 '행방불명'

"이 근처 산에는 산의 신에게 제사를 올리는 사당이 아주 많답니다. 그런 사당들이 사실 정확히 무엇을 모시고 있는지는 잘 모르겠지만요."

헤아릴 수 없을 정도로 많은 신들이 존재하는 일본이다 보니 밭, 강, 바다, 바위 등 온갖 것들에 다양한 신이 깃들어 있다. 특히 산속에는 얼마나 많은 사당들이 있을지 이루 다 헤아릴 수 없을 정도다. 이는 사당에 제사를 올리는 것이 공적인 행위와 일치하지 않는다는 것에 기인한다. 개개인이 사당을 세우는 것은 기본적으로 개인의 자유다. 도시에 있는 이런저런 정원이나 공원 한 귀퉁이에서 자그마한 '이나리신사(稲荷神社)'를 종종 발견하곤 하는데, 그와 비슷한 감각이라고 할 수 있다.

"사람이 사라진 이야기요? 산에 올라갔다가 돌아오지 않는 사람이라면 제법 있는데…."

"주로 노인분들이신가요? 인지장애를 겪으시거나 하시는 분들."

"그런 것은 아니고요. 갑자기 산에 올라갔다 오겠다면서 집을 나선 후 그대로 사라진, 그런 사람들이 많지요."

이제부터 할 이야기도, 산간 지역에서는 자주 듣는 행방불명 이야기다.

*

"한번 그런 적이 있지 않나요? 이 위에 사는 ○○가 갑자기 사라진 적이 있었잖아요? 세 살 정도 되던 때였는데."

"맞아, 그런 적이 있었지요. 밭을 가로질러 계속 산으로 올라갔지요."

구리타 씨가 떠올려준 50년 전의 행방불명 이야기다.

화창한 어느 날 오후. 지쿠니 마을의 젊은 부부가 밭에서 열심히 농사일을 하고 있었다. 함께 데리고 온 아들은 옆에서 얌전히 혼자 놀고 있었다. 이제 막 세 살이 된 어린 아들이었다. 그런 아이가 일어나서 걷기 시작하는 것을 부모가 보긴 했으나, 안타깝게도 그대로 어딘가로 사라져버렸다.

"밭 옆을 걸어가던 것까지는 봤다고 해요. 그리 멀리 가지는 않을 거라고 방심했겠지요."

평소와 비슷한 곳에서 항상 하던 일을 하고 있었다. 그러니 부모는 평소와 다른 일이 일어나리라고는 생각하지 않았을 것이다. 하지만 결국 아들은 사라져버렸다. 얼마 후 지쿠니 마을은 발칵 뒤집어졌다. 다들 아이가 갈 만한 곳을 샅샅이 찾아보았지만 어디에서도 발견할 수 없었다. 많은 사람들이 모여 어찌해야 좋을지 난감해하고 있는데 한 노인이 목소리를 높였다.

"산봉우리 아래에 있는 사당에 있지 않을까?"

"산? 그런 곳에 사당이 있었나?"

"아니, 고작 세 살짜리가 그리 깊숙이까지 어찌 갔겠어?"

마을 사람들은 그 노인만 빼고는 그런 곳에 아이가 있으리라고는 아무도 생각하지 않았다. 아무도 상대해주지 않는데도 노인은 포기하지 않고 계속 목소리를 높였다.

"지금으로부터 약 50년 정도 전, 한 살 정도 되는 아이가 없어진 적이 있었다니까. 막 걸음마를 떼기 시작한 아이였지. 그 아이가 발견된 곳이 바로 ××산의 사당 앞이었어. 이번에도 분명 그곳에 있는 게 틀림없어."

믿을 수 없는 이야기였다. 그러나 그렇다고 지금 당장 달리 찾을 곳을 아무도 생각해낼 수 없었다. 반쯤 포기한 상태에서 몇몇 마을 사람들이 그 사당으로 향했다. 어른도 쉽사리 갈 수 없는 높이라서 숨이 턱턱 차올랐다.

'이런 곳에 올 리 없지. 쓸데없는 짓이야.'

모든 사람이 그렇게 생각하면서 올라갔다.

"그런데 ○○는 그 사당에 있었답니다. 왜 그런 곳까지 갔는지는 전혀 알 수가 없었지요. 야무진 구석이 살짝 없는 아이라서 여우가 데리고 갔다고 다들 말했어요."

50년 전에 일어난 감쪽같은 '행방불명' 사건을 해결할 수 있었던 것은, 그로부터 또다시 50년을 거슬러 올라간 과거 사건을 기억해낸 노인 덕택이다. 걷는 것도 위태로운 유아가 홀로 말도 안 되는 곳까지 가버린 이야기는 종종 듣곤 한다. 그러나 50년이라는 간격을 두고 완전히 비슷한 사건이 일어난 사례는 들어본 적이 없다.

50년, 그러고 보니 ○○군 실종 사건으로부터 슬슬 50년이 되는데…. (○○군은 현재 50세 중반으로 건강하게 지내고 있다.)

의문의 스키어(skier)

　동서로 험준한 산들이 즐비한 오타리촌에서는 수많은 짐승들이 서식하고 있다. 특히 곰은 개체수가 많아서 예로부터 현지 엽사에게는 산의 신이 선사해주신 소중한 선물이라고 여겨졌다. 과거엔 오타리촌만 해도 80명 이상의 엽사가 있었지만, 오늘날 실제로 곰을 쫓을 수 있는 엽사는 열 명도 채 되지 않을 거라고들 한다. 그런 가운데서도 출중한 실력을 갖춘 엽사로 알려진 오카자와 데루오(岡沢照男) 씨의 이야기다.

　"신기한 이야기요? 그런 이야기는 별로 들어본 적이 없는데요? 뱀이라면 엄청난 것을 본 적이 있답니다."

　오카자와 씨가 젊은 시절 산에서 한 차례 일을 한 후 마무리를 지었을 때의 일이다. 기분 좋은 봄날, 차에서 내려 따스한 햇살을 느끼며 잠시 그 자리에 서 있었다.

　"딱히 뭘 하고 있진 않았어요. 그냥 아무 생각 없이 주위를 둘러보고 있었지요."

　얼마 후 임도에 서 있던 오카자와 씨의 귀에 묘한 소리기 들리기 시작했다.

　"마치 비가 주룩주룩 내리는 듯한 소리가 났답니다. 뭔가 싶어서 주위를 둘러보니, 뱀이더군요. 시커먼 유혈목이였어요."

　유혈목이는 지역에 따라 색이나 모양에 상당한 차이를 보인다는 사실이 최근 밝혀지고 있다. 경우에 따라서는 생명도 앗아가는 독

사라는 사실이 알려진 것도 그리 오래되지 않았다.

"몸통이 아주 두꺼운 유혈목이였어요. 글쎄요, 대략 소방호스 정도 두께였을까요?"

거의 '거대 뱀'에 가까운 유혈목이가 기어다니는 소리가 그야말로 비가 주룩주룩 내리는 소리로 들렸던 것이다. 오카자와 씨가 보고 있자, 유혈목이는 억새풀 안으로 숨어들어갔다. 자취는 사라졌지만, 어느 방향으로 지나가고 있는지 확연히 알 수 있었다. 거대 유혈목이가 지나가면 억새풀들이 커다랗게 물결쳤기 때문이다.

*

나가노현 오타리촌에서 조금 서쪽으로 나아가면, 현의 경계를 넘어 이토이가와시(糸魚川市, 니가타현)가 나온다. 이 부근 산속의 해발 1475m에 있는 것이 바로 렌게온천(蓮華温泉)이다. 절경을 자랑하는 '비탕(秘湯, 오지에 있는 유명 온천-역주)'으로 알려져 있으며, 특히 노천탕이 인기를 모으고 있다. 그곳에 있는 노천탕 '센키노유(仙気の湯)'에 몸을 담그고 있던 오카자와 씨는 묘한 '모노'를 보았다.

"노천탕에 들어가 있었습니다. 그때 여섯 명 정도는 들어가 있었던 것 같아요. 느긋하게 잠겨 있는데 눈앞 경사면에서 어떤 사람이 스키를 타고 오더군요."

잔설이 남아 있는 곳에서 스키를 타는 사람이라면, 딱히 놀랄 일은 아니었다. 그러나 오카자와 씨의 눈길이 머문 이유는 그 행색 때문이었다.

"차림새가 너무너무 고풍스러웠어요. 헌팅캡을 쓰고 스키를 타고 있었는데, 아무리 봐도 아주 옛날 옛적의 스키어였지요. 어라? 해괴한 사람이네? 그런 생각을 하면서 바라보고 있는데 조금 내려간 곳에서 순식간에 사라져버렸지요."

뭐지? 대체 뭐냐고? 어리둥절해진 오카자와 씨는 몸을 앞으로 내밀고 주변을 둘러보았다. 스키어의 자취는 온데간데없다.

"무심코 뒤를 돌아 같이 노천탕에 있던 사람들에게 물어보았어요, 지금 그 사람 봤냐고."

여섯 명 정도가 똑같이 탕 속에 들어가 있었고 똑같은 방향으로 얼굴을 향하고 있었다. 그런데도 아무런 반응이 없다. 그런데 머뭇거리면서 한 사람이 입을 열었다.

"제가, 봤습니다."

도야마에서 왔다는 사람과 오카자와 씨만 고풍스러운 행색의 스키어를 목격한 것이다.

"유령이라느니 뭐라느니 하는 것들을 일절 믿지 않았답니다. 하지만 그 일이 있고 나서부터 어쩌면 그런 것들이 존재할지도 모른다는 생각이 들기 시작했어요. 그래서 희한한 이야기를 하는 사람이 있어도 완전히 부정하지는 않아요. 직접 내 눈으로 봤으니까요."

*

심신 모두 건강하고 호쾌한 오카자와 씨는 사실 섬세한 센서를 지니고 있는 모양이다. 본인은 예민한 육감을 가졌다고 표현하는데, 단순한 육감과는 살짝 차이가 있을지도 모른다.

"곰을 잡으러 산에 올라갔었지요. 총을 쏘는 사람들이 대기하는 곳에 있었는데, 정말 너무나도 이상한 느낌이 들더라고요."

이야기를 하면서 오카자와 씨는 계속해서 오른팔에서 어깨까지를 문지르는 시늉을 했다. 이유는 전혀 알 수 없지만, 이루 말할 수 없는 불길한 느낌이 오른쪽 팔뚝 부근에서 사라지지 않았다.

'툭!'

그때 가느다란 줄기가 꺾이는 소리가 들려 그쪽으로 방향을 틀었다.

"그쪽으로 얼굴을 돌렸더니, 바로 거기에서 곰이 나왔어요. 무선에서 들었던 방향과는 정말이지 완전히 다른 곳에서 곰이 나타난 거예요."

물론 그 곰은 오카자와 씨에게서 벗어날 수 없었다. 이처럼 산속에서 갑자기 가슴이 철렁하거나 이루 말할 수 없이 불길한 느낌이 나는 일은 드물지 않다. 그럴 경우 산에서 삶을 영위하는 사람들은 '마물이 보고 있다'라든가 '짐승이 보고 있다'라고 느끼는 경우가 많은 것 같다. 오카자와 씨는 이때 가까이 다가온 곰의 존재에 제6감이 발휘되었을지도 모른다.

*

오카자와 씨가 봄에 곰 사냥을 나섰을 때의 일이다. 무사히 사냥을 마친 것은 산속 깊은 곳에서였다. 임도까지 나와 전화를 건 후, 자신들을 데리러 와줄 차를 기다리고 있었다.

"저녁이라 상당히 어두워져 있었지요. 나무 사이로 차량 라이트가 보여서 동료와 손을 흔들면서 이쪽이라고 외쳤어요."

자신들을 데리러 와준 차가 틀림없다고 생각했는데, 뭔가 이상했다. 라이트의 움직임이 달리는 차의 그것과는 상당히 달랐기 때문이다.

"어라? 이상하네? 정말로 저게 차야? 이런 식으로 동료와 이야기를 나누고 있는데, 갑자기 빛이 순식간에 사라져버렸답니다."

그러고 나서 얼마 후 진짜 차가 데리러 와주었다.

같이 온 것은

오타리촌은 과거 동해에서 마쓰모토(松本) 방면으로 소금을 운반하는 '소금 길'로 번성했던 곳이다. 소금 이외에도 수많은 산물이 이곳을 거쳐 도시와 도시를 연결하는 '가도(街道)'를 오가곤 했다. 현재는 국제적인 스키 리조트로 화려하게 변신해 수많은 관광객이 방문하고 있다.

쓰가이케(栂池) 스키장 근처에서 펜션을 운영하는 오너의 이야기다.

"신기한 일요? 중학교 시절 운동장 가까이에 산소가 있었답니다. 거기서 빛 덩어리들이 가볍게 날아다니는 것은 본 적 있습니다만…, 아마도 해 질 녘의 석양이 반사된 것이겠지요."

허공을 배회하던 뭔가가 저녁 노을에 반사되었다는 생각까지는 애써 하지 않으려는 듯했다.

*

역시나 펜션을 운영하는 지인의 체험담이다. 어느 날 지하실에 내려가자 어떤 사람이 서 있었다. 누군가 싶어서 잘 살펴보니 한 번도 본 적 없는 낯선 얼굴이다.

"이분이 종종 찾아오신다더군요. 실은 그때 당시까지는 잘 몰라서, 남편분이 먼저 혼자 와 계셔서 후발대로 사모님도 오셨겠거니

194

했어요.”

늦게 오신 사모님이 우연히 그곳에 있다고 판단했는데….

“저녁 식사를 하실 때 식당에서 봤더니 그 남편분이 혼자 계시더군요. 어머? 사모님은 어디 가셨어요? 식사 같이 드시지 않나요? 하고 여쭈어봤지요. 그랬더니 아내는 이미 세상을 떠났다면서 깜짝 놀라셨어요.”

*

친인척의 아들은 어느 날 길에서 문득 어떤 시선을 느끼며 뒤를 돌아보았다. 낯선 중년 여성이 이쪽을 물끄러미 응시하고 있었다.

“아는 사람이었을까요? 아니, 역시 모르는 사람이었던 것 같습니다.”

기분이 언짢아질 정도로 이쪽을 너무 뚫어지게 바라보기에 황급히 그 자리를 떴는데….

“그 아주머니가 계속 따라왔다더군요. 그다음에도 계속해서 주변을 맴돌아 기분이 몹시 나쁘다고 했어요.”

어느새 낯선 아주머니 스토커는 말까지 걸어온다. 하지만 무슨 말인지 전혀 알아들을 수 없다. 아무래도 이 세상 ‘모노’는 아니라고 느낀 그는 근처 주술사분을 황급히 찾아갔다.

“주술사분이 말하기를, 의문의 인물은 옛날로 거슬러 올라가면 친척지간으로 연결된 사람이라더군요. 하지만 무덤에는 자기 이름이 적혀 있지 않아서, 그것이 유감스럽다고 생각했던 모양입니다."

그래서 절의 오래된 기록을 조사해보았더니, 정말로 딱 한 사람만 묘지에 이름이 적히지 않았다. 그 이름을 묘비에 새겨 넣었더니 아주머니 스토커는 다시는 나타나지 않았다. 어떤 사연에 의해 그녀의 이름이 생략되었는지는 이제는 알 수 없다. 그러나 자신도 가족과 함께하고 싶다고 소망했는지도 모른다. 가족이란 그런 것이다.

속삭이는 사내

현재 도쿄에 거주하시는 고이즈미 미에(小泉美枝) 씨는 어린 시절 외가가 있는 오타리촌에 자주 방문했다고 한다. 풍요로운 자연 속에서 산의 품속에 안겨 있는 이 마을은 소중한 마음의 고향이다.

"여우에게 홀린 이야기는 할아버지한테 들어본 적이 있어요. 마을 사람이 갑자기 이상해져서 집 안에서 뱅글뱅글 돌다가 꽈당 하고 쓰러졌답니다. 그런 다음 천장까지 닿을 정도로 펄쩍 뛰었다고 해요."

*

어린 시절 오타리촌에 자주 놀러 왔던 고이즈미 씨에게는 지금도 잊을 수 없는 광경이 있다. 어느 이른 아침, 친척을 역까지 배웅하러 가기 위해 언덕 위에 있는 집을 나설 때였다.

"집에서 역을 향해 걷고 있었어요. 하나로 쭉 뻗은 길이었는데, 아래쪽에 있는 집의 지붕이 훨훨 타고 있었어요. 야단났다며 모두 같이 달려갔답니다."

당황한 나머지 당장 달려갔지만, 조금 전까지 타고 있었던 지붕에서는 연기 하나 피어오르지 않았다.

*

자연을 너무나도 좋아했던 고이즈미 씨는 젊은 시절 자주 등산을 가곤 했다. 19세 무렵, 오쿠타마 방면으로 향했을 때의 일이다.

　"아마 집으로 돌아가려던 참이었던 것으로 기억해요. 닛파라(日原) 종유동굴 근처까지 내려오니 텐트를 치기에 안성맞춤인 곳이 있었지요."

　남녀가 각각 3명씩이던 모임이다. 텐트 두 개를 설치한 다음, 간단한 식사 준비에 착수했다.

　"카레인지 뭔지를 만들었지요. 그것을 먹고 나서 좀 있다가 텐트에 들어갔습니다."

　저녁 식사와 이후의 수다는 산에서의 각별한 즐거움이다. 온갖 수다를 떨면서 서서히 잠자리에 드는 것은 더할 나위 없이 행복한 순간이다. 그날은 상당히 걸었던 날이라 더더욱 기분 좋게 잠이 들 것 같았는데….

　"꾸벅꾸벅 졸고 있는데 갑자기 어떤 남자 목소리가 들렸어요."

　'나는'

　이유는 알 수 없으나 고이즈미 씨는 자기도 모르게 마음속으로 남자 목소리를 따라서 되뇌었다.

　"나는"

　'여기서'

　"여기서"

　…

　'죽었다.'

고이즈미 씨는 비명을 지르며 침낭에서 뛰어오르듯 일어났다. 그리고 모두에게 얼마나 황급한 상황인지를 알렸다. 좁은 텐트 안이 순식간에 패닉 상태에 빠졌다. 비명 소리에 놀란 남자들이 달려왔는데, 그들 역시 텐트 주위를 걸어다니는 의문의 발소리에 괴로워하던 참이었다.

"기묘한 목소리였어요. 인공적인 느낌이었지요. 뇌 안으로 직접 파고드는 느낌이었어요. 다른 두 사람은 그런 목소리를 듣지 않았지만, 한 사람은 낮은 비명 소리를 들었다고 해요. 누군가로부터 목 졸림을 당하고 있는 것처럼 느껴지는 소리였대요."

경찰을 통해 사건이나 사고 현장이었는지 확인해볼 것을 동료들과 의논했지만, 결국 하지 않았다.

"역시나 그랬다는 사실이 밝혀지면 더 무섭지 않을까요?"

결국 깊은 사연은 밝혀지지 않은 상태다.

외치는 여자

도야마현은 '다테야마 구로베 알펜루트(일본의 지붕으로 불리는 북알프스를 관통하는 일본 굴지의 산악 관광지-역주)'가 위치한 자랑스러운 산악의 현이다. 현지 아이들은 수업의 일환으로 아주 자연스럽게 등산을 하곤 한다. 그러나 모든 사람들이 산을 좋아할까? 꼭 그렇지만은 않다. 바로 옆으로 아름다운 바다가 펼쳐져 있기 때문이다. 어느 쪽을 봐도 부럽기 그지없는 환경이다. 동해에서 시로우마다케(白馬岳)의 산 정상까지, 산과 바다 모두를 끌어안고 있는 아사히정에서 이야기를 들어보았다.

*

유리공예작가인 유시마 아쓰시(湯島淳) 씨는 학교 행사로 진행되는 등산에 별로 끌리지 않았다.

"산에 가지 말았으면 좋겠다고 생각하곤 했어요. 산 자체에 별로 관심이 없었거든요. 계류낚시를 하게 된 것은 학교 선생님 중에 플라이낚시를 하시던 분이 계셨기 때문입니다. 참 재미있는 선생님이셨지요. 계류낚시에 데려가주시곤 했어요. 정말 즐거웠답니다."

산 자체에 관심이 없었지만 계류낚시의 매력에 눈을 뜬 유시마 씨는 빈번하게 산을 오르게 된다. 비포장도로에 강한 트라이얼 오토바이로 '길 없는 길'을 찾아다니며 물고기와의 만남을 만끽하고 있다.

"상당히 깊은 곳까지 들어간답니다. 항상 갈 수 있는 곳까지 최대한 가보는데, 그런 곳에서 '슈퍼커브'를 발견하고 깜짝 놀란 적이 있습니다."

트라이얼 오토바이로도 좀처럼 전진이 불가능한 곳이었다. 천신만고 끝에 도착했는데, 놀랍게도 한 대의 '슈퍼커브(혼다의 스테디셀러 소형 오토바이-역주)'가 주차되어 있었다.

"폐차된 슈퍼커브였을까요? 망가져서 버려진?"

"아니요, 그렇지 않았어요. 반짝반짝 빛나는 새것이었지요. 현재 타고 다니는 느낌이었어요. 하지만 아무리 생각해도 슈퍼커브로는 도저히 거기까지 올 수 없었을 거라고 생각해요."

너무나 신기한 광경을 보고 유시마 씨는 주변 구석구석을 탐색하기 시작했다. 슈퍼커브가 들어올 수 있는 '제대로 된 길'이 어딘가에 있을지도 모른다. 그러나 아무리 찾아봐도 결국 그런 길은 없었다.

"어떻게 올라올 수 있었을까요? 트라이얼 바이크로도 어려운 코스인데."

누가 무슨 목적으로 그곳에 슈퍼커브를 세워두었는지, 결국 아무것도 알 수 없었다.

*

유시마 씨에게는 폐옥 마니아인 친구가 있다. 단, 이른바 '폐허 마니아(심령 마니아를 대상으로 한 고스트 스팟으로 폐허 탐색이 유행했음-역주)'는 아니다. 폐옥 근처에는 버려진 빈병이 굴러다니고 있는 경우가 많다. 그가 노리는 것은 그런 빈병들이었다.

"오래된 빈병을 모으는 것이 그의 취미랍니다. 폐허가 된 마을을 돌면서 허물어져가는 집 주변에서 주워 오지요."

세상에는 실로 다양한 취미나 취향이 있군! 감탄하지 않을 수 없다.

"그가 산속을 걷고 있었을 때, '꺄아아악!' 하는 비명 소리가 들렸다고 해요."

차를 타고 산에서 산으로 이동하다가 폐허가 된 마을을 발견하면 차에서 내려 폐옥들을 꼼꼼히 탐색한다. 아무도 없는 마을에서 그가 항상 하는 작업이었다.

'꺄아아악!'

그는 갑작스러운 비명 소리에 깜짝 놀랐다. 거기에는 때때로 고함 소리도 섞여 있었다.

"이런 곳에 누가 있는 거지?"

마을 입구에는 본인 차밖에 없었다. 이상하게 여긴 그는 비명 소리가 나는 쪽으로 발길을 서둘렀다. 어떤 폐옥에 다가가자 그 소리가 한층 커졌다. 그는 몸을 웅크리고 폐옥 옆으로 다가가 울타리 너머로 고개를 살짝 내밀었다. 폐옥 앞에는 어떤 여자가 서 있었다.

"너희들이 ○××△＃누구도, 꺄아아악!"

무슨 소리인지 전혀 알아들을 수 없지만, 온몸을 뒤흔들며 계속해서 소리치는 여자. 너무나 비정상적인 뒷모습에 넋을 잃고 말았는데 여자의 움직임이 순식간에 딱 멈췄다. 처들고 있던 손을 천천히 아래로 내리면서 여자의 목이 움직이기 시작한다. 정답! 지금 그야 말로 자기 쪽으로 뒤돌아보려고 하고 있었다.

"그는 몸을 감추고 그대로 쏜살같이 도망치기 시작했다고 합니다."

"얼굴을 보지 않았나요?"

"차마 볼 수 없었겠지요."

분명 그럴 것이다. 너무나 오싹한 상황이긴 하다.

빨간 방

유시마 씨는 학창 시절 친구들과 함께 사연 어린 폐옥에 간 적이 있었다. 이시카와현(石川県)의 산속에 있는 제법 멋진 서양식 건물이었다. 한때는 어느 공장의 직원 휴양시설이었다는 말이 있지만 확실치는 않다.

"1층에 들어갔더니 기계가 여기저기 놓여 있었어요. 역시 공장과 관련된 건물이었기 때문이겠지요. 그곳을 예술가 같은 사람이 매수해 살았던 모양이에요. 현지에서는 유명한 '심령 스팟'이었답니다."

재미삼아 친구 몇 사람과 건물 안을 둘러보았다.

"내부는 엉망이었어요. 2층으로 올라가는 계단도 이미 허물어져 있었고요. 하지만 아직 올라갈 수는 있는 상태였지요."

도처에 상한 흔적이 보였으나 그다지 위험해 보이지는 않았다. 다 같이 2층으로 올라가 가장 먼저 보이는 방문을 연다.

"방 안이 새까맣더라고요."

텅 빈 방에는 창문으로부터 옅은 빛이 비치고 있었다. 이유는 모르겠으나 천장, 벽, 그리고 바닥까지 모조리 새까만 방이었다. 비일상적인 분위기로 가득 찬 방에서 특히 눈길을 끌었던 것은 바로 의자였다.

"의자 하나가 방 안에 있었어요. 검은 벽 앞에요."

뭔가를 느끼고 그 뒤를 살짝 엿본다.

"방 전체가 새까맸어요. 하지만 그 의자 뒤쪽만은 새하얀 색깔의 벽이었답니다. 뭔가가 늘어뜨려져 있는 것처럼 보이기도 했고요. 개운치 않은 얼룩 같은, 기분 나쁜 느낌이 들었지요."

이 방만으로도 이미 충분히 소름 끼쳤다. 그러나 아무도 돌아가자는 말을 하지 않는다. 그리고 다음 방의 문을 열자….

"새빨간 색이었지요."

새카만 방에서 나온 다음 들어간 곳은 모든 것이 빨갛게 칠해진 방이었다. 이유는 알 수 없으나 벽도, 천장도, 마루도 모조리 새빨간 색이다. 조금 전에 봤던 검은 방보다도 훨씬 이상한 공간이었기에 다들 순식간에 굳어버렸다. 특히나 이 방의 비정상적인 느낌을 한층 돋보이게 한 것은 마룻바닥 전체에 어질러져 있던 사진이었다.

빨간 방 내부에도 가구다운 물건은 전혀 없었다. 텅 빈 공간을 둘러보던 유시마 씨는 벽에 얇은 수납장이 있음을 알아차린다.

"뭐지?"

가까이 다가가 좌우로 달린 양쪽 여닫이문에 손을 대고 열어본 순간, 숨이 탁 멈춰버렸다.

"얼굴이더라고요. 커다란 얼굴이 이쪽을 보고 있었지요."

선반 안에는 얼굴 가까이에 다가가 찍은 사진이 한 면 전체에 붙어 있었다. 누군가가 일부러 이렇게 구성해놓은 것이라면, 그야말로 '도깨비집 콘셉트'이지 않은가? 제법 공을 들여 만들어놓은 아주 못된 장난인가?

"더 이상은 무리일 것 같아서 실은 돌아가고 싶었어요. 하지만 마지막 방이 목적지였기 때문에, 결국 앞으로 더 나아갔습니다."

다음 방이야말로 폐옥 탐색의 메인이었다. 문틈으로 얼굴이 몇 개씩이나 보인다는 소문을 직접 확인하러 왔기 때문이다. 실제로 문틈을 통해 안을 엿보았더니, 아니나 다를까 사람의 얼굴이 언뜻언뜻 보였다. 단, 보인 것은 유시마 씨와 또 다른 한 사람뿐이었다. 말하는 소리도 들렸다. 검은 방에서 시작된 공포가 정점에 달하는 순간, 다 함께 폐옥에서 도망쳐 나왔다.

"정말 필사적으로 도망쳤답니다. 조금 떨어진 곳에서 폐옥을 돌아보았지요. 그랬더니 2층 창문에 얼굴이 가득한 게 아닙니까?"

심지어 빨간 방 선반에 걸려 있던 사진과 동일한 얼굴이었다. 단, 이전의 표정과는 느낌이 약간 달랐다. 원망 가득한 표정은 공포감을 한층 더 부추겼다. 그것이 창문을 가득 뒤덮은 상태로 천천히 움직이고 있었다.

*

다음 날 유시마 씨는 함께 폐옥을 탐색했던 멤버 중 한 사람과 드라이브에 나섰다. 시골길을 한참 달리다가 자동판매기를 발견해 잠깐 쉬기로 했다.

"체인 탈착 장소로 쓰이는 곳이어서 그런지 제법 넓더군요. 그곳에 차를 세우고 쉬고 있었는데, 그 친구가 갑자기 몸을 웅크리더라고요."

친구는 갑자기 졸음이 온다면서 그대로 쓰러져버렸다. 조금 전까지 멀쩡하게 이야기를 나누던 친구였다.

"친구가 쓰러진 곳이 도로 쪽이었어요. 머리가 차도 쪽으로 완전히 나간 상태라 위험해서, 얼른 일으켜 세우려고 했지요."

그런데, 꿈쩍도 하지 않았다. 살이 찐 사람도 아니었고, 덩치가 크지도 않았다. 그런데도 마치 쇳덩이가 누워 있는 것처럼 미동조차 하지 않는다. 초조해진 유시마 씨는 온몸의 힘을 끌어 모아 친구를 끌어당겨보았다. 그래도 움직일 수 없었다. 일단 한번 호흡을 가다듬고, 온 힘을 쥐어짜내 다시 한번 친구를 끌어올렸다.

"정말 필사적이었지요. 그랬더니 겨우 얼굴 하나 정도 움직일 수 있었어요."

그 순간 한 대의 차가 아슬아슬하게 달려왔다가 스쳐 지나갔다. 친구의 얼굴은 간발의 차이로 찌그러짐을 모면한 것이다.

밤의 방문자

유리공예작가인 유시마 씨가 공방에서 작업하고 있을 때의 일이다. 버너로 유리를 달구다가, 어쩐지 어딘가에서 바라보는 듯한 시선을 느꼈다.

"뭔가가, 누군가가 보고 있다는 느낌이 들어 견딜 수가 없더군요. 창문 밖에 누군가 있다는 느낌이 나더라고요. 간혹 움직이곤 했는데, 아무래도 어린아이 같았지요."

신경 쓰이는 시선은 창문 밖에서 이쪽을 향하고 있었다. 그러나 공방은 2층에 있었고, 한밤중에 아이가 안을 들여다본다는 것도 있을 수 없는 이야기였다.

"다음 날 보니, 창문 유리에 손자국이 몇 개나 나 있더라고요. 작은 손바닥, 역시 아이가 엿보고 있었던 거지요."

버너의 불빛이 신기했을까? 아니면 유시마 씨의 솜씨를 보고 반한 것일까?

*

얼마 후 공방 앞이 시끄러워졌다. 벌판이었던 곳에서 조성 공사가 시작되었기 때문이다. 시끄럽다는 생각은 들었지만 어쩌겠는가? 참는 수밖에 없었다. 그런데 며칠 뒤, 이번엔 느닷없이 공사가 중단되었다. 많은 사람들이 황급히 오가기도 했다. 얼마 후 사태가 조금 진정되자, 이번엔 신사의 신관이 와서 신에게 제사를 올리기 시작했다.

"이상하네? 지진제라면 공사를 시작할 때 이미 끝났을 텐데?"

이해가 가지 않아 관계자에게 살짝 물어보니 인골이 나왔다는 이야기였다. 작은 뼈대의 인골이니 분명 어린아이일 거라고도 했다. 사건인지 사고인지, 옛날 무덤인지 최근의 무덤인지, 자세한 내막까지는 알 수 없었지만 유시마 씨는 분명 그 아이일 거라는 생각이 들어서 견딜 수 없었다.

*

불구슬이나 도깨비불로 불리는 현상은 산속이나 들판에서 자주 목격된다. 그러나 유시마 씨는 자기 방에서 희끗한 불구슬 형태의 물질이 꼬리를 끌면서 빙글빙글 도는 것을 본 적이 있다.

"돌면서 날아다니다가 심지어 장난감에 닿기까지 했답니다."

장난감은 야점에서 산 물건인데 손잡이 문에 스프링으로 고정되어 있었다. 하얀 꼬리를 끌고 다니던 의문의 물체는 방 안 이곳저곳을 날아다니다가 급기야는 바로 그 스프링 장난감에 부딪혔던 것이다.

"그랬더니 그 장난감도 같이 움직이더라고요."

나라현에서는 날아온 불구슬에 부딪히는 바람에 굴러 떨어졌다는 할아버지 이야기를 들은 적이 있다. 그 이야기까지 소환해 함께 검토해보니, 의문의 빛구슬에는 어쩌면 질량이 존재할지도 모른다는 생각이 들었다.

'거대 뱀'의 숲

아사히정 하뉴(羽入) 마을은 마타기와 인연이 깊은 곳이다. 마타기 특유의 곰 사냥인 '봄의 몰이사냥'을 아키타 마타기들로부터 직접 전수받았다고 한다. 단, 마타기가 정착하진 않았기 때문에 마타기 마을이라는 이름까지는 내걸지 않았다. 따라서 마타기 사냥법이 남아 있는 남방한계선이라고 해도 무방하다. 그러나 곰에 관해서는 각별한 의식을 가지고 있어서 '곰을 잡지 못하는 사내는 사내로 인정할 수 없다'라고 한다.

그런 하뉴 마을에서도 최고로 손꼽히는 엽사 아오시마 데루오(靑島照夫) 씨에게서 이야기를 들어보았다.

"산에서 일어나는 무섭고 신기한 일요? 그런 건 전혀 없지요. 그런 경험은 겁쟁이들이나 하는 거랍니다."

강골의 엽사에게 항상 듣는 이야기다.

"뱀요? 거대 뱀? 그건 아주 흔하지요."

십수년 전, 아오시마 씨가 고비나물을 채취하러 산에 올라갔을 때의 일이다. 경사면 아래에서 점심밥을 먹고 있는데 작은 돌들이 굴러떨어지기 시작했다. 바람 한 점 없이 잔잔한 상태였기 때문에 필시 뭔가가 걸어다닌다고 생각한 아오시마 씨는 위로 올라가보았다. 그러자….

"엄청난 녀석이더군요. 맥주병보다도 두꺼웠어요. 녀석이 지나가자 풀이 땅바닥에 바짝 엎드려 마치 도랑이 만들어지는 형국이었지요. 색깔? 글쎄요. 유혈목이랑 비슷했는데. 그 정도 크기의 뱀도 있으니까요. 실은 고비나물 꺾으러 갔다가 도망쳐온 사람이 몇 사람이나 있었어요."

아오시마 씨의 지인분은 집 가까이에서 거대 뱀을 발견해 사진을 찍었다고 한다. 어미 토끼를 통째로 삼키기라도 했는지 비정상적일 정도로 두꺼웠다.

　＊

마찬가지로 하뉴 마을의 구가구치(久我口) 씨도 거대 뱀과 조우한 적이 있다. 장소는 기타마타단(北又谷)이라는 곳으로 시기는 5월, 동료 두 명과 산나물을 뜯으러 갔을 때였다.

"계곡을 따라 걸어가고 있었는데, 풀숲에서 뭔가 움직이더군요. 풀이 크게 두 갈래로 갈라지기에 뭔가 싶어서 들여다봤더니 엄청나게 큰 뱀이더라고요. 소방 호스요? 그 정도는 되었지요. 태어나서 처음 봤어요, 그렇게 큰 뱀은! 그걸 발견하자마자 냅다 도망쳤지요."

동료는 그대로 도망쳤지만, 구가구치 씨는 산나물도 소중하다며 계속 뜯으러 다녔다고 한다.

　＊

이런 기타마타단에서 거대 뱀을 발견한 사람이 또 있었다. 삼림 조합에서 근무하는 후지이 히로키(藤井寬樹) 씨가 초등학교에 다니던 시절의 일이다.

"기타마타단의 계곡가에서 놀고 있었거든요. 아마도 아버지 직장과 관련된 행사였던 것 같아요. 여하튼 우리는 바비큐를 먹고 있었지요."

바비큐를 실컷 먹은 후지이 소년은 홀로 강가를 산책하고 있었다. 거기서 발견한 것은 믿을 수 없을 정도로 거대한 뱀이었다.

"소방 호스요? 맞아요, 그런 느낌이었어요."

"역시나 풀이 두 갈래로 크게 갈라지면서 쓰러졌나요?"

"아니요. 강가에 그냥 드러누워 있었어요. 색깔은 약간 검정에 가까운 빛깔을 띠고 있었어요. 너무 놀란 나머지 아버지에게 알리러 갔더니 난데없이 무슨 소리냐며 상대도 해주지 않으셨어요."

풀숲을 헤치고 소리를 내면서 앞으로 나아가는 모습은 자주 발견되지만, 강가에서 무방비 상태로 전신을 노출시키는 것은 매우 보기 드문 예다. 거대 뱀에게는 어지간히 안전한 곳이었을지도 모른다.

*

거대 뱀이 서식하고 있을 것으로 여겨지는 기타마타단을 지도에서 확인하다가 특정 지명에서 눈길이 멈췄다. 그 이름도 '시비토계곡(死人谷, 죽은 자의 계곡)'이라고 한다. 옛날에 수행자로 추정되는 백골 시체가 발견되어 그런 이름이 붙었다고 한다. 제법 상세히 제작된 지도에서만 발견할 수 있어서 현지인들 중에서도 모르는 사람이 많다. 똑같이 시비토다니(死人谷)라고 불리는 곳이 와카야마현(和歌山県)에도 있는데, 그쪽은 인터넷상으로도 확인할 수 있다. 그런 지명이 생긴 연유 역시 수행자가 쓰러져 죽었기 때문이라고 한다.

들판에서의 화장과 불구슬

　삼림조합의 후지이 씨는 고등학교 시절 약간 특이한 움직임을 하는 불구슬을 발견했다.

　"6월쯤이었을까요? 논길을 걷고 있다가 움직이고 있는 빛을 봤답니다. 논의 형태를 따라 돌고 있었어요."

　정확히 논의 가장자리를 따라 돌고 있는 신비한 불빛은 속도가 상당했고 움직임에 패턴이 존재했다. 너무나도 철저히 궤도를 따라 움직였기 때문에 후지이 씨는 그것이 누군가 오리를 쫓아내려고 설치한 인공물이라고 생각했다. 하지만 아무리 찾아봐도 그런 장치는 어디에도 없었다. 2분 남짓의 시간 동안 넋을 잃은 채 기묘한 움직임을 응시하고 있었는데, 이번엔 그 빛이 순식간에 사라져버렸다.

　실은 다른 곳에서도 이처럼 궤도를 따라 움직이는 불구슬 이야기를 들어본 적이 있다. 아무래도 불구슬 중에는 '허공을 가볍게 날아다니는 파'와 '궤도를 따라 움직이는 파'가 있는 모양이다.

　＊

　사사가와(笹川) 마을에서는 특정우체국(규모가 작은 우체국, 한국의 별정우체과 유사-역주) 국장님에게서도 불구슬 이야기를 들었다.

　"옛날에는 자주 보이곤 하지 않았습니까? 오늘쯤엔 나올 거라며 모두 같이 보러 갔다고 해요."

거의 반딧불을 보러 가는 느낌인데, 이 마을에서는 그런 이야기를 하는 노인들이 많았다.

오래전, 사사가와 마을에는 사람이 죽으면 들에서 화장을 하는 풍습이 있었다. 들판에 장작을 쌓아놓고 그 위에서 시신을 불태운다. 나가노현이나 니가타현에서도 들에서 화장을 하다가 시신이 벌떡 일어나는 바람에 혼비백산했다는 이야기나, 머리통이 툭 하고 굴러 떨어져 막대기를 이용해 원위치로 돌려놓았다는 이야기를 많이 들었다. 지금은 상상조차 할 수 없는 체험이기 때문에, 그런 경험이 트라우마로 남아 있는 사람도 필시 있을 것이다.

"졸지에 태우는 담당이 되었는데, 처음으로 태웠을 때는 냄새가 코에 진동해 한동안 밥도 못 먹었답니다."

우체국 국장님의 말씀처럼 사람이 타는 냄새를 맡는다는 것은 강렬한 체험이다. 어느 정도 익숙해진다고는 해도 기억에서 완전히 사라지지는 않을 것이다.

"내가 봤던 불구슬은 그런 화장터 근처였어요. '닷차바'가 있는 곳에서 훅 나오거든요. 몇 번이나 봤답니다."

'닷차바'는 한자로 '닷차바(立鳥原)'라고도 표기된다. 미우라(三浦)반도에는 지금도 '닷차바 무덤(총)'이 남아 있어서 거의 쓰레기장 같은 분위기인 모양이다. 우체국 국장님의 이야기에 따르면, 들에서 시신을 태운 후 쓰레기(자그마한 유골)를 그곳에 한데 모아두었다고 한다.

오늘날의 화장 시설과 달리 들에서 화장을 할 경우 장작 더미 위에서 그야말로 바비큐를 하는 형국이라, 모든 유골을 정중히 수습할 수는 없다. 그래서 웬만한 것 이외에는 한데 모아서 '닷차바'에 갖다버렸다. 그런 곳에서 불구슬이 종종 출현했던 모양이다. '닷차바(立鳥原)'라는 표기도 원래는 들판에 버려진 상태의 시신을 새가 먹었던 데서 유래한다는 설이 있다.

나라현 산중에서 들었던 '풍장(風葬)'이나 '조장(鳥葬)'의 이야기와도 비슷한데, 아마도 들판에 방치된 상태에서 한 발짝 더 나아간 방식이 들판에서의 화장일 것이다.

움직이면 죽는다

삼림조합의 후지이 씨 댁에는 이나리(稲荷) 신전이 모셔져 있다. 최근 집을 리모델링할 때 그 신전이 아무래도 거추장스러워졌다. 하지만 쉽사리 움직일 수 없는 사연과 내막이 있었다. 실은 이 이나리 신전이 주변 지역 전체를 아우르는 신전이었기 때문이다.

"120년 전쯤 주위에 있던 세 개의 촌이 하나가 되었답니다. 그때 이나리가 하나의 신전으로 합사되어 이유는 모르겠지만 어쨌든 우리 집 땅에 세워졌습니다. 공유지였다면 좋았을 뻔했습니다."

개인 소유의 땅에 세워져 있지만 주변 지역 전체의 이나리 신전이었기에 자기 맘대로 할 수도 없었다. 하지만 슬쩍 옮겨버리고 싶은 마음이 간절했다. 고민하고 있었더니 지인이 비구니 스님에게 여쭈어보면 어떻겠느냐고 권해주었다. 그 여스님은 영적으로 매우 강력한 분으로 지역에서도 명성이 자자하시다. 그분께서 말씀하시길….

"'그곳에는 신이 계시므로 움직이면 안 돼. 만약 움직이면 당신은 죽어' 그런 이야기를 듣게 됩니다."

"죽는다고요?"

"그렇습니다. 하찮은 사람의 목숨을 빼앗는 것은 신에게는 간단한 일이라고 해요. 손가락 끝으로 살짝 꼬집는 것이나 마찬가지이니 그토록 무시무시한 신을 호락호락한 존재로 여겨서는 안 된다고 하더래요."

"어쩔 수가 없겠군요."

"아니요, 딱 한 가지 방법이 있대요. 당장이라도 죽을 사람이나 노인이 해주면 된대요."

경악 그 자체다. 누군가 대신해줄 사람이 있으면 이동이 가능하다는 이야기인가 보다. 이쯤 되면 거의 과거에 유행했던 호러영화 수준이었다. 그런 일이 가능할 리 없었기에 결국 이나리 신전은 원래 있던 장소에 그대로 자리를 잡고 있다.

기껏해야 이나리 신전을 살짝 이동시켰을 뿐인데 무슨 뒤탈이 있단 말인가? 참으로 우스꽝스럽고 어이없는 이야기라고 치부해버릴 사람도 있을 것이다. 그러나 이전에 이 신전을 살짝 움직였던 당사자가 실제로 얼마 후 세상을 떠난 적이 있다. 바로 후지이 씨의 아버지다. 아버지가 30대 중반이었을 당시의 사건이었는데, 그 일이 아직도 기억에 생생하기 때문에 여스님의 의견을 결코 흘려들을 수 없었다.

세상에는 건드리거나 움직여서는 안 될 존재가 있는 모양이다. 군마현 가타시나촌의 어느 집에서도 자기 집 울타리 안에 있던 비석을 움직이자마자 불행이 잇따랐고, 비석을 원래 자리로 되돌렸더니 사태가 수습되었다고 한다. 이런 것들은 옛날 사람들이 아무도 접근하지 못하도록 무덤을 만든 후 그 존재를 알려주는 표지로 삼았던 것일지도 모른다.

여스님의 충고

아사히정의 각 마을에서 자주 들었던 이야기가 바로 '여승'이라는 존재에 대해서였다. 일본 전역에서 찾아볼 수 있는 이른바 현지 주술사의 한 형태라고 할 수 있다. 이타코, 오시라사마, 오나카마, 주술사, 신, 수행자, 무녀, 유타 등 지역에 따라 다양한 명칭으로 불린다. 질병 치료, 분실물 탐색, 공수(호토케오로시), 인생 상담, 고민거리 상담 등 온갖 종류의 근심 걱정에 적극 대응해주는 고마운 존재다.

그들이 가장 자주 해주는 일은 돌발적인 '경기(驚氣)'가 일어났을 때의 치료였다. 각지에서 이루어지는 방식은 거의 동일하다. 손바닥에 어떤 글자를 써서 주문을 외우면, 손가락 끝에서 하얗고 가느다란 벌레를 연상시키는 연기 같은 것이 꿈틀거리며 나온다고 한다. 이것이 경기를 일으키는 존재의 진정한 모습인지, 아니면 '눈 가리고 아웅하는' 단순한 속임수인지는 알 수 없다.

친척에게 불행한 일이 연거푸 일어난다거나 병이 도무지 나을 기미를 보이지 않을 때, 대부분의 사람들이 맨 먼저 찾는 곳도 바로 이런 이들의 집이다. 차츰 나아지기 시작했다는 사람이 있는가 하면 아무런 변화가 없었다는 사람도 있으니, 효과에 대해서는 여전히 의문스럽다.

*

유리공예작가인 유시마 씨는 여승과 관련된 특수한 부적을 지니고 있다.

"힘이 엄청 센 여스님에게서 '당신에겐 방금 전에 베어진 사람의 목이 아주 많이 붙어 있다'는 소리를 들었답니다."

방금 전에 자른 사람의 목이 아주 많이 붙어 있다니! 보통 일이 아니었다. 실은 유시마 씨 본인에게도 짚이는 바가 있었다. 한밤중에 잠을 이루지 못하다가 일어나보면 꼭 뭔가를 쥐고 있다. 방금 전에 잘린 사람의 목이다! 창문을 통해 무심코 정원을 바라보고 있으면 뭔가 묘한 느낌이 든다. 커다란 나무의 줄기가 두 갈래로 갈라진 부근에 뭔가가 있다. 방금 전에 베어진 사람의 목이다! 유시마 씨는 방금 전에 베어진 사람의 목이 너무 자주 모습을 드러내 슬슬 넌더리가 나던 차에, 여스님의 바로 그 소리를 듣게 된 것이다.

"좋지 않은 일이라면서 여스님이 부적을 주셨답니다. 그분의 머리카락, 손톱과 함께 불경이 적혀 있는 종이가 들어 있어요."

머리카락과 손톱이 들어 있는 부적이라니! 살짝 무섭긴 하지만, 그것을 지닌 다음부터 방금 전에 베어진 사람의 목이 출현하는 빈도가 현저히 줄었다고 한다.

*

유시마 씨에 관한 이야기를 추가로 기술하겠다. 그가 고등학교에 다닐 무렵 교실에서 친구와 이야기를 나누고 있을 때였다. 친구의 등 뒤로는 창문이었는데, 그곳으로 뭔가가 떨어졌다. 깜짝 놀라서 창문 밖을 내다보니 아무것도 없었다. 분명 뭔가가 떨어졌는데 참 이상했다. 그렇게 생각하고 있던 차에 담임 선생님이 교실에 들어와 유시마 씨와 대화를 나누고 있던 친구를 데리고 나갔다. 나중에 이야기를 들어보니 친구의 혈육이 투신자살을 했다고 한다.

유시마 씨는 여러 가지 것들을 '보거나 듣는 타입'이기 때문에 이를 걱정하신 여스님이 특제 부적을 주셨다고 여겨졌다. 이 스님은 지역에서 상당히 유명한 분이었는데 이미 세상을 떠났다고 한다.

잇코잇키(一向一揆) 마을

　　이시카와현의 하쿠산(白山)은 신령스러운 산으로 유명할 뿐만 아니라 슈겐도(修験道, 깊은 산속에서 혹독한 수행을 함으로써 깨달음을 얻고자 했던 일본 고유의 산악신앙으로 불교에 포섭된 일본 특유의 종교-역주)의 장이기도 하다. 하쿠산 기슭에서 부부가 함께 사냥을 하는 나가타 이즈미(長田泉) 씨와 후지코(富士子) 씨에게서 이야기를 들어보았다. 나가타 씨가 소유하고 있는 통나무집 캐빈하우스는 엽사들을 위한 오두막이자 해체 시설도 겸비하고 있다. 그런 캐빈하우스에서 일어난 사건이다.

　　"몇 년 전 가을이었을까요? 한밤중에 갑자기 뭔가 이상한 느낌이 들었는데, 잘 들어보니 밖에서 무슨 노랫소리가 들려오기 시작했어요."

　　스키장에서 가깝고 주변에는 빈집밖에 없는 적막한 산속이었다. 인공적인 소리가 들릴 리 없는 환경이었는데, 희한하게도 어딘가에서 팝송 느낌의 음악 소리가 들려온다.

　　"처음엔 앞에 나 있는 도로에 차라도 서 있나 했답니다."

　　신경이 쓰인 후지코 씨가 캐빈하우스 바깥으로 나가보니 그곳엔 평소와 마찬가지로 칠흑 같은 어둠이 깔려 있을 뿐이었다. 의아해서 주위를 둘러보았다. 혹시 싶어서 근처에 있는 빈집에 누군가 와 있는지 확인해보니 빈집도 여전히 캄캄한 상태였다.

　　"역시나 어딘가에서 음악 소리가 들리더군요. 처음 있는 일이었고 너무 이상해서 남편을 통해 확인해보았답니다."

아내의 이야기를 들은 이즈미 씨의 귀에도 경쾌한 음악 소리가 들려왔다. 부부가 함께 한참을 듣고 있었는데 결국 그것이 무엇인지는 확인하지 못한 채 잠자리에 들어버렸다.

산속에서 음악 소리가 들린 사례는 결코 드물지 않다. 아키타현 산속에서는 단조로운 북소리라면 그저 너구리 소행으로 여겨지고 있다. 야마나시현에서는 아악 곡조를 들었다는 사람도 있다. 그런 소리들의 정체는 명확하지 않다. 어쩌면 산속에 정체불명의 음악가가 존재할지도 모른다.

*

캐빈하우스에서 내려오면 도리고에(鳥越)라는 마을이 나온다. 이곳은 가가(加賀, 현재의 이시카와현 일부를 가리키는 옛 지명-역주)의 잇코잇키(一向一揆)주2)가 마지막까지 혈투를 벌였던 지역이기도 하다. 이 주변을 수렵의 장으로 삼고 있는 쓰바타정(津幡町)의 베테랑 엽사 니시무라 야스오(西村泰夫) 씨에게서 이야기를 들어보았다. 이곳으로부터 다이니치강(大日川)을 따라 올라간 산중에서 일어난 사건에 대해서였다.

"몇 년 전이었지요. 아직 사냥 시즌이 시작되기 전이라 개를 훈련

주2) 잇키란 중세와 근세의 일본 사회에 존재했던 무사, 농민의 고유한 결합 및 행동양식을 말한다. 일치단결하여 봉기하는 경우도 있었는데, 항거하는 주체에 따라 명칭이 약간씩 달라져서 일향종(一向宗) 신자가 교단 조직을 이용해 무장봉기할 경우 '잇코잇키'라고 불렀다.-역주

시킬 겸 이 주변 산들을 돌고 있었답니다. 임도 중간에 경트럭을 세워놓고 계곡을 따라 천천히 걷고 있었어요. 그런데 위쪽에서 어떤 할아버지가 혼자 내려오더군요."

발걸음이 불안스럽던 노인은 니시무라 씨에게 물었다.

"마을로 가려면 어디로 가야 하나요?"

그 순간 니시무라 씨는 해괴한 질문이라고 생각했다. 노인이 내려온 길은 외길이었기 때문에 그대로 똑바로만 가면 도리고에 마을로 이어진다.

"여길 그냥 똑바로 가시면 됩니다."

이렇게 말하면서 노인의 차림새를 보니 어딘지 모르게 묘한 구석이 있다. 도저히 버섯을 채취하러 온 사람으로는 보이지 않았다. 등산용 지팡이에 가죽 구두를 신고 있었다. 심지어 발목은 진흙투성이였다. 계곡에서 미끄러지기라도 한 것일까?

"무슨 일 있으셨나요? 괜찮으신가요?"

신경이 쓰였던 니시무라 씨가 걱정스럽게 말을 걸어보았지만, 노인은 대꾸조차 하지 않은 채 임도를 그대로 내려갔다.

"해괴한 늙은이일세."

다시 정신을 가다듬고 산으로 올라가자, 여기저기에서 멧돼지 발자국이 확인되었다. 사냥감의 숫자는 꽤 될 듯했다. 이번 시즌 사냥은 기대해볼 만하겠다고 확신하면서 천천히 하산하기 시작했다.

임도를 한참 내려오는데 앞서 가던 개가 되돌아와 있었다. 사냥에는 빠뜨릴 수 없는 소중한 파트너였다. 소중한 파트너를 챙긴 후 경트럭에 올라타려던 니시무라 씨는 깜짝 놀라고 말았다. 누군가가 경트럭 조수석에 앉아 있었기 때문이다.

"뭐지? 누구야? 지금 무슨 짓이야?"

니시무라 씨는 노기 어린 목소리를 높이며 차문을 열었다. 안에 앉아 있던 사람은 조금 전 산속에서 만났던 그 기묘한 노인이었다. 노인은 니시무라 씨의 화난 목소리를 듣고 눈을 가늘게 뜨면서 이렇게 답했다.

"여기까지 내려왔더니 저기 있는 집에서 아주머니가 나와서는 여기서 쉬다 가라고 하길래."

저기 있는 집? … 주변을 둘러보았지만 집 같은 곳은 아무 데도 없었다. 있는 것이라곤 임도와 삼나무 숲뿐이었다. 게다가 생각해보면 참 희한한 노릇이었다. 경트럭 문을 분명히 잠근 다음 확인까지 했는데, 어떻게 이 노인이 차에 탈 수 있었단 말인가? 의아해하면서 니시무라 씨는 물어보았다.

"당신, 어디서부터 온 거요?"

"산⋯."

"산? 산의 어디?"

노인의 이야기는 도무지 종잡을 수 없었는데, 요약해보면 대략 이런 내용이었다. 차로 임도를 한참 달리고 있는데 바위가 굴러왔고, 거기에 걸리는 바람에 이러지도 저러지도 못하게 되었다. 어떻게든 탈출하려고 했는데 결국 가솔린이 떨어져 하는 수 없이 차를 산에 두고 내려왔다. 어디에서 어떻게 내려왔는지 구체적인 위치는 전혀 모르겠다. 노인은 이렇게 말했지만, 노인의 지저분한 행색을 보면 틀림없이 얌전히 임도만 걸어 내려오지는 않았을 것이다.

"이름이 뭐요?"

"이름? 글쎄…."

"이름을 모른다고? 주소는? 집 전화번호는?"

무엇을 물어봐도 노인은 '글쎄'라는 말만 되풀이한다. 그 순간 니시무라 씨는 노인의 가슴팍에 붙어 있는 호주머니에 휴대전화가 들어 있다는 사실을 알아차렸다. 휴대전화를 살펴보니 집 전화번호로 추정되는 것이 발견되었다. 양해를 구한 다음 전화를 걸어보고는 깜짝 놀랐다. 노인은 현지에서도 유명한 회사의 회장이었다. 사모님의 이야기에 따르면, 그렇지 않아도 아침부터 차를 타고 나간 회장이 돌아오지 않아서 걱정하고 있던 참이라고 한다. 니시무라 씨로부터 사건의 경위를 들은 아들이 현장까지 아버지를 데리러 와주었다.

"참 희한한 일이었어요. 왜 산에 갔는지도 모르겠어요. 임도는 그리 복잡하지 않아서 회장님 차는 금방 찾았는데, 어째서 그런 곳에 있었을까요?"

회장의 고급 외제차가 버려져 있던 부근에서 그대로 임도를 걸어 내려가기만 하면 헤맬 것도 없이 곧장 마을로 빠질 수 있다. 그런데 희한하게도 회장은 거기에서 갑자기 방향을 틀어 숲속으로 들어간 것으로 보인다. 이유는 전혀 알 수 없다.

회장의 명예를 위해 첨가하자면, 본인에게는 인지장애 조짐이 전혀 없었다. 회사 일도 열심히 소화해냈고 정확한 판단력도 갖춘 인물로 인식되고 있었다. 하지만 어째서인지 갑자기 산으로 돌진했다. 훗날 회장과 대면한 니시무라 씨는 너무나도 총명한 모습에 감탄한 나머지, 정말로 그 할아버지와 동일 인물이냐면서 깜짝 놀랐다고 한다.

III 영적 영역의 삶

불구슬 러시아워

비행기 안에서 '기이(紀伊)반도'를 내려다본 적이 있다. 거대한 초록빛 덩어리는 참으로 복잡한 능선들로 가득해 거의 미로처럼 보였다. 그러나 실제로 발을 들여놓으면 산의 험준함에 깜짝 놀라게 된다. 그다지 높지는 않지만 우뚝 치솟아 있는 능선은 그야말로 병풍 같다. 산 저편으로 또 다른 산들이 첩첩히 펼쳐진 초록 빛깔 미궁(迷宮)은 예로부터 영적 영역으로 명성이 자자했다.

*

허공을 헤매는 빛은 '히토다마'나 '불구슬'이라는 이름으로 불린다. 도호쿠 지방에서는 '도깨비불(여우불)'이라고도 하는데, 특히 아키타현 아니 마을에서는 온갖 도깨비불 체험담을 들을 수 있었다. 과연 마타기의 고장답다. 아니 마을 이상으로 의문의 빛들이 많이 날아다니는 지역은 없을 거라고 생각했는데, 그것은 나의 착각에 불과했다.

나라현 시모키타야마촌(下北山村)의 다쓰미 마사후미(巽正文) 씨는 오랫동안 교육자로 근무해오신 분이다. 현재 77세가 되시는 다쓰미 씨가 6세였을 때의 이야기다.

"초등학교 1학년 무렵이었어요. 밤에 외갓집에서 돌아오던 때였습니다. 강 건너편에서 푸르스름하고 거대한 빛이 가볍게 날면서 이쪽으로 다가오더군요."

난생처음 보는 의문의 물체를 세 식구가 응시하고 있었는데, 마침 근처를 지나던 아는 할머니가 말을 걸어왔다.

"오늘은 저것이 몇 번이나 날아다니는군."

어머니는 할머니와 몇 마디 이야기를 나누더니, 아이들의 손을 잡아끌고 곧장 집으로 향했다.

"그때까지는 평소와 똑같았는데, 집에 도착하자마자 어머니가 갑자기 덜덜 떨기 시작했어요. 그러고는 그것이 바로 불구슬이라고 가르쳐주셨지요."

불구슬은 사람이 죽으면 몸에서 빠져나온 영혼이며 두려운 존재라고 했다. 처음 들어본 이야기였다. 그러나 막상 현장에서 가족을 향해 다가오는 불구슬을 보시던 어머니는 극도로 침착해 보였다. 우리에게 말을 걸어온 할머니도 아주 태연했다.

"실은 도망쳐버리고 싶었겠지만, 아이들이 있었으니까요. 차마 그럴 수도 없었고 아이들을 놀라게 할 수도 없었겠지요. 그래서 그 할머니도 최대한 침착하게 대하셨던 거라고 생각한답니다. 이 주변에서 불구슬은 보기 드문 것이 아니었어요. 불구슬에 머리를 부딪친 바람에 굴러떨어졌다는 할아버지도 계시거든요."

불구슬이 몸을 관통했다는 이야기를 다른 지역에서 들어본 적이 있다. 물리적인 충격이 없었다면, 이 할아버지는 혹시 놀라서 굴러떨어진 걸까?

*

다쓰미 씨의 이야기를 계속해보자.

"야마토(大和)와 기슈(紀州) 사이에 후도고개(不動峠)라는 곳이 있거
든요. 뗏사공(이전엔 산에서 베어낸 목재를 뗏목을 이용해 신구[新宮] 지역 쪽으
로 옮겼다)이 뗏목 운반을 마치고 돌아올 때는 반드시 이곳을 지나치
게 됩니다. 고갯길에 횃불이 보이면 마을 사람들은 그제야 식사 준
비를 시작합니다. 하지만 간혹 하염없이 기다려도 돌아오지 않을
때가 있어요. 그러면 할머니들은 그것이 너구리의 소행이라고 말씀
하시곤 했답니다."

여우불(도깨비불)도 아니고, 너구리불이란 말은 처음 듣는 소리다.

*

가미키타야마촌(上北山村)에 있는 게이토쿠사(景德寺)의 주지 하타
엔닌(畑円忍) 씨는 어린 시절 불구슬 때문에 험한 일을 겪었다.

"어린 시절 혼구(本宮)에 살았어요. 구마노강(熊野川) 근처였지요.
통나무로 된 다리가 있어서 거기를 건너면 작은 사당이 있었지요."

어느 날 누나에게 업혀 그 다리를 건너고 있는데, 사당 쪽에서 뭔
가가 다가왔다.

"누나, 저게 뭘까?"

멈춰 선 누나에게 질문을 던져보지만, 누나에게선 아무런 답변도

없다. 그사이에도 계속해서 다가오는 것은 틀림없이 불구슬이었다.

"누나, 저건…?"

다음 순간, 엔닌 소년의 몸은 허공에 붕 떴다가 강물에 첨벙!

"누나가 나를 내던지고 저 혼자 내뺐던 거랍니다."

동생을 돌아볼 여유가 없을 정도로, 누나는 극심한 공포를 느꼈던 모양이다. 그렇다면 불구슬이 아니라 누나 때문에 험한 꼴을 당했다고 표현해야 할지도 모르겠다.

*

"이래 봬도 신기한 일은 제법 있었답니다. 단가(檀家) 집안분께서 돌아가시자 그곳 산문(山門)에서 발소리가 들리더라고요."

주지가 본당에서 근행하고 있는데 별안간 자갈길을 걷는 소리가 들려온다. 누굴까 싶어서 뒤를 돌아보면 모습은 보이지 않는다. 이럴 경우에는 십중팔구 단가 집안 중 한 사람이 세상을 떠났다고 한다. 다른 버전도 있다. 세전함에 소리가 나거나 종이 울리는 경우가 있는데, 역시 뒤를 돌아보면 아무도 없다.

"하긴 그런 것들도 최근엔 적어졌습니다. 요즘엔 장례를 절에서 지내지 않잖아요?"

분명 그런 측면이 있다. 요즘은 시골에서도 농업협동조합 기념홀에서 장례를 간소하게 치르는 것이 보통이다. 장례 형태가 이전과 달라졌기 때문에 영혼의 움직임도 변한 것일까?

*

게이토쿠사에서 만난 할머니들한테서 50년쯤 전에 일어난 사건에 대해 들었다.

"니시하라(西原)라는 마을이 있었거든요. 거기에 세 살 정도일까요? 사내아이 한 명이 사라진 적이 있었어요."

니시하라 마을에서 홀연히 자취를 감춘 아이. 마을 사람들 모두가 산을 수색했지만, 그 자그마한 몸은 좀처럼 발견되지 않았다. 나흘이 지나 마을 전체에 체념의 분위기가 강해지기 시작할 무렵, 그 아이는 마침내 발견된다. 그곳은 성인도 가기 어려운 폭포 바로 옆이었다. 마치 수변을 조망하는 것처럼 우뚝 서 있었다고 한다. 도대체 어떻게 된 것인지, 무슨 일이 있었는지를 묻자 어린아이는 이렇게 대답했다.

"하얀 기모노를 입은 여자가 구해줬어…."

산속에서 길을 잃었는데, 어떤 여성이 아이의 손을 잡아 그곳까지 데려다주었다고 한다. 생명에 지장이 없고 다친 데도 없었다. 그러나 이왕 도와주려면 마을 쪽으로 데려와줬으면 더 좋지 않았을까? 이런 생각을 하는 것은 과연 나뿐일까?

'쓰치노코' 마을

　일본을 대표하는 수수께끼 생명체라고 한다면, 역시 '쓰치노코'가 아닐까? '쓰치노코' 이야기는 예로부터 여러 지방에서 전해져 내려오고 있는데, 호칭 역시 지역에 따라 제각각이다. 1980년대에는 각지에서 대대적인 탐색이 행해지거나 현상금이 걸려 화제가 되었다. 처음엔 100만 엔이었던 금액이 무려 1억 엔까지 치솟았다. 주최자의 '어차피 존재하지도 않을 테니 얼마든지 높여도 뭐 어때!'라는 생각이 빤히 들여다보여 결국 소동은 수습되는 쪽으로 가닥이 잡혔다.

　시모키타야마촌의 온천 시설에는 쓰치노코 탐험대의 거대한 현수막이나 다수의 자료들이 전시되어 있다. 마을을 '쓰치노코 공화국'으로 특화하려는 지역 활성화 사업도 행해졌는데, 다소 시대에 뒤떨어진 느낌이 드는 것도 사실이다. 당시엔 여기저기서 목격했다는 정보가 잇따랐고 마을 주민 모두가 협조적이었다. 그러나 지금은 누구에게 물어봐도,

　"쓰치노코? 그건 지역 활성화 때문이었으니까요."

　"그런 게 있을 리 없잖아요?"

　"혹시라도 있다면 붙잡아서 한몫 잡는 거지요!"

　그런 이야기라면 진지하게 묻지 말라는 느낌이었다. 이런 상황은 히로시마현(広島県) 쇼바라시(庄原市) 사이조(西条) 마을의 '히바곤(일본에 서식한다던 원숭이 형태의 미확인 동물 중 하나―역주)'과 완전히 똑같다. 히바곤도 인근의 주민들로부터는 '그건 당시의 마을 대표가 도롱이

를 입고 삿갓을 쓴 채 여기저기를 돌아다녔던 거라니까!'라는 소리를 들으며 완전히 부정당하고 있다. 그러나 정말로 히바곤이나 쓰치노코는 관광 자원을 위해 날조된 이야기일 뿐일까?

*

"쓰치노코인지 아닌지는 알 수 없지만, 엄청난 생명체가 있는 것은 분명해요."

이야기를 들려준 야마오카 마사유키(山岡昌幸) 씨는 지방자치단체 사무소의 OB로 산악구조대원이기도 한 베테랑이다.

"산에서 그런 것을 봤다고 언급하잖아요? 그러면 신문사니 뭐니 하는 곳에서 이야기를 들려달라면서, 결국 '또 거짓말쟁이가 있었다!!!'라는 식으로 끝나버린다니까요. 그러니까 이야기 자체를 아예 하지 않는 거지요."

*

쓰치노코 관련 목격담이나 체험담이 넘치는 반면, 확실한 물증은 전무하다. 이제 슬슬 넌더리가 날 때쯤 '봤다!'라고 말하면 '양치기 소년', 아니 '쓰치노코 노인' 취급을 면하기 어렵다. 그런 상황 속에서 야마오카 씨는 무척이나 불가사의한 뱀 이야기를 해주었다.

"일 때문에 산에 올라갔을 때였어요. 임도를 달리고 있었지요. 그랬더니 묘한 뱀 한 마리가 길에 있더군요. 색깔만 언뜻 봐도 엄청난 독사였어요. 여기저기 초록 빛깔이 번뜩거리는 엄청난 색!"

지방자치단체 사무소 후배와 함께 현장으로 향하는 도중 발견한 것은 여태까지 봐왔던 흔한 뱀이 아니었다. 소름 끼칠 정도로 무시무시하게 느껴진 나머지, 혹시라도 이것이 이른바 쓰치노코의 정체가 아닐까 여겨질 정도였다.

"잡고야 말겠다고 생각하면서 차에서 내려 그 녀석 가까이로 가서 잘 살펴보았지요. 울퉁불퉁하지 않고 한 방향으로 쭉 뻗은 모양새더군요."

길이는 60~70cm 정도였고 마치 몽둥이 자루처럼 딱딱해 보였다. 죽은 것처럼 보였지만 몸 빛깔이 너무나도 독기로 가득 차 있어서 야마오카 씨는 차마 손을 대지 못한 채 망설이고 있었다.

"뱀이라면 살무사든 뭐든 간단히 때려잡거든요. 그런데 그 녀석은 도저히 무리였어요."

차에서 측량용 몽둥이를 끄집어내서 그 뱀을 살짝 찔러보았는데, 이상하리만치 단단했다. 단단한 물체에 닿는 소리까지 났다. 야마오카 씨는 차에 올라탄 후, 후배에게 차로 뱀을 치어보라고 지시했다.

"가볍게 차로 한번 치어 밟아놓은 다음 가져가려고 했지요."

'쿵 쿵'

"어라? 앞바퀴 뒷바퀴 모두 치었나? 눌려서 엉망진창이 되어버렸겠군."

타고 있던 것은 경트럭이 아니라 스즈키(Suzuki)의 에스쿠도 (ESCUDO, 일본 스즈키의 SUV 모델-역주)였다. 짐과 사람을 더하면 1.5톤 가까운 중량이기 때문에 그렇게 생각하는 것도 무리는 아니었다.

"차에서 내려 뒤를 봤는데, 멀쩡하더라고요. 녀석에겐 아무런 상처도 없었어요. 이건 아니지요. 차로 한번 치어보라고 후배에게 말은 했지만."

차가 후진하며 가까이 다가가자, 독기 어린 빛깔을 지녔던 그 뱀이 갑자기 고개를 위로 쳐들었다. 그토록 딱딱한 상태였던 뱀은 몸통을 세우더니 차의 타이어를 향해 크게 점프했다.

"타이어를 물어뜯으려고 하는 게 아니겠어요? 야단났다고 생각했지요. 이쪽으로 오면 큰일이니까."

야마오카 씨는 포획을 포기하고 도망칠 결심을 한 후, 가까스로 그 자리를 벗어났다.

"그게 쓰치노코인지는 잘 모르겠어요. 하지만 지금까지 본 적 없는, 진짜 징그러운 녀석이었다니까요."

뒤쫓아오는 '모노'

야마오카 씨는 두 번 정도 불구슬과 조우했다. 고등학교 시절 하숙집 근처에서 본 불구슬은 소프트볼 정도의 크기였고 푸르스름한 빛을 발하고 있었다고 한다.

"역에서 하숙집으로 가고 있었는데 이웃집 위를 날아다니더군요."

불구슬은 어느 집 지붕 위를 위아래로 몇 번이나 왕복하고 있었다. 한동안 바라보고 있는 사이에 어느 순간 사라졌지만, 다음 날 그 집에서 사람이 죽었다는 이야기를 하숙집 사람에게서 들었다. 이케하라(池原) 댐에서 뱀장어 낚시를 하고 있었을 때는 임도 쪽에서 나온 불구슬이 하류를 향해 날아가는 것을 보았다.

"내가 직접 당한 일은 아니었지만, 불구슬에 놀라 쫓겨다닌 사람이 있다니까요."

마을에 사는 몇 사람이 어느 계곡으로 낚시를 하러 갔을 때의 일이었다. 마침 일몰 전후로 유독 고기가 잘 잡히는 시간대였다. 다 함께 낚시를 하고 있었는데, 한 사람이 혼잣말로 중얼거렸다.

"저건 뭐지?"

그의 손가락이 가리키는 방향으로 다들 고개를 돌린다. 거기에는 어둑어둑해지기 시작한 숲, 그리고 빨갛게 빛나는 작은 덩어리가 보였다. 낚시하던 손길을 멈추고 그 자리에 우뚝 멈춰 선다. 다음 순간, 작았던 빛이 급속히 커지기 시작했다. 아니, 재빠른 속도로 이쪽을 향해 접근해왔다. 크고 붉은 불구슬이 주변을 밝게 비춘다.

"으아아아아아아아악!"

불구슬은 마치 사람을 내쫓아버리고 싶기라도 한 듯, 사방으로 날아다닌다. 모두가 공포의 도가니 속으로 빨려 들어가며 낚시 도구 따위의 물건들을 그 자리에 모조리 내팽개치고 부리나케 도망쳤다.

*

"실은 나도 도망쳤던 적이 있답니다."

"불구슬 때문인가요?"

"아니요, 뭔지는 잘 모르겠어요. 두 번 다시 그곳에 가지 않았으니까요."

야마오카 씨의 이야기는 이랬다.

어느 날 저녁 무렵 야마오카 씨는 낚시를 하러 미야야마(宮山)라는 곳으로 향했다. 적당한 장소를 물색하며 임도를 천천히 달리고 있었다. 주변은 아직 밝아서 굳이 차량 라이트까지 켤 필요는 없었다. 한동안 나아가다 차를 세운 후, 계곡으로 내려가 낚시 도구를 챙겨 걷기 시작했다.

"낚시를 하면서 계곡을 걷고 있는데, 무슨 소리가 들리기 시작했어요. 캑캑거리는 느낌이라고 할까요? 원숭이 울음소리로도 들렸지만, 원숭이는 확실히 아니었어요."

막 어둑어둑해지기 시작한 계곡을 따라, 자신의 앞쪽에서 분명히

캑캑거리는 그 소리가 들려온다. 30m쯤이나 떨어져 있을까? 개의치 않고 다시 낚싯대를 휘두르자,

'캑캑'

아까보다 소리가 크다. 감각적으로 봤을 때 10m 이내로 뭔가가 다가와 있었다.

"어디에 있는가 싶어서 주변을 둘러보았는데 아무것도 없더군요."

'캑캑'

더욱 가까이 다가오는 소리에 야마오카 씨는 소름이 쫙 끼친 나머지 발걸음을 돌려서 달리기 시작했다. 처음은 종종걸음, 중간부터는 완전히 전력질주였다.

헐떡거리며 달려도 그 소리는 계속 가까워질 뿐이다.

"부리나케 차에 올라탄 후 얼마나 가슴을 쓸어내렸던지. 그러고 나서 시동을 켜고 전속력으로 도망쳤습니다."

훗날 야마오카 씨는 그 장소에 관한 이야기를 듣고 경악했다.

"소방단 녀석에게 들었던 것 같은데, 거기서 어떤 여자가 묘한 방식으로 죽었다더군요. 그게 진짜로 묘했던 모양이에요."

여성의 변사체가 발견된 곳은 작은 폭포였다. 그곳은 야마오카 씨가 도망쳤던 곳보다는 조금 더 하류였다.

"차가 어디에 있는지 금방 알았으니 망정이지! 정말 천만다행이었다니까요. 혹시라도 차를 어디다 세웠는지를 몰라서 쓸데없이 도망치고 있었다가는 나도 똑같이 폭포에 떨어졌을지도 몰라요."

'캑캑'

야마오카 씨의 귓전에는 아직도 그 소리가 맴돌고 있다.

개와 '햐쿠닌잇슈(백인일수)'

시모키타야마촌 주변은 예로부터 수렵이 성행했던 곳이다. 포획물을 쫓는 사냥에 개는 반드시 필요한 존재였다. 그런 개와 인간과의 유대는, 때로는 신기한 이야기를 만들어내기도 한다.

어느 마을에 몰이사냥이 끝나도 좀처럼 돌아오지 않는 개가 있었다. 며칠 동안 애타게 기다리던 엽사는 결국 홀로 산속으로 개를 찾으러 나섰다. 개의 이름을 부르며 사냥할 때 함께 돌던 곳들을 찾아다닌다. 마지막으로 발견했던 곳에서 잠깐 발길을 멈추고 개에 대한 이런저런 상념에 잠겨 있노라니, 불구슬이 가볍게 허공을 맴돌며 나타났다.

그것을 발견한 엽사는 순간적으로 울컥했다.

"아, 녀석이 죽었구나!"

한동안 허공에 떠 있던 불구슬이 순간적으로 사라지는 것을 확인한 그는 산에서 내려왔다. 수년 전의 이야기다.

*

야마오카 마사유키 씨의 이야기다.

"사냥 동료 선배 중에서 엄청난 사람이 있답니다. 술은 말술에, 정말로 무뢰한 그 자체 같은 인물이었지요. 술을 얼마나 마셔대던지."

몇 번이나 같은 소리를 하고 또 하는 걸 보니, 술을 정말로 어지간히 마셔댄 모양이었다. 그 사람은 사냥개 몇 마리를 기르고 있었는데, 개가 행방불명이 되면 반드시 이상한 의식을 했다고 한다.

"개가 어딘가로 사라지면, 해괴하게도 '햐쿠닌잇슈(백인일수, 100명의 가인의 와카를 한 수씩 뽑아놓은 일본의 전통문학으로 다양한 버전이 존재함-역주)'를 읽는답니다. 신앙심이라고는 눈곱만큼도 찾아볼 수 없는 사람이었는데, 그런 인물이 햐쿠닌잇슈를!"

그 사람은 행방불명이 된 개의 밥그릇을 꺼내고는, 그 앞에서 마치 주문이라도 외우듯이 햐쿠닌잇슈를 읊어댄다. 그리고 애용하는 손도끼로 개의 밥그릇을 내리친다.

"이 주변에서는 그런 방식이 일반적입니까?"

"아니요, 그 사람뿐이지요. 진짜 술주정뱅이 개차반인데도 햐쿠닌잇슈를 읊어요. 그러면 또 희한하게도 개가 반드시 되돌아오니, 참 신기한 노릇이었지요."

기묘한 상담

가미키타야마촌의 나카오카 야헤이(中岡弥平) 씨는 교육장을 역임했던 분으로 지역의 역사에도 밝다. 그런 나카오카 씨에게서 들었던 가미키타야마촌의 이야기다.

"여우요? 아, 생선을 들고 산속을 걷다가 길을 잃어버리는 이야기지요? 그래서 문득 정신을 차리고 보면 생선은 모조리 없어졌다는 이야기요? 가끔 듣곤 합니다. 이 주변에서는 한쪽이 긴 원통형으로 된 통을 들고 다닙니다. 꽁치용이지요, 꽁치는 가늘고 기니까요."

신구(新宮) 방면에서 목재로 된 전용 용기에 꽁치를 넣고 걸어온다. 이 주변에서는 예로부터 꽁치를 해안가에서 직접 들고 집으로 돌아왔다. 각 마을에는 역시나 여우에게 홀려 꽁치를 몽땅 잃어버렸다는 이야기가 전해지는데, '실은 자기가 먹어치우고 대는 핑계'라는 설도 많다. 만약 도호쿠 지방이었다면, 들고 가던 고등어나 송어를 여우에게 도둑맞은 술주정뱅이 이야기가 된다.

*

나카오카 씨는 근처에 사는 사람으로부터 기묘한 상담을 받은 적이 있다.

"옛날부터 알고 지내던 사람인데 나한테 와서 말하기를 '오른쪽 다리가 부어올라서 어찌할 바를 모르겠으니 어떻게 조치를 좀 해달라'라는 겁니다."

듣고 보니 정말로 오른쪽 다리가 발목부터 허벅지 부근까지 퉁퉁 부어 있었다. 그러나 본인은 의사가 아니므로, 병원에 가서 제대로 된 진료를 받으라고 말하자….

"병원에는 진즉에 다녀왔대요. 온갖 검사를 다 해보았지만 도통 원인을 알 수 없어서 무슨 약을 처방해야 할지도 모르겠다고 하더래요."

들으면 들을수록 기묘한 이야기였다. 그렇다면 더더욱 검사 시스템이 잘 갖추어진 대형병원에 가는 편이 나을 텐데, 그 사람은 고집스럽게도 다른 사람의 말을 도무지 듣지 않는다.

"여하튼 내게 어떻게 좀 해보라고 계속 말하는 겁니다."

의료 관계자 중에 아는 사람이 있는 것도 아닌데, 그 사람은 어쩌자고 자꾸 본인에게만 의지하려 들까? 의아하게 생각하며 사연을 들어보았다.

"실은 사촌형제가 얼마 전 죽었어요. 그때 뼈를 묻어야 해서, 그 친구의 도움을 받았던 적이 있답니다."

당시엔 무덤을 따로 만들지 않고 땅에 구덩이를 판 다음 납골 형식으로 화장한 시신의 뼈를 담은 유골함을 묻었다. 실은 상담을 하러 온 사람은 그 구덩이를 판 다음 유골함을 묻는 작업을 해준 친구였다.

그런데 그때 그는 자신의 발로 '어떤 것'을 소홀히 다뤘다고 한다. '어떤 것'이란 구덩이를 팔 때 나왔던 뼈였다. 옆에 있던 매장지에서 빠져나온 다리뼈 같은 것을 발로 차서 밟아버린 후, 그 위에 유골함을 묻었다는 것이다. 구덩이 안에서 벌어진 일이었기 때문에 그 뼈를 본 사람

246

도, 발길질하는 행위를 알아차린 사람도 당사자뿐이었다. 그런데 그로부터 며칠이 지나고 나서 그의 다리, 매장지에서 출토된 뼈를 하찮게 다뤘던 오른쪽 다리에 이변이 발생했다.

"원인은 그런 짓을 했기 때문이라고 하더군요. 그래서 절에 가서 스님에게 누가 옆에 묻혀 있는지 알아봐달라고 했어요."

절에 소속된 단가 집안의 정보가 빼곡히 적힌 문서를 샅샅이 조사해보니 거기에 묻혀 있던 것은 어떤 여성이었으며, 그 관계자도 아직 지역 내에 있다는 사실이 판명되었다. 그러고 나서 여성의 본가나 나카오카 씨, 당사자인 남성까지 모여서 공양을 위한 법요를 행했다.

"어떻게 되었습니까?"

"그 직후 부종이 눈 깜짝할 사이에 빠져서 감쪽같이 완치되었답니다. 글쎄요, 구덩이에 들어갔을 때 세균이 옮았기 때문이라고 말하는 사람도 있긴 하지만요."

그분은 지금도 건재하셔서 얼굴을 마주치면 밝게 웃는 낯으로 대해주시지만 그 사건에 대해서는 일절 함구하고 계신다고 한다.

산에서 빠져나올 수 없는 사람

와카야마현 기타야마촌(北山村)의 다키모토 가즈코(滝本和子) 씨는 70세가 지난 지금도 홀로 산에 오른다. 송이버섯이나 만가닥버섯 채취의 명인이신데, 기본적으로 홀로 활동하신다니 그저 놀라울 따름이다.

"산에서 혹시라도 길을 잃고 헤맬 것 같은 곳에서는 나무줄기를 이렇게 자르면서 지나갑니다. 그래도 판단이 서지 않으면, 나무 위로 올라가 멀리 주변을 살펴보면 되고요."

여성이 혼자 다니는 것은 보기 드문 경우라, 근처 사람들로부터 자주 충고를 듣곤 한다.

'자네, 혼자서 산에 잘도 가는구먼. 우리는 무서워서 절대로 못 가지.'

무엇이 무섭다는 걸까? 거기에는 연유가 있었다.

"그 사람들이 버섯을 따러 갔을 때였답니다. 산에서 빠져나올 수 없게 되었지요."

"험준한 계곡이나 어디서 길을 잃었나요?"

"아니요, 그게 아니라 멀쩡한 들판에서 길을 잃었답니다."

"들판에서요?"

부인들이 발을 내딛었던 곳은 초원, 아주 드넓은 곳이었다. 땀을 흘리면서 평소 가던 산길을 올라가자, 갑자기 넓디넓은 평지로 나오게 되었다.

"세상에, 이런 곳도 있었구나!"

"그렇구나!"

다들 처음 와본 곳이었다. 그리고 이런 장소에 대해서는 어느 누구도 일찍이 들어본 바 없었다. 이런 비밀스러운 곳에서 빠져나오기 위해 그녀들은 필사적으로 출구를 찾아 돌아다녀야 했다.

"엄청나게 힘들었던 모양이더라고요. 사방을 돌아다니다 어느 순간 간신히 자신들이 알고 있던 산길로 나올 수 있었대요."

익숙한 곳에서 이공간으로 발을 내딛어버린다. 이공간이 하얀 산이나 푸른 연못이었다는 이야기는 도호쿠 지방에서도 들어본 적이 있다. 대부분은 두 번 다시 그곳에 갈 수 없다. 물론 기타야마촌의 부인들은 절대로 다시 가고 싶다고 생각하지 않을 것이다.

*

다키모토 씨의 불구슬 경험이다.

"스물세 살 무렵이었을 거예요. 헛간 뒤편에서 가볍게 날아왔지요."

크기는 농구공만 했다. 기다란 꼬리를 끌면서 날아다니는 불구슬에 놀란 나머지 그저 오들오들 바들바들 떨고만 있었다.

"진짜 무서웠답니다. 웅크리고 앉아서 덜덜 떨었지요. 하지만 푸르스름한 빛깔이었고, 자세히 보니 예뻤어요."

무서웠지만 너무 아름다워서 불구슬로부터 시선을 돌릴 수 없었다고 한다.

*

  다키모토 씨는 붉은빛을 띤 의문의 빛과도 조우했다. 어느 여름 날, 해가 막 저물려고 할 때였다. 여동생과 둘이서 집 밖에 있었는데, 뭔가가 눈에 들어왔다.

  "저게 뭐지? 이상하다고 생각하면서 살펴보니 이런 형태(타원형)의 진한 오렌지색 빛이더군요. 그게 가볍게 허공을 날면서 바로 우리 위로 왔던 거지요."

  다키모토 씨는 깜짝 놀라서 그 빛구슬을 응시한다. 1분 정도 응시하고 있노라니, 그 빛은 순식간에 사라졌다.

  "봤어? 지금 봤어? 저게 뭘까?"

  옆에 있던 여동생에게 물어보았는데, 여동생의 눈에는 아무것도 보이지 않았다고 한다. 세상에나!

  다키모토 씨의 아버지는 뗏사공이어서 신구 지역까지 뗏목을 젓는 일을 하고 있었다. 어린 시절 간혹 아버지께서 그 뗏목에 태워주시면 너무나 즐거웠다고 한다. 마을에서는 푸른 빛깔의 불구슬은 이미 죽은 사람, 붉은 빛깔의 불구슬은 이제 곧 숨을 거둘 사람이라고 말하기도 했다.

*

마찬가지로 기타야마촌의 베테랑 엽사인 가메다 요시오(龜田芳雄) 씨의 이야기다.

"불구슬에 쫓긴 사람이 있었어요. 불구슬은 나도 직접 본 적 있답니다. 역시 무섭더군요. 사냥을 갔을 때 똑같은 곳을 뱅글뱅글 돌고 있는 사람을 본 적도 있답니다."

얼마 전에 일어난 사건이다. 근처에 있던 산에 몇몇 동료들과 올라갔을 때였다. 가메다 씨는 구슬땀을 흘리면서 경사면을 올랐고, 몰이사냥에서 총을 쏘는 사람들이 모여 기다리는 곳에 가까스로 도착했다. 때마침 불어오는 바람결에 여몄던 옷깃을 풀고 몸을 식혔다. 상쾌한 기분을 만끽하며 반대편 산줄기로 눈길을 보내자, 누군가가 걷고 있는 것이 보였다.

"저게 누굴까 싶어서 바라보니 선배 엽사가 아니겠어요? 마침 거기가 바로 얼마 전 벌채가 진행된 곳이라 아주 훤히 내다보이더군요. 위에서 보고 있었는데, 선배는 거기에서 조금 더 나아가 산속으로 들어가더라고요."

어라? 대체 어딜 가는 거지? 이상하게 여기면서도 베테랑 엽사인 선배를 믿는 마음에 무슨 생각이 있을 거라며 딱히 근심 걱정은 하지 않았다. 문득 멀리로 시선을 돌리고 다시금 아까 바라보던 산줄기를 보니….

"또다시 선배 엽사가 똑같이 나무가 잘려 훤해진 곳을 지나쳐 산으로 들어가지 않겠어요? '대체 뭘 하고 있담?' 불현듯 그런 생각이 들더라고요."

두 번째다. 뭔가를 확인하기 위한 행동이었을 거라는 생각도 들었지만, 아무리 그래도 세 번째가 되면 이야기가 달라진다. 그리고 네 번째, 다섯 번째….

"똑같은 장소를 몇 번이나 뱅글뱅글 돌고 있잖아요. 그래서 무전기를 찾아 '지금 뭐 하고 있는 거요? 몇 번이나 똑같은 곳을 걷고 있다니까?'라고 말해주었지요.

무선으로 선배 엽사는 이렇게 답변했다.

"뭐라고? 난 그냥 산에서 내려가고 있을 뿐인데?"

"내려가다니, 아까부터 계속 똑같은 곳을 뱅글뱅글 돌고만 있는 걸."

가메다 씨한테 지적을 받아도 선배 엽사로서는 납득이 가질 않는 모양이다. 그는 자기가 산에서 내려가고 있다고만 생각하고 있었다.

"진짜 웃겼지만, 선배이다 보니 웃겨도 차마 웃을 수가 없어서."

이른바 링반데룽(Ringwanderung, 등산하는 사람이 방향감각을 잃고 같은 지점을 계속해서 맴도는 등산 조난 용어-역주) 부류이겠지만, 그것을 멀리서 바라보고 있던 사람의 이야기는 거의 들어본 적이 없다. 그 선배는 벌채 후 훤해진 곳을 몇 번이나 스스로 통과하고 있다는 사실을 전혀 알아차리지 못했다고 한다.

수행자의 전쟁

　기타야마촌은 행정구역상으로는 와카야마현에 속해 있지만 위치적으로 나라현과 미에현(三重県)에 둘러싸인 독특한 지역이다. 이러한 특이성의 원인은, 산에서 베어낸 목재를 뗏목으로 신구로 옮김으로써 경제와 인적 교류가 생겨났던 지방이었기 때문이다.

　가메다 씨와 마찬가지로 베테랑 엽사라고 할 수 있는 후쿠즈미 요시야스(福住芳康) 씨에게서 이야기를 들어보았다.

　"거대 뱀요? 큰 뱀인지 아닌지는 잘 모르겠지만, 댐에서 사슴이 헤엄치고 있는데 그 뒤로 뭔가가 똑같이 헤엄쳤던 적은 있었답니다. 그게 뭐였을 것 같나요? 그게 바로 뱀이었지요. 바로 앞을 헤엄치는 사슴과 비교해보면 단박에 알 수 있는데, 상당히 컸어요."

　근처 신사에는 마쓰리를 할 때마다 반드시 모습을 드러내는 뱀이 있다고 한다. 마쓰리 준비를 하고 있으면 어김없이 헛간에서 나와서 마쓰리 기간 내내 방 안을 맴돈다. 신사의 제사 준비를 도와주는 사람들은 매년 있는 일이라 아무도 놀라지 않는다고 한다.

　"다들 어쩌면 수호신일지도 모른다고 말한답니다."

　＊

　'오미네오쿠가케미치(大峯奥駈道, 요시노[吉野]에서 구마노[熊野]로 이어지는 산악 루트로 종교 수행자들의 길-역주)'에서도 가까운 기타야마촌에는 일찍이 수많은 슈겐도 수행자들이 방문했다. 어느 겨울날, 두 수행자가 술을 마시면서 문답을 시작했다. 처음엔 잔잔히 이루어지던 문답이 시간이 가면 갈수록 격론으로 변해갔다. 이윽고 문답에서 패배한 수행자는 바깥으로 나가더니 엄동설한임에도 목욕재계를 한 후, 다시 돌아와 문답에 도전했다. 이런 과정이 수차례 반복되다가 수행자는 결국 쓰러져 혼절하고야 말았다.

"안타깝게도 그대로 세상을 떠나버리고 말았어요. 자제분과 부인께서 도쓰강(十津川) 쪽에서 산을 넘어왔답니다."

도쓰강에서 오는 길은 지금도 그리 좋은 길이라고 할 수 없지만, 당시엔 더더욱 힘든 코스였을 것이다. 슬픈 소식을 전해 들은 후, 어린 자녀의 손을 이끌고 그토록 험준한 길을 걸어왔을 부인의 고난을 어찌 다 짐작할 수 있으랴. 당시엔 땅에 시신을 매장하는 풍습 탓에 유골도 제대로 수습할 길이 없어서, 그녀는 하는 수 없이 남편의 손톱과 머리카락 몇 가닥만 지닌 채 눈물을 머금고 돌아가야 했다. 술을 마시면서 문답을 나누는 것이 좋은지 나쁜지는 차치하고라도, 말 그대로 목숨을 건 승부였던 것만은 분명하다.

'오미네오쿠가케미치'는 험준한 길이어서 예로부터 수많은 사람들이 목숨을 잃어왔다. 특히 천일회봉행(千日回峰行, 회봉행이란 산악종교를 실천하기 위해 산속에서 약 300곳의 성지를 예배하며 도는 수행인데, 특히 천일회봉행은 불경을 암송하며 7년에 걸쳐 1000일 동안 히에이산[比叡山] 일대를 걷는 수행임-역주)은 혹여 실패하면 자결한다는 각오로 임해야 할 정도로 힘든 수행이었다.

죽음에 다가가면 다가갈수록 산다는 것의 의미를 진정으로 알 수 있을 것이다. 물론 그러다 죽으면 다 부질없는 일이겠지만.

*

산의 신에 대한 흥미로운 이야기를 후쿠즈미 씨가 들려주었다. 산의 신에게 남자의 '물건'을 보여준다는 것이다. 아니 마을 마타기 한테서도 첫 사냥 때 남성의 물건을 꺼내 보여주면서 산의 신의 비위를 맞춘다는 이야기를 들어본 적 있는데, 아무래도 그것과는 다른 모양이다.

"손도끼 같은 것을 사용하다가 간혹 나무 밑동 같은 곳에 두기도 하잖아요? 그러다 보면 갑자기 사라지는 경우가 종종 있지요. 아무리 찾아도 당최 찾을 수가 있어야지요. 손도끼만이 아니라 이런저런 도구들이 아무리 찾아도 보이지 않게 되면 하반신을 까서 흔든답니다. 그렇게 산의 신에게 읍소하면 결국 찾게 된다니까요. 실제로 항상 그렇게 했더니 만사형통이었지요. 정말이에요. 거짓말이라고 생각하면 한번 시험 삼아 해보시라니까요."

이 이야기는 다른 마을에서도 들었는데, 그 효과가 듣던 대로 절대적이라고 한다. 산에서 혹시 분실물이 생긴다면 남자의 '물건'을 흔들면 해결되겠지만, 역시 등산로에서는 자제하는 편이 나을지도 모른다.

노크는 세 번

도호쿠 지방에서는 사람이 죽으면 가족이나 친지, 절에 기별이 간다는 이야기를 많이 들었다. 물론 이 알림이란 전화나 전보가 아니다. 돌아가신 분이 직접 알리러 가는 것이다.

기이반도 산중에서도 비슷한 이야기가 많은 모양이다. 기타야마촌에서 들은 이야기다.

"우리 할머니가 낮에 혼자 집에 있었거든요. 그랬더니 현관이 갑자기 열리더래요. 누가 왔나 싶었는데 조금 있다가 다다미 위를 걷는 소리가 들려서, 진짜로 누가 왔는지 보러 갔더니 아무도 없었대요. 마침 그 시간에 옆집 할머니가 돌아가셨다더군요. 사이가 좋아서 인사를 하러 왔을 거라고 하셨지요."

이것은 돌아가신 후 얼마 되지 않아 생긴 사건이지만, 약간의 시간차가 있는 경우도 더러 있는 모양이다.

*

시모키타야마촌의 야마오카 마사유키 씨가 거실에서 뒹굴거리고 있자, 뒷마당에서 목소리가 들렸다.

"안녕하세요, 안녕하세요."

누구지? 대답을 하면서 보러 갔는데, 아무도 없다. 하지만 분명히 귀에 익은 목소리였다. 거실로 돌아와 한참 시간이 흐른 후 떠오른

것은 지방자치단체 사무소에 근무하는 선배였다.

"2년 전에 돌아가신 분이랍니다. 마침 뒷동산 쪽에 그분의 묘지가 있어서 나한테 말을 걸었던 걸까요?"

이것은 친한 사람에게 한 인사일 것이다. 그러나 낯선 사람에게도 응대하는 경우가 더러 있다고 한다.

*

어느 마을 숙박시설의 이야기다. 지역 활성화를 위해 지어진 레지던스 시설에는 근사한 방갈로가 즐비하다. 오사카 방면에서 온 가족 단위 손님이나 학교 관계자가 자주 이용하는데, 간혹 묘한 이야기를 듣기도 한다. 한밤중에 누군가가 문을 노크한다는 것이다. 지인이 옆 방갈로에서 온 걸까 싶어서 열어주면 아무도 없다. 이런 일이 빈번해지자 관계자도 여간 신경이 쓰이지 않게 되었다. 그래서 직원이 이른바 '느끼는' 친구를 불러 넌지시 물어보자….

"거기에 있으니까."

'거기에 있는' 존재는 이전에 마을의 재해 구조를 위해 와준 사람인 것으로 추정된다. 실은 그 사람은 한동안 방갈로에 살면서 작업에 임하다가 한밤중에 갑자기 세상을 떠났다. 이로써 묘한 일의 원인은 알게 되었는데, 그렇다고 딱히 숙박객이 무서운 일을 당했다는 신고가 접수되거나 하지는 않았다. 단, 한밤중에 자그마한 노크 소리가 세 번 들릴 뿐이었다. 자고 있으면 아무도 알아차리지 못할 정도로 다정한 노크였다. 결국 현장은 별다른 조처가 취해지지 않은 채 그대로 유지되고 있다.

'똑똑똑'

운이 좋으면 다정한 노크 소리를 들을 수 있을지도 모른다.

사라진 방송국 사나이

　과거 와카야마현에 존재했던 혼구정(本宮町, 현재는 다나베시[田辺市])의 구리스 히로마사(栗栖敬和) 씨는 주변 산들을 꿰뚫고 있는 인물이다. 취재 요청에 본인이 직접 응하는 일도 많고, 가이드 역할을 맡아 산을 오르는 경우도 드물지 않다. 그런 활동 가운데 특히 인상적이었던 이야기를 해주셨는데, 최근에 일어난 사건도 있기 때문에 TV 방송국의 이름은 밝히지 않겠다.

　"○○ 방송국의 드라마 촬영을 할 때였어요. 산 위쪽에서 이 주변의 풍경을 찍고 싶다며 TV 방송국 사람이 방문한 적이 있어요. 세 명 정도였지요."

　드라마 속에 삽입할 장면이기 때문에 배우는 오지 않고 촬영팀만 등산을 하게 되었다. 전망이 좋은 산 위까지 올라가서 촬영을 시작할 예정이었고, 주변 촬영만 하면 되는 간단한 작업이었다.

　"조금 더 낮은 위치에서부터 찍을 수 없을까요?"

　영상을 확인한 조감독은 약간 불만스럽다는 의사표시를 했다. 그리고 홀로 경사면을 내려가기 시작했다.

　"아래를 좀 보고 오겠습니다."

　좋은 장소를 발견하면 돌아온다기에, 구리스 씨와 나머지 인원은 거기서 잠깐 기다리고 있었는데….

　"그 사람이 돌아오질 않더라고요."

　아무리 기다려도 그는 돌아오지 않았다. 걱정스러워 고함을 질러보았지만 대답이 없었다. 아주 조금만 내려갔을 텐데, 아무리 찾아봐도 그의 자취는 어디에서도 찾을 길이 없었다.

"정말 단순한 길이었거든요. 옆길로 빠질 만한 곳도 아니었고요. 아래로 쭉 내려가서 바로 위로 올라가기만 하면 되는데. 하지만 어디에도 없더군요."

촬영이 문제가 아니었다. 다 함께 찾아보았지만 소용이 없었기 때문에 본격적인 전문가 수색을 고민하기 시작할 무렵,

"찾았어요. 혼자 산에서 먼저 내려와 있었어요. 왜 그랬냐고 물어봐도, 무슨 소리인지 알아들을 수 없더군요."

이유를 알 수는 없었으나 산에서 무단으로 내려가버린 그는 빈털터리 상태였다. 촬영용 기자재가 들어 있던 가방도, 자신의 배낭도 모조리 사라졌다. 이유를 물어봐도 정서적으로 매우 불안해진 상태라 대화 자체가 성립되지 않았다. 결국 남은 팀원들이 산중에 내팽개쳐진 가방이나 물건 따위를 수습해왔다.

"사람이 좀 이상해진 모양이더군요. 오사카로 돌아가고 나서 얼마 후 TV 방송국을 휴직했다고 들었습니다. 지금은 어찌되었을까요? 아직도 있을까요?"

백주 대낮에, 심지어 단조로운 산길에서 과연 무슨 일이 벌어졌던 것일까? 결국 그 진상에 대해 아무것도 알 수 없었다. 불과 17년 전의 이야기다.

*

구리스 씨는 현지 산에서 '구슬땀 투어'라고 칭해지는 이벤트를 개최하고 있다. 현지 산업인 임업을 도회지의 젊은 여성들에게 체험시켜준다는 취지의 모임이라고 할 수 있다.

"TV 방송국이 취재하러 와주었답니다. 다섯 명 정도가 왔습니다."

참가한 여성은 15명 정도였고, 거기에 촬영팀과 현지 임업 관계자까지 합류하자 인원이 25~26명이 되었다. 이렇게 많은 인원수로 현장에 향해야 하는데, 좁은 산길이다 보니 제법 간격이 벌어질 것으로 예상되었다. 그래서 사전에 짐승들이 다니는 길과 교차할 것 같은 장소, 실수로 자칫 길을 잃을 가능성이 있는 포인트에 빨간 테이프를 감아두었다. 거의 쭉 뻗은 길이었기 때문에 무사히 현장에 도착할 수 있도록 미리 준비해두었던 것이다.

"내가 줄의 선두에 섰고 그 뒤로 여성들이 따라왔습니다. 여성들 뒤로 촬영팀, 임업 관계자, 이런 순서였지요. 맨 마지막은 임업조합의 베테랑이 맡았습니다."

초심자들이 많아 인솔에 만전을 기해 배치를 했건만….

"현장에 도착해 이제 막 이벤트를 시작하려던 찰나, 카메라맨이 사라졌다는 사실을 알게 되었어요."

여성들 바로 뒤에 따라오던 TV 방송국 카메라맨의 모습이 보이질 않았다. 도중까지 함께 온 것은 분명한데, 어느 시점에서 사라졌는지 아무도 알지 못했다.

"다들 고함를 지르며 불러봤는데 아무 데도 없더군요. 두 시간 이상 찾았을까요?"

산을 꿰뚫고 있는 베테랑 임업조합원이 카메라맨의 모습을 발견한 곳은 현장으로부터 고개를 하나 사이에 둔 반대쪽 경사면에서였다.

"어쩌다 그런 곳까지 갔는지 도무지 알 길이 없었어요. 거의 하나로 쭉 뻗은 길이었거든요. 빨간 테이프도 여기저기 감겨 있어서 잘못된 길로 가려야 갈 수 없을 정도였는데."

산에서 허락된 한정된 시간보다 두 시간이 훌쩍 넘는 시간을 허비하다 보니 이벤트도 엉망이 되었다. 조금 부아가 치민 팀원들이 어쩌자고 그런 곳까지 갔는지 따져 묻자….

"모르겠어요. 중간까지 같이 올라갔는데, 시선을 수풀 속으로 향하자 자기도 모르게 쑤욱 들어갔어요. 이유는 딱히 없어요."

수풀 속에서 그는 과연 무엇을 봤을까? 결국 아무런 것도 확인하지 못한 채 이벤트는 종료되었다.

＊

구마노혼구(熊野本宮)에서 그리 멀지 않은 오다이가하라(大台ヶ原)에서도 숲에서 사람이 사라진 적이 있었다. 수많은 등산객으로 북적거리던 시즌, 중고생 초심자 그룹을 인솔한 가이드가 산에 올라왔다. 가이드 중에서도 중견 그룹에 속한 사람이었다. 초심자 그룹인 만큼 너무 무리하게 강행할 수도 없어서 느긋한 속도로 가이드를 진행하고 있었다.

"그럼 이 주변에서 일단 잠깐 쉽시다. 수분을 잘 섭취해주세요."

가이드는 전원의 안색을 살피면서 피난용 오두막까지 갈 수 있을지를 고민하고 있었다. 다시 한번 휴식 시간이 필요할지도 모른다고 생각하면서 땀을 닦다가, 5분도 채 되지 않았는데도 그는 자리에서 일어섰다.

"그럼 저는 일단 앞쪽을 먼저 좀 살펴보고 돌아오겠습니다."

그렇게 말하더니 가벼운 발걸음으로 등산로를 올라갔다. 그러나 결국 그는 돌아오지 않았다. 손님도 짐도, 모조리 남겨둔 채.

그러자 가이드 동료들 전원이 그의 행방을 찾아 나섰다. 미끄러질 가능성 있는 곳, 까닥하다 잘못 들어설 수 있는 계곡 주변 등을 철저히 수색했다. 그러나 그 어떤 단서도 찾을 수 없었다.

"손님들을 인솔하다 말고 대체 무엇을 보러 간 건지… 주변의 계곡이란 계곡은 모조리 찾아보았어요. 하지만 아무런 단서도 찾을 수 없었지요. 참 이상한 일이었어요. 사라졌다고밖에는 표현할 수 없습니다."

현지 베테랑 가이드는 아직도 납득이 가질 않는 듯했다. 불과 몇 년 전에 일어난 사건이다.

깊은 산속의 여성

"우린 신기한 일들은 거의 경험한 적이 없답니다. 불구슬요? 아, 그런 이야기는 자주 듣습니다. 길을 가고 있는데 눈앞에 불구슬이 막 나와서 그것을 따라갔더니 할머니 집까지 가버렸고, 가보니 돌아가셨다는 이야기지요? 산속에서 그런 빛을 보긴 봤는데, 그건 우편배달 불빛이라고 생각해요."

구리스 씨는 개인적으로 그다지 신기한 체험을 한 적이 없다고 한다.

"이 부근에서는 아주 먼 옛날에 '풍장'이라고 해야 할지, '조장'이라고 해야 할지, 요컨대 죽으면 산속에 내팽개쳐두는 풍습이 있었어요. 늑대나 다른 짐승에게 먹히게 한다는 말이지요. 시신을 내던지는 곳은 '지옥 계곡'이라고 일컬어졌고요."

즉 시체를 들에 내버려두었다는 말이다. 평탄한 부분이 적은 산속에서는 땅에 묻자니 너무 고생스러워서 어쩔 수 없었을지도 모른다. 시모키타야마촌에서도 들었던 이야기인데 이미 기타 많은 지역에서 광범위하게 그런 풍습이 이루어졌던 것으로 보인다.

*

"글쎄요, 잘은 모르겠지만 '오쿠리스즈메(참새 소리를 내는 일본의 요괴로, 와카야마현에서는 스즈메오쿠리라고도 함-역주)'일지도 모르겠네요."

"오쿠리스즈메요? 오쿠리오카미(사람의 뒤를 쫓아와서 습격하는 늑대, 혹은 젊은 여성을 바래다주는 체하다가 나쁜 짓을 하려 드는 치한-역주)라는 말은 들어본 적 있는데."

구리스 씨가 오쿠리스즈메에 대해 설명해주셨다.

한밤중에 홀로 산을 걷고 있으면 어딘가에서 울음소리가 들려온다. 어라? 무슨 새가 우는 거지?라고 생각하며 귀를 기울이면, 아무리 생각해도 참새다. 하지만 이런 칠흑 같은 산속에 참새가 과연 있을까? 묘한 일이라고 생각하면서 계속 걸으면….

"그런데 한동안 따라온답니다. 계속 울면서요. 그러다 어느새 사라지지요. 자주 있는 일입니다."

*

구리스 씨의 동료이자 역시나 산의 달인인 스기야마(杉山) 씨도 '오쿠리스즈메'를 자주 경험했다고 한다. 스기야마 씨는 오랜 세월 제지회사에서 근무했다. 여러 산에서 나무를 구매하는 것이 자기가 맡은 일이었기 때문에 규슈에서 호쿠리쿠(北陸)에 이르는 산간 지역을 홀로 누비고 다녔다.

"무서운 일요? 흐음, 글쎄요, 딱히 그런 경험은 없네요. 가장 무서운 것은 여자일까요?"

"여자요?"

"맞아요. 산속에서 여자를 만나면 참 무섭지요. 아무도 없을 것 같은 곳에서 갑자기 만나니까요."

앞서 언급했던 것처럼 스기야마 씨의 일은 수목을 매입하는 것이
다. 산의 면적과 나무의 종류를 파악해서 소유자와 금액 교섭을 하
거나 고급 목재를 찾아 혼자 산을 구석구석 살핀다. 당연히 산책로
나 등산로를 걸을 수는 없다. 기본적으로 사람과 만날 일도 거의 없
는 산행이다. 애당초 그런 곳에 여자가 혼자 있는 경우도 거의 없으
므로 놀랄 수밖에 없다.

"산속에서 두 번이나 만난 적이 있답니다. 아주 평범한 행색을 하
고 있었어요. 등산을 하는 사람은 아니었을 겁니다. 머리카락이 푸
석푸석해서 너무 무서웠답니다. 정신적으로 불안정한 상태로 보였
어요."

"아이고, 두 번이나요? 같은 사람이었나요?"

"아니요, 다른 사람이었어요. 만난 장소도 전혀 달랐고요."

이 상황은 상상만 해도 무시무시하다. 한정된 관계자밖에는 올라
오지 않을 것 같은 곳에서 그녀들은 도대체 무엇을 하고 있었을까?

최후의 런치

산속에서는 좀처럼 사람을 만날 일이 없다. 따라서 간혹 누군가를 마주치게 되면 가슴이 놓이기도 하고 소름이 오싹 끼치기도 한다.

"아주 한참 전의 일인데요. 나라현 이코마(生駒)로 산을 보러 갔답니다. 아마 겨울이었던 것으로 기억해요. 제법 험준한 고개를 올라갔더니 커다란 삼나무와 떡갈나무가 두 그루 있었어요. 멋진 나무였지요."

숨을 헐떡거리면서 고개에 도착하자 그 거목들 사이에서 어떤 노인이 모닥불을 피우고 있었다. 스기야마 씨로서는 처음으로 오르는 산이었고, 지형도 약간 복잡했기 때문에 도착 희망 장소를 좀처럼 찾기 어려웠다. 그래서 노인에게 물어보니 노인은 현지인답게 찾고 있는 산을 아주 꼼꼼히 알려주었다.

"점심밥을 먹기에는 다소 이른 시간이었습니다. 하지만 장소도 어딘지 알아두었기 때문에 그분과 같이 차를 마시면서 점심을 먹었지요. 산에 대해 이런저런 이야기도 하면서요."

활동 분야가 같기 때문에 이야기는 잘 통했다. 얼마 후 스기야마 씨는 자리에서 일어나 노인에게 작별을 고하고 걷기 시작했다. 하지만 두세 걸음 걷다가 잠깐 고개를 돌려 그에게 말했다.

"불조심은 꼭 하시고요."

그리고 나서 스기야마 씨는 자신이 가려던 산으로 올라갔고 세 시간 정도 걸려 나무를 꼼꼼히 살펴본 다음 산에서 내려오기 시작했다.

"아주 좋은 산이라는 생각이 들어서 흡족했지요. 그러고 나서 원래 왔던 길로 돌아왔답니다."

서서히 어두워지기 시작한 산속을 조금 급한 걸음걸이로 걸었다. 한참이 지나자 아까 봤던 삼나무와 떡갈나무 거목이 보이기 시작했다. 점심을 먹었던 고개에 도착한 것이다. 그런데 그곳은 불과 얼마 전 온화한 시간을 보냈던 곳과는 전혀 다른 곳이 되어 있었다.

"아까 함께 점심을 먹었던 할아버지가 매달려 있었답니다."

"목… 목을 맨 건가요?"

"그렇답니다. 그런 느낌은 전혀 없었거든요. 얼마나 놀랐던지, 경악 자체였습니다."

어둑어둑해지기 시작한 고개에서의 재회치고는 너무나도 끔찍한 상황이었다. 그러나 그대로 둘 수도 없어서 시신을 땅에 내리고 경찰에 연락하고자 마을로 향했다.

"우와, 그 뒷일이 엄청났답니다. 이틀간은 조사를 받느라 아무 일도 못 했지요."

"그분은 혹시 스기야마 씨가 되돌아올 것을 알고 거기서 목을 맸던 걸까요?"

"아마도 그렇겠지요."

노인이 언제 죽을 결심을 했는지는 짐작할 수 없다. 적어도 점심밥은 준비해놓고 있었다. 정말로 그토록 절박한 상태였을까? 좋아하던 산에서 마지막으로 느긋한 하루를 보내고 싶었던 것일까? 스기야마 씨가 스물여덟 살 때 일어난 사건이다.

신의 영역에 속한 거목

　일본 국내에서는 거목이 사라지고 있다. 수령 300년이 넘는 나무는 신사나 절에 남겨져 있는 경우가 많은데 스기야마 씨가 다니는 회사에서는 구입 금지 대상으로 정해져 있었다.

　"역시 이런저런 묘한 경우가 있으니까요. 우리 회사는 직접 구매가 불가능한데, 경우에 따라서는 아주 좋은 나무가 나오잖아요? 그러면 중간에 다른 회사를 끼고 그곳을 통해 매수하는 형태를 취합니다."

　신사나 절에서 직접 구매하는 것이 아니라 중간에 뭔가를 세워두는 이른바 나무세탁(wood laundering)이었다.

　"그렇게 해서 좋은 나무를 구매하더라도 회사에는 절대로 비밀이었지요."

　신사나 절의 거목이 강풍으로 꺾이거나 나무의 기운이 약해지면 안전 확보를 위해 일단 벌채된다. 좁은 토지 안에서 이루어지는 이른바 '특수벌채'로 상당히 까다로운 작업이었다. 일을 수주할 수 있는 업자가 한정되어 있을 뿐만 아니라 신사나 절에서 벌채한 나무는 앙화(뒤탈)를 부른다는 이유로 기피되는 경우도 많았다.

　시모키타야마촌에 있는 묘진지(明神池, 일본어로는 묘진이케-역주)는 엔노 교자(役行者, 혹독한 산악 수행으로 저명한 일본의 슈겐도를 연 엔노 오즈누[役小角]-역주)와도 각별한 인연이 있는 곳으로, 하얀 용이 연못에서 승천하는 것을 본 사람이 많은 신비스러운 곳이다. 주변에 있는 이케신사(池神社)의 경내에 있던 나무가 벌채되었을 때의 일이다. 거목을 여러 부분으로 잘라 몇 사람이 조금씩 하사받았다. 좀처럼 입수하기 어려운 멋진 나무이기 때문에 다들 기뻐하면서 가지고 돌아갔는데….

"나무를 가지고 돌아간 집에서 병이 나거나 다친 사람이 속출했답니다. 그런 일들이 너무 빈번해지다 보니, '이것은 앙화(뒤탈)임에 틀림없어. 이건 필요치 않아'라면서 모두들 반납하러 왔지요."

이야기를 해준 시모키타야마촌의 야마오카 마사유키 씨도 실은 그 나무를 가지고 돌아갔던 사람들 중 한 사람이었다. 신이 깃든 나무를 입수한 대부분의 집에서 이변이 일어났지만, 단 한 사람에게만 아무 일도 없었는데 그것이 바로 야마오카 씨였다. 영적인 감각이 예민한 사람으로부터 '당신에겐 그 어떤 것도 달라붙지 않을 거예요'라는 보증을 받았다고 한다.

이 사건은 비교적 최근의 일이어서 이케신사의 신전 옆에서는 바로 그 나무의 밑동을 아직도 볼 수 있다. 파란 비닐 시트로 뒤덮인 그루터기에는 딱히 아무것도 느끼게 해주는 것이 없었는데….

돌아가고 싶었던 것은

기이반도의 산들은 참으로 복잡하고 험준하다. 그 때문에 인프라 정비가 좀처럼 진척되지 않던 시기가 있었다. 2차 세계대전 이후 지형을 활용한 대형 댐 공사가 각지에서 시작되었고 동시에 발전시설이나 송전시설도 건설되기 시작했다. 료칸에는 1년 이상 장기 투숙하는 작업원이 많아서 거의 가족이나 다름없는 관계였다고 한다. 하지만 댐 관련 공사가 끝나버리자 숙박 수요는 급격히 감소했다. 주변에 폐업하는 료칸이 속출했던 이유 중 하나다.

어느 날 해 질 무렵 어둑어둑해지기 시작한 산길을 버스 한 대가 달리고 있었다. 구마노코쓰(熊野交通, 와카야마현의 버스회사명-역주) 소속의 노선버스로 신구에서 출발해 사사비(篠尾)로 가는 버스였다. 학교 관계자도 타지 않는 시간대는 말 그대로 '원맨 버스' 상태다. 사람의 그림자라곤 찾아볼 수 없는 정거장을 몇 개나 지나치면 슬슬 종점이 다가온다. 운전수가 마음속으로 '쉬지 말고 이대로 그냥 돌아서 다시 출발해야 하나'라고 생각하기 시작할 무렵, 이제 곧 도착할 정류장에 어떤 남자가 혼자 서 있는 것이 보였다.

'끼익, 덜컹덜컹'

문이 열리자 사내는 묵묵히 차에 올라탔다. 운전수는 거울로 확인하고 차가 출발한다는 신호를 주었다.

"공사하는 분이신가요? 지금 혼자 돌아가시는 건가요?"

공사 관계자는 대부분 회사 차로 이동하기 때문에 다소 의아했지만, 더 이상 깊이 파고들어가진 않았다. 그러고 나서 정거장을 몇 개나 지나쳤건만 하차 버튼은 끝내 눌리지 않은 채 종점에 도착했다. 운전수는 문을 열고 손님이 내리길 기다렸는데, 그의 모습이 어디에도 없었다.

의문의 승객은 이후에도 종종 무임승차를 반복했고 운전수는 전전긍긍했다. 회사도 더 이상 잠자코 있을 수 없어서 사건을 조사해 보니, 해당 손님이 항상 타는 버스 정류장 부근에서 사망 사고가 있었다는 사실이 밝혀졌다. 덴겐카이하쓰(電源開発, 일본의 전력회사-역주)의 발전용 수로 굴착작업을 하던 중, 낙반 사고로 작업원이 사망했던 것이다. 운전수가 본 모습은 실제로 사고로 사망한 작업원과 흡사했다.

그래서 구마노코쓰와 덴겐카이하쓰가 합동으로 위령제를 열어 사내의 영혼을 위로했다. 이후 그 사내는 더 이상 버스를 타지 않았다. 하루 종일 힘든 작업을 마치고 평소 살던 숙소로 돌아간다! 그는 그런 당연한 일을 하고 싶었을 뿐이리라.

너구리 이야기

동물과 관련된 이야기에는 여우가 많이 등장하는데, 특히 도호쿠 지방 북부에서는 여우가 혼자서 판을 치고 있다. 하지만 너구리 역시 그 나름의 캐릭터로 종종 등장하곤 한다. 대부분은 누군가를 흉내 내는 정도로 귀여운 수준이지만, 시코쿠에서는 사람을 죽음으로 몰 수 있는 악행도 저지른다.

슈겐도의 장, 기이반도 너구리들의 이야기를 몇 가지 들어보았다.

*

"초등학교 시절의 일이었지요. 나보다 두 살 위인 아이가 깊은 산속에 들어가 사라진 적이 있었답니다."

기타야마촌의 다키모토 가즈코 씨는 마을이 발칵 뒤집어졌을 당시의 일을 지금도 또렷이 기억하고 있다. 마을 구석구석을 샅샅이 찾아보았지만 어디에도 없었다. 몇 시간이 지나 모두가 초조해하기 시작할 즈음, 그 아이가 갑자기 모습을 드러냈다. 하지만 무엇을 물어봐도 아무런 대답을 하지 못했고, 그동안의 기억 자체가 없었다고 한다. 마을에서는 '저건 너구리 탓이지'라고 한동안 소문이 자자했다.

가미키타야마촌에 있는 게이토쿠사의 주지 하타 엔닌 씨는 어린 시절 건너편 집에 너구리가 살고 있었다고 한다. 그 너구리는 엔닌 씨 부친의 흉내를 내며, 아버님이 '이봐!'라고 부르면 자기도 '이봐!'라고 따라 했다고 한다.

*

너구리에 관해서는 이 정도 이야깃거리밖에 없어서 기이반도 너구리는 얌전한가 싶었는데, 실은 그렇지 않았다. 시모키타야마촌에서 제작한 책자를 넘기다 보니, 20년 정도 전까지만 해도 너구리가 짓궂은 짓을 저질렀다는 이야기가 다수 기록되어 있었다. 개중에는 너구리가 산속에서 나무를 베어 쓰러뜨렸다는 증언이 많았다. 마타기의 마을인 '아니'에서는 잘 알려진 이야기였지만 다른 지역에서는 거의 들어보지 못했던 이야기다.

흥미로운 것은 기이반도의 너구리는 대체로 두세 차례 도끼를 휘두르는 소리가 나면 나무가 쓰러진다고 해서 '쿵 쿵 팍', '펑 펑 팍'이라고 표현되고 있었다. 나무가 곧바로 쓰러지는 소리가 나서 그대로 듣고 있으면 그것이 몇 번이고 반복된다. 물론 주변을 둘러보면 작업을 하는 사람이라곤 찾아볼 수 없다. 이에 관해서는 아키타현 산속과 아주 흡사하다.

또한 산에서 일하는 사람들의 흉내를 곧잘 내어 사람들을 현혹시키는 이야기가 몇 개나 되었다. 그러나 요즘엔 누구에게 물어도 이런 너구리 이야기를 알고 있는 사람이 매우 드물다. 고작 20년 만에 너구리들이 활약하는 장이 사라진 것일까?

벌레로 나타난 영혼

산간 지역에는 수많은 짐승들이 서식하고 있다. 예로부터 각자의 구구절절한 사연으로 산에 들어간 사람과 짐승들 사이에는 다양한 관계가 생겨났다. 여우나 너구리가 엮인 이야기는 가장 현저한 예일 것이다.

한편 동물만큼은 아니지만, 곤충과 관련된 이야기도 간혹 들었다. 돌아가신 할머니의 장례식에 하얀 나비가 훨훨 날아다니며 떠나질 않았다. 옆에 있던 어머니에게 하얀 나비가 계속 따라다녀서 신기하다고 말씀드리자,

"저건 할머니의 영혼이란다."

아키타현 남부의 이야기다.

＊

가미키타야마촌의 나카오카 야헤이 씨는 집 안에서 뭔가가 멋지게 지저귀는 소리를 들었다.

"거실에서 지저귀고 있더군요."

베짱이의 울음소리였다.

"그런데 이상하다는 생각이 들더군요. 여름도 되기 전이라 시기적으로 좀 이른 감이 있었어요. 마침 그때 할머니가 돌아가셔서 친척들이 거실에서 모여 앉아 있었고요."

어딘가에서 들려오는 베짱이의 울음소리에 모두가 귀를 기울이고 있었다.

"어디에 있는지 몰라서 다 함께 방 안 곳곳을 찾아보았답니다. 그랬더니 천장 구석에 달라붙어 있는 것이 보이더군요."

베짱이는 천장과 벽의 경계를 천천히 걷고 있었다. 친척 모두가 위를 올려다보고 있는 가운데 베짱이는 멋진 울음소리를 들려주며 빙그르르 한 바퀴 돌았다.

"저건 바로 할머니야! 다들 그렇게 말했지요."

그러고 나서 한참 뒤, 친척들이 다시 집으로 찾아왔다. 모두가 거실에서 이야기를 나누고 있었는데 갑자기 베짱이 울음소리가 들렸다.

베짱이가 분명하다고 생각한 나카오카 씨는 천장을 둘러보았지만 모습은 발견할 수 없었다. 하지만 울음소리는 바로 곁에서 들리고 있었다.

"베짱이가 과연 어디 있을지 다들 궁금해하고 있었는데, 난데없이 테이블 위로 가볍게 날아왔어요."

멋진 울음소리를 선보이면서 베짱이는 주위를 에워싼 그리운 얼굴들을 하나하나 살펴보고 있었다. 적어도 나카오카 씨에게는 그렇게 느껴졌다.

"이건 할머니가 틀림없어."

다들 그렇게 말하며 베짱이의 울음소리를 한동안 듣고 있었다고 한다.

*

오랜 세월 동안 니가타현 세키카와촌의 촌장을 역임해온 히라타 다이로쿠 씨의 이야기다.

"벌레요? 아, 그러고 보니 마누라 쪽 할아버지가 돌아가셨을 때 나방이 날아온 적이 있었네요."

한밤중의 일이었다. 침실에서 부부가 잠을 자고 있는데 다이로쿠 씨의 귀에 어떤 소리가 들려왔다.

'파타 파타 파타'

미세하지만 규칙적인 소리에 뭔가가 방 안을 날고 있음을 감지했다. 신경이 쓰인 나이로쿠 씨가 전등을 커서 확인해보니….

"나방이더군요. 나방이 방 안을 날고 있었어요. 신기하다고 느꼈던 것이 지금도 확실히 기억납니다."

그도 그럴 것이 시기가 2월의 엄동설한 중이었기 때문이다. 벌레다운 벌레라고는 덧문에 달라붙는 노린재밖에 없을 시기였다.

"이런 시기에 어째서 나방이 날아다니는지 모르겠다고 생각하며 넋을 읽고 바라보았답니다. 그즈음 노환으로 입원 중이셨던 할아버지가 마침 돌아가셨거든요. 할아버지가 우리에게 인사를 하러 오셨던 거지요."

*

시모키타반도의 야겐온천에서 민박집을 운영하는 야타니 씨는 수년 전에 어머니가 돌아가셨다. 어머니의 장례식이 치러질 때, 참석자의 머리에 가볍게 닿으며 날아다니는 한 마리의 벌이 눈에 띄었다.

"어머나, 저것 좀 봐."

야타니 씨가 옆에 있던 여동생에게 작은 목소리로 말을 걸었다.

"뭐? 어머나, 진짜네. 저건 분명 어머니일 거야."

야타니 씨는 이른바 '보이는', '느끼는' 체질이었다. 그것은 결코 단순한 벌이 아니다! 야타니 씨보다 영적 감각이 한층 강한 여동생에게도 그렇게 느껴졌다. 자신의 장례식을 위해 일부러 모여준 한분 한분에게 강직했던 어머니가 직접 인사를 하고 있는 거라고 생각했다. 그런데,

"찰싹!"

2분 후 친척 여성이 자기 주변을 맴돌던 벌을 때려잡은 후, 가볍게 처리해버리고 말았다.

나무아미타불, 이것이 만약 나비였다면 그런 일을 당하진 않았을지도 모른다.

집으로 돌아가지 못하는 이유

미야자키현(宮崎県)의 히노카게정(日之影町)에는 세이난(西南)전쟁 당시 사이고 다카모리(西郷隆盛)가 이끌던 사쓰마(薩摩) 군대가 패주한 산악 루트가 있다. 산악 루트 근처에서 민박집을 운영하는 A 씨의 이야기다.

"우리 아버지는 수신(水神)님을 너무나도 극진히 모셨답니다. 꿈에서 커다란 물고기가 나오면 수신님 신전에 제주(술)를 바치러 가셨어요. 산에서 약간이라도 불쾌한 느낌이 들면 곧장 수신님에게 참배하러 가시곤 했고요."

산의 신보다 물의 신을 극진히 모셨던 이유는 확실하지 않다. 이분이 젊었을 때, 어떤 마을 사람이 사라진 적이 있었다. 다 함께 산에서 일을 하고 있는데, 갑자기 자기 혼자만 숲속으로 성큼성큼 걸어 들어가더니 그대로 행방불명이 되어버렸다.

"많은 사람들이 산을 수색해 결국 찾긴 찾았답니다. 그런데 그 사람은 옷도 거의 입지 않아 반쯤 나체 상태였고, 뭔가가 이 사람의 온몸을 여기저기 잔뜩 핥아놓은 것 같더래요. 결국 산에서 내려오고 나서 얼마 되지 않아 세상을 떠났어요."

＊

산속이나 능선로를 걷고 있으면 "이봐, 이봐" 하며 누군가가 말을 걸어오는 경우가 자주 있는데, 마을에서는 갓파(헤엄을 잘 치는 어린이 모습의 요괴로 머리 위에 접시가 있는 경우가 많음-역주)가 올라올 거라고 말하곤 한다. 어째서 물가에서 나와 산으로 올라올까? 머리에 쓴 접시가 행여 마르지는 않을까? 무척이나 걱정스럽다.

"중학교에 다닐 무렵의 일이었어요. 밤에 자고 있는데 들리더군요. 집 밖에서 '이봐, 이봐, 이봐, 이봐' 뭔가가 이렇게 말을 걸어옵니다. 신경이 쓰이긴 했지만 무서워서 눈도 뜨지 못했어요. 그랬더니 다음 날 아침 할머니가 '어젯밤에 누가 오지 않았니?'라고 묻더군요. 할머니에게도 그 소리가 들렸던 거지요."

다른 마을에서도 "이봐, 이봐" 하고 부르는 소리가 들렸다는 이야기가 있다. 대부분이 너구리의 소행으로 간주되는 경우가 많은 모양이다.

*

A 씨의 친척은 마을 안에 있는 길에서 묘한 '모노'를 발견했다. 나무에 매달린 상태의 불구슬이었다. 마치 세탁물을 말리고 있는 것처럼 나뭇가지에 매달려 있었다고 한다. 저게 뭐지? 하면서 한참을 들여다보고 있자, 춤추듯 가볍게 하늘거리다가 하늘 위로 날아가버렸다.

"참 기묘한 것도 있더군요. 그게 바로 '히토다마'란 것이겠지요?"

만약 '히토다마'라면 도대체 누구의 영혼인지, 친척들은 그것이 신경 쓰여 견딜 수 없었다. 결국 주고쿠 지방에서 왔다는 이른바 '모노시리'를 찾아갔다. 친척이 모노시리에게 얼마 전 보았던 히토다마에 대해 이야기하자 현장에 직접 데려가달라고 해서 안내해주었다. 히토다마가 매달려 있던 나무 아래 서서 모노시리는 주변을 둘러보았다. 그러다가 바로 옆에 있던 집을 손가락으로 가리키며 말했다.

"최근에 이 집에서 죽은 사람이 있을 거야. 그 영혼이 방황하고 있었던 거지."

그러고 보니 그 집에 살던 50대 후반의 여성이 얼마 전 세상을 떠났다. 그 사람이었군! 비로소 납득이 갔는데, 모노시리는 말을 잇는다.

"무덤이 바로 저기에 있을 거야. 하지만 그곳에는 없을걸. 친정 쪽으로 이미 가버렸거든."

집안 무덤에는 들어가지 않고 친정 쪽으로 돌아갔다? 그 소리를 듣자 친척들은 더더욱 그 히토다마라고 확신했다. 날아간 방향에 그녀의 친정이 있었기 때문이다.

"어째서 납득하셨지요?"

"옛날에 이 주변엔 온갖 행상들이 들락거렸답니다. 그런 행상들 중 물고기 행상으로 왔던 사람과 그 여인이 바람을 피웠지요. 그런 일이 있었으니 아무래도 그 집안 무덤에는 들어가고 싶지 않았겠지요."

산에서 삶을 영위하는 사람들은 마을의 온갖 사정을 훤히 꿰뚫고 있었다.

*

　‘모노시리’란 분실물을 찾아주거나 병을 낫게 해주는 등 서민이 곤경에 처했을 때 질문에 답해주는 사람이다. 지역에 따라 ‘호인(법인[法印])님, 가미사마(神様), 야마부시(山伏), 미코(巫女), 주술사 등 다양한 호칭이 있다.

나가며 – 산괴 이야기

일본 각지를 취재하는 과정에서, 산에서 삶을 영위하는 많은 사람들과 만날 수 있었다. 그러나 지금까지 실제로 몇 사람한테 이야기를 들었는지 정확한 숫자는 파악하기 어렵다. 왜냐하면 산에서 사는 사람을 만났다고 해서 반드시 산괴 이야기를 들을 수 있었던 것은 아니었기 때문이다. 아무 경험이 없는 사람을 만난 후에는 메모지에 단 한 글자도 남아 있지 않았다. 하루에 무려 여섯 명을 만났어도 아무런 소득이 없는 날이 허다했다. 실로 비효율적인 작업이었다. 오랜 경험에 비추어봤을 때, 산괴와 관련된 직접적인 체험자나 간접적인 전달자를 만날 확률은 전체의 약 30% 이하로 추정된다. 그리고 그 가운데 활자 형식으로 게재할 수 있는 내용은 더더욱 줄어들게 된다.

똑같이 산촌에서 자라고, 산을 삶의 터전으로 삼아 살아갔어도 각자의 경험은 서로 다르기 마련이다. 거의 동년배로 집도 가깝고 생활환경도 별반 다르지 않았으며 오랜 세월 함께 사냥을 해왔으면서도 한 사람은,

"이상한 일요? 그런 게 있을 리가요? 들어본 적이 없네요."

다른 한편에서는,

"여우에게 홀렸다고 해야 할까요? 그런 일은 자주 있지요."

이렇게 다른 소리를 한다. 심지어 같은 집에 사는 가족끼리도 견해의 차이가 있기 마련이므로 어떤 의미에서는 당연한 일일지도 모

른다.

산괴에 관한 것은 언제나 '심상풍경'으로 여겨지므로 개인차가 있더라도 신기할 것은 없다. 그러나 같은 장소에서 복수의 사람이 동시에 체험하는 사례는 어떻게 설명해야 좋단 말인가. 집단최면일까? 집단 히스테리일까? 또한 명확한 물체(초거대 뱀, 거대 뱀)와의 조우는 그 모든 것을 단순한 착각으로, 그냥 잘못 본 것으로 치부해버릴 수 있을까? 이런 것들은 도저히 개인의 심상풍경이란 말로 설명되지 않을 것만 같다. 그러니 골치가 아플 수밖에 없다.

산괴를 믿지 않는 사람은 대략적으로 봤을 때 다음과 같은 세 유형으로 분류할 수 있다.

산에 오르는 것은 삶의 일부이기 때문에 일상과 불가분의 관계에 있다. 하지만 무서운 일이 존재한다고 생각하면 도저히 산에 혼자 올라갈 수 없을 것이다. 그러니 믿지 않는다, 믿고 싶지 않다! 이렇게 생각하는 부류가 가장 많다.

"산속에서 일어난 이상한 일? 두렵다느니 무시무시하다느니, 그렇게 느끼는 녀석들은 다들 겁쟁이라니까! 겁쟁이는 산이 무섭다고 느낀다고! 나는 한밤중에 혼자 산속에 있어도 전혀 무섭지 않거든!"

지나치게 건장한 노인 엽사에게 특히 많이 보이는 타입이다. 나라현 삼림조합에 이런 사람들이 있었다. 취재 대상인 여섯 명 정도를 상대로 이야기를 시작하려던 순간, 누군가가 이렇게 고함을 질렀다.

"두려워하는 녀석은 겁쟁이라니까!"

연배의 어르신이 이렇게 선언해버리면 젊은 사람들은 그 의견에 반박하기가 난처해진다.

"실은 여자 목소리가…."

이런 이야기를 꺼낼 수 있는 젊은이가 과연 얼마나 될까? 무려 세 시간 동안이나 산에서 작업원이 내려오기만을 기다리고 있었는데, 너무나도 완고한 할아버지의 한마디 때문에 결국 취재는 눈 깜짝할 사이에 끝나버렸다.

"세상에 신기한 일 따윈 없다니까!"

이렇게 단언해 마지않는 사람도 있다. 모든 사건들은 충분히 설명할 수 있다! 설명이 되지 않는다는 것은 그것이 존재하지 않는다는 증거다! 이렇게 말하는 사람은 연구직에 있던 사람이거나 기술자 등 이과 계열이 많아 보인다. 개중에는 세상의 모든 일들은 수식으로 표현할 수 있기 때문에 신기한 일 따윈 결코 있을 수 없다고 단언하는 사람도 있었다.

이런 부류의 사람이 누군지는 금방 알 수 있다. 우선 취재의 취지를 설명하면 사람을 우습게 보는 표정이 너무도 선명하게 떠오른다. 취재가 5분 만에 끝나는 패턴이다. 어느 찻집 오너가 이런 타입이었다. 그는 과거에 연구자였다고 한다. 이야기는 바로 끝났지만, 오너가 안으로 들어가버리자 사모님이 가까이 다가와 낮은 목소리로 이렇게 말해준다.

"남편의 말에 동의할 수 없어요. 세상엔 신기한 일도 있을 거라고 생각한답니다."

이런 격려의 말을 듣고 조금이나마 위로받은 심정으로 산에서 내려왔던 것이 기억난다.

너무 믿는 타입, 너무 잘 보여서 무조건 괴기현상과 결부시키는 사람도 적지 않았다. 언뜻 보기엔 이야깃거리가 한없이 나와서 좋을 것 같지만 실제로는 그렇지 않다. 괴기현상, 심령, 도깨비의 소행, 뭐든지 그쪽 방면으로 끌고가버리기 때문이다. 처음엔 부지런히 메모하지만 결국 중간에 멈춰버리고 만다. 그런 의미에서는 전혀 믿지 않는 사람과 결국 마찬가지다. 즉, 원고에 담아내기 어렵다.

개인적으로 산괴는 괴기현상이나 인과응보의 이야기와는 상당히 결이 다르다고 생각한다. 물론 경계선상에 있는 사건은 존재할 수 있다. 그러나 너무나도 끔찍하고 무서운 괴물이 계속해서 따라오는, 사냥개를 잡아먹고 피투성이의 형상으로 다가오는, 천신만고 끝에 그것을 따돌리고 도시의 고층아파트에 도착하면 거기에는… 이런 식의 이야기는 산괴와 관련해서는 있을 수 없다.

세간에서 흔히 접할 수 있으며 사람들의 입에도 자주 오르내리는 정형화된 이야기와는 다른 맛, 그것이 바로 산괴 이야기가 전해주는 흥미로움이지 않을까? 이야기를 전하는 사람이 애매모호한 공간에서의 경험을 토대로 솔직하게 이야기해주기 때문에 산괴 이야기는 더더욱 독특한 질감으로 가득 차 있다. 누군가를 일부러 공포의 도가니 속으로 밀어 넣고야 말겠다는 의지라고는 조금도 찾아볼 수 없다. 무의식을 바탕으로 하고 있기 때문에 더더욱 귀중한 이야기라고 할 수 있다.

산괴 3
-산에 얽힌 기묘한 이야기-

초판 1쇄 인쇄 2023년 12월 10일
초판 1쇄 발행 2023년 12월 15일

저자 : 다나카 야스히로
번역 : 김수희

펴낸이 : 이동섭
편집 : 이민규
디자인 : 조세연
영업 · 마케팅 : 송정환, 조정훈
e-BOOK : 홍인표, 최정수, 서찬웅, 김은혜, 정희철
관리 : 이윤미

㈜에이케이커뮤니케이션즈
등록 1996년 7월 9일(제302-1996-00026호)
주소 : 04002 서울 마포구 동교로 17안길 28, 2층
TEL : 02-702-7963~5 FAX : 02-702-7988
http://www.amusementkorea.co.kr

ISBN 979-11-274-5261-2 04830
ISBN 979-11-274-5433-3 04830(세트)

Sankai III
First published in Japan 2018.
©2018 Yasuhiro Tanaka Published by Yama-Kei Publishers Co., Ltd. Tokyo, JAPAN

창작을 위한 아이디어 자료

AK 트리비아 시리즈

-AK TRIVIA BOOK